是怪物 少女的名字

宝树 著

南方出版传媒
花城出版社
中国·广州

图书在版编目（ＣＩＰ）数据

少女的名字是怪物 / 宝树著. -- 广州 ：花城出版
社，2020.6
ISBN 978-7-5360-9036-1

Ⅰ．①少… Ⅱ．①宝… Ⅲ．①幻想小说－小说集－中
国－当代 Ⅳ．①I247.7

中国版本图书馆CIP数据核字(2020)第061568号

出 版 人：肖延兵
策划编辑：朱燕玲
出版统筹：杜小烨
责任编辑：夏显夫
技术编辑：凌春梅
封面设计：姚 敏
封面插画：陈沅姗

书 名	少女的名字是怪物	
	SHAONU DE MINGZI SHI GUAIWU	
出版发行	花城出版社	
	（广州市环市东路水荫路 11 号）	
经 销	全国新华书店	
印 刷	佛山市浩文彩色印刷有限公司	
	（广东省佛山市南海区狮山科技工业园 A 区）	
开 本	880 毫米 × 1230 毫米 32 开	
印 张	11.625 1 插页	
字 数	245,000 字	
版 次	2020 年 6 月第 1 版 2020 年 6 月第 1 次印刷	
定 价	48.00 元	

如发现印装质量问题，请直接与印刷厂联系调换。
购书热线：020-37604658 37602954
花城出版社网站：http://www.fcph.com.cn

Jeder Engel ist schrecklich. Und dennoch, weh mir,

ansing ich euch, fast tödliche Vögel der Seele,

wissend um euch.

——R. M. Rilke

每一个天使都是可怖的。但是啊，

我虽知道你们是几乎让灵魂致死的鸟儿，

仍召唤你们。

——里尔克

目录

成都往事

1

我站在高峻的祭天台上，眼前横亘着丝带般闪亮的清江，蜿蜒着通向天边的连绵雪山。我面戴冰冷的青铜面具，手持裹着金箔的鱼鸟权杖，迎着东升的朝阳，将蚕丛王传下的古老祭文喃喃念诵。珍贵的金器、铜器、玉器和象牙一批批倒入我脚下的祭祀坑里，碰撞，倾覆，破碎。

就像我的蜀国一样。

滔滔洪水毁灭了东方的故都，我敬爱的父王死于大水中。我在王宫废墟上接过权杖，带领剩下的族人迁徙到西边的平原，在千里旷野上建起一座新城，名为广都。但洪水仍不时降临，新建的城池也濒临毁灭。

上百个人牲被驱赶到坑边，有男有女，还有不少稚嫩的孩童。武士们推搡着，将他们一个个赶进土坑中，他们试图爬上来，但却一次次被周围武士用戈矛赶回坑底。人们发出绝望的哭喊，恳求众神的怜悯，当然也在恳求他们的王。我别过头去，尽量不看他们。我不忍活埋自己的子民，但这是必须进行的祭祀，唯有人祭能平息神祇的愤怒，王也无能为力。

耀眼的白光出现在江边，灼目的光华盖过太阳。我的念诵戛然而止，呆呆地盯着那里。光芒慢慢退去，显出一个纤细的身影。那是一个修长而瘦削的女郎，梳着圆形的发髻，穿着我从未见过的衣装，深红的波纹在黑色的长衣上流动，左手上戴着一个熠熠发光的银环。

神人降临。我和臣民们都跪倒在地，匍匐叩首。她沿着阶梯走上祭祀台，走向我，指着我的脸，说了一些我完全听不懂的话，又做了几个手势。我紧张地想了好一会儿，才猜到她的意思，摘下凸眼的面具。清晨的江风吹在我脸上，神女看着我，她的容颜年轻又美丽，目光如星闪亮又如潭深邃，令我心跳，令我战栗。

那些待死的人牲发出歇斯底里的哭求，吸引了神女的注意，她指着他们，又对我摆手，手腕上的银环在阳光下闪耀。我明白了她的意思，心里感到一阵轻快，下令释放所有的人，这是来自神的命令，巫师们当然不敢违逆。神女粲然一笑，牙齿洁白如岷山上的雪。

神女自称"朱利"，或者听起来像是"朱利"，因为她只会讲神的语言，而不说蜀人的话。她住进我的王宫，换上我们的衣裳，和我们吃一样的稻米和鱼虾，也学习我们的语言。很快，我们彼此能够初步沟通，我代表蜀国乞求她帮助我们的国度解除水患。她打开一个神奇的背包，放出会变形的青鸟，飞到天上又飞回来，在王宫的帷幕上投射出大地山河的缩影。朱利指点着图画，让我们凿开玉山，打通岷沱二江，分流泄洪。这是一场浩大无比的工程，我们指望她能用神力移开大山，划出河道，让蜀人永不受洪水之苦，但她说人间之事只能人自己去完成，纵然要花几十年的光阴。

我与朱利日夕长谈，终于下定决心，调动各部落人手凿山。最初，在神女的鼓励下，人人干劲十足，但工程旷日持久，看不到眼前的成效，怀疑在人心中滋生。渐渐地，流言四起，说朱利是河鱼所化的女妖，迷惑了杜宇王，要破坏蜀国的大好山河，毁灭全蜀。暴乱开始零星发生，我派遣精锐武士严加弹压，又依照朱利的建议，改革各部落领地，任命流官，分而治之。在朱利的力劝下，我也减少祭祀并废除了人牲，巫祝们失去了以往的地位，纷纷说我改变先王成法，必有灾殃，但我置之不理。

其实私下里我也不无疑虑。从蚕丛鱼凫直到今天，古老的蜀邦屹立千载有余，千年旧法，一朝更易，是祸是福？

我把内心担忧告诉朱利，她指着岷山下的滔滔江水："杜宇，没有什么能永远不变。时光永不停息，历史滚滚向前，正如这东流之水，日夜奔腾。我们曾以为牢不可摧的一切，在无限时光中不过是转瞬即逝的泡影。总有一天，你会明白。"

我似懂非懂，咀嚼着她的话语，坚定了革新的决心。在我的坚持下，新政逐见成效，反对的声浪渐渐平息。

三年后的春天，在缫丝结束的庆典上，蚕娘们载歌载舞，为我和朱利献上新丝织成的华服。我们换上缀着玉石片的丝衣，相视而笑。那一刻，我仿佛刚刚发现朱利的明艳动人。若她不是女神，我忽然想，我纵然发动战争，倾覆国家，身败名裂，也要得到她的垂青。

庖厨献上鲜美的鱼汤，我一饮而尽，片刻后腹痛如绞，忍不住滚倒在地，大声呼痛。朱利奔过来，将我的上身抱在怀中，她的身体我以前从不敢触碰，现在却发现竟是那么温暖而柔软，剧痛都不由得减轻了几分。

周围的巫祝们围了上来，奇异地沉默着，目光闪烁而狡诈，我顿悟原来是他们下毒，但已为时太晚。

"是河中妖女毒害大王，杀掉她！"不知谁第一个喊道。这话给了所有人勇气，他们撕下伪装，围住我们，大砍大杀。我手下几名忠勇的武士竭力抵抗着他们的围攻，却一个又一个倒下。

在刀光剑影中，朱利将一枚古怪的半透明药丸塞进我嘴里，让我吞服下去。

"杜宇，你不会死的，"她眼中泪光闪现，"但往后我再也见不到你了，珍重。"

我想说话，但已说不出口。她吻了一下我的额头，转动手腕上那个复杂精细的银色圆环，那东西有许多圈层，上面印着整饬密麻的符文，但我从不知道有什么用处。此时，她立即被一团光裹住，闪烁着消失在空气中，就如她出现时那样神秘。

巫祝们受到惊吓，一时纷纷向四周躲开，但见那光消失后并无异样，想了想又围上来，将垂死的我围在其中。他们低下头，阴冷怨毒的目光聚集在我身上，仿佛是一群等着猎物死去的秃鹫。朱利的药丸似乎毫无用处，我抽搐着，缓缓地吐出最后一口气，意识模糊下去，魂魄沉入死渊。

2

我在三天后醒来，发现自己躺在华贵的船棺里，我瞬间清醒过来，头脑从未如此清明，身体也是从未有过的精力充沛。我推开盖上了一半的棺盖，猛然坐起身，吓跑了正在念诵往生咒文的巫祝。几个忠心的将领欣喜地围住我，欢呼大王的起死回生。我在军队簇拥下回到王宫，把刚坐上我王位的小侄子赶下台，抓获了所有参与阴谋的巫师，毫不留情地送他们去河底服侍水神。

局势平定后，我无比怀念朱利，但我不知道她在哪里。她是在我面前消失的，能去哪里呢？对她我仍然一无所知。我只有按最笨的办法，分派人手，到蜀中各地去寻找朱利，但一直没有消息。

毫无结果的找寻持续了三年，我甚至派人去了东方的巴人、南方的滇人、西方的羌人和北方的周人那里打探，但一无所获。我不得不放弃。我想，也许她已经回归天界，只有死后才能见到她。

后来我常常去我们第一次见面的江边，期待她某天会再出现，但那里只有悲风鸣咽，江水浩荡。我命诗人为她写下动听的歌谣，让她的令名万古传颂。此后我心无旁骛，一心扑在治水上，二十年后，工程初见成效，广都暂免水患，国势开始蒸蒸日上，而我也发现了朱利留给我的一件神奇礼物。

拜那枚仙丹所赐，我再也不会变老了。我的脸上不会长出皱纹，我的头上没有一丝白发，我永远不会生病，就连最可怕的瘟疫也无法让我倒下。

三十年，四十年，五十年过去了，时间才是最可怕的洪水，卷走了我周围所有的人。亲人和臣僚们一个个躺在船棺中沉入大地，但我仍端坐在太阳神鸟环绕的王座上，容颜不改，只是一直没有子嗣。新的臣民私下议论纷纷，说我是杜鹃鸟所化的妖魅，所以永不衰老，也不能和人类结合。

我日益厌倦了这样无味的统治。当年，朱利曾经提及，群山并非世界的尽头，在那后面还有广阔的天地，但我毫无兴趣，蜀人世世代代居住在这群山环绕的天赐沃土上，外面的蛮族与我们何干？但许多年后，跋山涉水的商人们越来越多，也带来山外的消息，他们告诉我，山外有许多文明开化的国度，有比岷江更宽广的江河，也有比广都更宏伟的都城。我终于决心自己出去看一看，或许能在外面的世界里找到朱利的踪迹。

我把王位让给了丞相鳖灵，让他继续治水的工程，然后离开广都，沿着南方的江水东下。朱利说过，奔流的大江会汇入一片叫作"海"的无垠之水。我想去看一看海的样子。

山的外面，果然是一个更缤纷灿烂的世界。他们称自己为诸夏，在和蚕丛王同样古老的时代，就建立了完全不同的文明，如今在洛阳的周朝统御着天下万邦。

数不清的年月流逝，我以不同的名字在各国游历，从云雾缭绕的云梦泽到更烟波浩渺的东海，从热闹繁华的临淄到古朴凝重的蓟京，过几十年就换一个姓名和身份。我学会了华夏族人的语言和文明，忘却了自己曾是蜀王，而几乎成了中原人。

许多年来，我加入过齐桓公的军队，追随过流亡的晋文公，也曾是孔夫子的三千弟子之一。我吟唱诗书的篇章，钻研周易的奥义，游走于诸子百家中，汲取各种知识，想找出发生在我身上的事情的原委。不过，一直毫无头绪。

战国时代降临了，我在齐国稷下学宫里躲藏了很些年，齐王发现我不老不死，将我当成神仙，我跟他胡扯说自己来自海外仙山，他却要跟我学习不老术。我实在被缠不过，逃去了楚国，听说那里有一个叫庄周的智者，我想会一会他。不过此人隐居乡野，难以见到。我好不容易找到了他，说自己是来自稷下的学者，要和他讨论先王之学。庄周摇摇头，表示并没有什么兴趣。我忍不住，突兀地问他，活了八百年的彭祖和常人有什么不一样。

他笑了笑说："也没什么不一样的。"

"怎会没什么不一样？"我觉得他未免太无知，"一个能活八百岁，一个只能活八十岁啊！"

他指着遥远的南方说："你可知道，楚的南面几千里有一种冥灵树，以五百年为春，五百年为秋？这不算什么，上古还有一种叫大椿的树，以八千年为春，八千年为秋。这些造物又能活多少年月？若比起它们来，彭祖和一个夭折的婴儿也没什么区别。"

"即便如此，"我不服气地说，"比起一般人来，彭祖总多活了几百岁，多了很多见识。他也许还去过很多遥远的地方，比如百越、代北、蜀国……常人一辈子都去不了。"

"这倒是不错，"庄周悠然道，"彭祖无疑是多见识了很多东西，但是他会更有智慧吗？他的智慧比起老子或者孔子来又如何？"

我一时语塞，我曾见过这两位哲人，他们的睿智我自知望尘莫及。其实，就算孙子的兵法和商鞅的治国术等知识，我也只是一知半解。如此说来，多活了许多岁月也不过是徒增年龄，对于智慧而言毫无益处。

"再说，"庄周又给了我沉重的一击，"纵然长生不死，他的人生又能比常人快乐多少？"

我浑身剧震，我比常人快乐吗？恐怕只有更加悲苦。我挚爱的人已经永远消失了，而我像丧家狗一样东躲西藏，就算有过短暂的幸福安稳，但亲人和同伴一个个、一代代都离开了我，只有我不知为何还在这无常的人世东飘西荡。这样的人生能有多少意义？

我的自信彻底崩溃，拜倒在庄周面前，请求他教我人生之道。后来我与他结庐而居，在他身边待了几年，可惜他的智慧我只能学到一点点皮毛。有一天，我将自己的秘密与苦恼向大师和盘托出，他听了之后，长久沉默不语，然后说："她不是神人。"

"什么？"

"神人不会为人间的别离而哭泣，你所恋慕的女子不过是一个凡人，或者说，是一个掌握了神秘力量的凡人。"

"但她何以会忽然出现，又为什么消失？"

"这我不知道，天地之间有太多不可解的奥秘，"庄周叹道，"但我感觉，这件事与你所来自的地方有关，也许答案就在那里，天地虽大，但你也许是舍近求远了。"

我若有所悟，不久后拜别庄周，踏上了重返故土的漫漫长路。当然，我从此后也没有再见过他。

3

　　我以中原游士的身份，跟随一群巴国商人，沿着群山中的秘道回到了蜀国。五百年前的杜宇王朝已成为模糊怪诞的传说，此时的王是鳖灵的第十二代子孙，号曰开明。他接见了我，为了解中原各国的内情，对我很是笼络，三天两头召我去宫中议事。我想或许借助他的力量才能找到朱利的线索，所以也十分配合，琢磨着怎样能请他帮忙。

　　结果完全不用那么费事。一日宴席上，开明王让一位新夫人出来为宾客们斟酒。我一抬头，便见到了一张魂牵梦萦了数百年的面容。

　　我惊呆了，一颗心仿佛被火箭射中，浑身的血液腾地燃烧起来。朱利看起来依然那么美丽，只是又消瘦了几分。她对我警示地微微摇头，目光如深潭般忧伤。

　　开明王见我呆若木鸡，以为是被夫人的美貌所倾倒，大笑起来。他说这位夫人是前年在北方的武都山上找到的。开明王在狩猎时，一个女郎忽然出现在山林间，被卫士当作奸细拿下。结果没查出什么，开明王却迷上了她，把她纳入后宫，戏称为"山精夫人"。

我咬着牙，恨不能一拳把他打扁，但我什么也做不了。虽然我有不老之身，可如果被砍掉头颅，大概也长不出第二个。我只好强作欢笑，贺喜大王得到了美丽的山中精灵。

半个月后，我总算找到机会溜进王宫，和朱利相见。我问她究竟发生了什么，她说，自己刚刚来到这里，就被人七手八脚捉住，被带到了宫廷，不得不屈身在开明王的后宫中。我心中酸涩，又问她这些年在哪里，她摇摇头："哪儿也不在，当我转动手环，就可以在瞬间跨越数百年。"

我似懂非懂：难道朱利是从五百年前的那次宴席上直接来到这里的？世上怎么会有这么奇妙的事情？我问她为什么不用那神奇的手环逃走。她说，当时她一出现，就被一头鹿撞倒，然后被卫士死死抓住，那东西也被开明王收走了。

我还有千万个问题想问：她究竟是什么人？从哪里来？又怎么会有这么神奇的手环和灵药？但开明王忽然驾到，我逃走不及，朱利让我躲起来。我藏到帷幕后面，但开明王看到了我的衣角，一身肥肉愤怒地颤动起来，大吼着让卫士进来抓住我。

我情急之下，反扑过去，抓住他，在卫士的包围下，挟持国王出了王宫，伺机跳进一条内河，从水道逃生。几天后，我打听到消息，山精夫人被蜀王囚禁起来，据说还遭到了残酷的鞭打，性命危在旦夕。

我知道要救朱利，只有一个办法。我再次越过北方险峻的群山，来到秦都咸阳，以齐人张若之名面见秦王，告诉他，我可以帮他完成朝思暮想的伐蜀大业。

三年后，我和司马错率领十万秦军从一条密道翻越犬牙交错的蜀山，攻破葭萌关，一路攻到广都。武器落后又缺乏训练的蜀国武士根本不是秦国虎狼之师的对手，五百年前我亲手建立的城池，被我自己攻破。

我率军冲进王宫，抓住了开明王，问他朱利在哪里。他面目狰狞，发出疯狂的笑声："你打败了我又如何？你永远也得不到她。"

"你要是聪明，就告诉我她在哪里，"我高声说，"我可以请求秦王赦免你和你的家族。"

"是吗？那可太好了，"他语调怪异，"你朝思暮想的山精夫人就在那里。"他指向西北方向的一座小山，那座山我上次离开的时候还不存在。

我感觉不对劲，找到几个宫廷侍从，他们战战兢兢地告诉我，三年前我逃走后不久，山精夫人也死于开明王的酷刑折磨。开明王后来又感到后悔，为她从武都山上挑来大担泥土，建造了高大的坟茔。

我等了五百年才等到的人，竟这样死去了。

狂怒冲上我的头顶，我打得开明王皮开肉绽，后来又让手下士兵把他身上一块块的肥肉都割下来，让他受尽折磨后死去。我余怒未消，又处死了他的整个王族以及宫中几百名侍从和宫女，在我眼中，他们都是害死朱利的帮凶。

我来到朱利的陵墓前，遣开身边所有人，独自放声大哭，诉说我对她五百年的思念。

忽然间，有人拉了拉我的衣角，我不耐烦地回头，整个世界忽然消失了，只有面前一个衣衫褴褛却仍然光彩照人的女郎。

我不敢相信，伸出手去摸她，生怕那只是一个幻影。但我摸到了她的脸颊，上面还带着泪珠，真实不虚。我明白过来，自己真是一个傻瓜，我都能从棺材中爬出来，朱利怎么会死呢？

朱利说，她的确是靠着类似我当年的假死状态逃过了一劫，从坟堆中爬了出来，后来便一直躲在山野之间，直到知道我和秦军到来的消息。在我的照料下，朱利很快恢复了昔日的容颜，但她还是对自己的来历守口如瓶，不论我怎么问也不说，反过来问我，她的东西有没有找到。

士兵们早已送来了在王宫中搜到的朱利的手环和包裹，开明王一直收藏着它们。我本想还给朱利，但那些古怪的东西以及朱利的态度让我感到不明来由的害怕，我怕她这次再跑到几百年后，叫我如何去寻觅？我想了想，把那些物件埋在宅子附近的五块大石之畔，那本是我当年造城时留下的纪念碑，但如今已经无人知晓这些石头的来历了。本来这事做得十分机密，不应该有人知道，但几天后，当我去见朱利，打算告诉她什么也没找到的时候，竟看到银色的手环在她的手腕上闪闪发光。

"你为什么要藏起它？"她责备我说。

"我……我是不想你离开……"我讪讪地说，"可是你是怎么知道它在哪里的？"

"有人告诉我的。"

我大怒道："谁？"我是一个人偷偷埋的，难道是有人看到？

"你又想杀人吗？"她轻轻摇头，"恐怕这个人你永远杀不了。杜宇，我必须走了。"

"我们刚刚重逢，你为什么要走？"我被恐惧所笼罩。

"为了完成因果之环。"

"什么？"

"我很感谢你救了我，"她叹息着，换了一个说辞，"但我并不是你的财产。为了我，你杀戮了很多无辜的人，也牵连了更多的人，这叫我如何能待在你身边呢？"

我无言以对。的确，我引狼入室，这些天秦军在广都烧杀抢掠，凌虐蜀民，我早已感到后悔，但为时已晚。

"不过你还有时间去补救，"朱利望着窗外说，"很多很多的时间，你可以做很多很多的事情。我们，会再见面的。"

她转动手环，消失在炫目的光芒中。

我忽然间觉得有什么东西似曾相识，似乎很久以前见过这一幕。但是在哪里见过呢？太长太长的岁月过去了，我怎么也想不起来。

4

朱利离去后，我被秦王任命为蜀郡太守，花了三年重修残破的城池。城池修好后，秦王十分满意，以"三年成都"之意，改名为"成都"。在这座新的城市里，秦人和蜀人在我治下渐渐融为一体。几十年后，我推荐了一个叫李冰的属官接任蜀守。他是远比我了不起的治水天才，修建了宏大的堰塘，分水到田地中，彻底解决了水患，还灌溉农田，让土地肥沃起来。

卸任后，我再次改名换姓，远游八方。这次我走得更远，从辽东到义渠，从黔中到闽越。我看到了大秦的一统天下，也见到了它的覆灭。我见证了刘邦建立新朝，也活到了董卓焚毁洛阳城，皇帝被挟持到长安的时代。朱利是对的，这世上没有什么能够永恒不变。

数百年中，我也以好些个名字多次回到蜀中。这个时代，人们对神明世界有着更狂热的想象和追求。我的不死之身被一些乡民发现，我干脆告诉他们，我掌握了长生不老的道术，将老子和庄周的教诲改头换面地讲一点儿给他们。很快，许多人开始追随我，尊我为师。

朱利再一次出现时已经是五百年后。那时候我不在成都，而在绵竹的山中传道，不过没有关系，我有许多忠心的追随者，按照我的嘱咐，守候在成都的各个角落，她一旦出现，就把她平安地护送到我身边。

"师君，"他们冲进帐幕，激动地向我报告，"神女真的在成都从天而降，我们把她请来了。"

我霍然起身，望向朱利，五百年过去了，她却比我记忆中的还要年轻美丽，头簪芙蓉，身穿齐胸的高腰石榴裙，上身披着浅绿色的纱罗，这绝不是人间的装扮，而宛如天上的仙子。当然了，她本来就是仙子。

"杜宇，"她对我轻轻点头，"果然又见到你了，现在你叫什么？"

我拉着她的手，告诉她我的名号。此时的我已经大不一样。我以神道设教，设立二十四治，用五斗米赈济灾民，如今一呼百应，拥有数十万忠心耿耿的教民，横行巴蜀北部，益州牧刘璋对我也十分忌惮。我带朱利去巡查我的营寨，让她看到我手下头裹白巾的兵士，他们在操练军武，队伍雄壮齐整，洪亮的呐喊声在群山中回荡。

"我已经想明白了，"我骄傲地拍着胸脯，"当年我本来就是蜀王，既然秦王与汉王能夺得天下，我为什么不能？我蛰伏了这么多年，如今的大汉名存实亡，群雄割据混战，我夺取天下的时机到了！有了天下，我就能造福百姓，为万民谋福祉。朱利，你在此时再度降临一定是上天的安排，你就是道书中说的天降玄女，对不对？你的神威一定能激励将士们奋勇直前。"

"但你不会夺得天下，"她幽幽地道，"这是个英雄辈出的时代，但我根本不记得你现在的名字。"

"记得？你怎么能记得？难道你能预知未来？"

她叹了口气："我来自未来。"

我一惊，仿佛明白了什么，却又想不清楚。未来还没有出现，人怎么能从那里"来"呢？

"如果你来自未来，"我问，"那么你知道谁会夺取天下吗？袁绍？刘表？还是……"

"我不能说，我不能改变历史，否则我们都会不复存在。"

这态度反而让我相信她的确是来自未来的人，我心中一动："快说啊！告诉我未来的天下大势，这很重要！"

朱利连连摇头："不要逼我，真的不行的……"

已经很久没有人敢于反对我的命令，我在恼怒之下，抓住了她的肩头："听着，我军和张鲁那个叛贼马上就有一场决战，灭掉他就能夺得汉中，要是被他干掉，我辛辛苦苦得到的一切就都成了泡影。你手上就有制胜的秘诀，快告诉我怎么消灭他？说啊！"

朱利用力推开我，幽幽叹息："你不懂，现在的你还是什么都不懂，你还需要时间。"她的手伸向手环。

"不要——"我明白了她要干什么，惊恐地叫道，"不要走！我不逼你了，还不行吗？"

但已经太迟了，她转动手环，再次消失在我面前。

朱利又一次说中了。两个月后，我输掉了和张鲁的决战，他兼并了我的教众，我不得不仓皇逃走，隐姓埋名。从此以后，我的曾用名"张修"，便只是史书上一个微不足道的注脚，许多年后，甚至有人说，那只是张鲁那家伙的别名呢！

5

魏晋六朝纷乱血腥，我大部分时间都躲在道观和佛寺里，即使这样也没过几天安生日子。但唐朝是一个惬意的时代，那几百年中我很少出川，长居成都，和李白对饮，和杜甫唱和，也曾拜访过薛涛的香闺。我一直思念着朱利，但一百年又一百年过去了，她没有再出现过，直到强盛无比的大唐也在内忧外患中山河破碎，化为废墟。

唐朝灭亡后，蜀中的太平岁月还持续了很多年。那一天，花月楼的老鸨谢大娘忽然跑到我的医馆，告诉我刚才外面出现了奇怪的光亮，一个中箭的女子躺在楼下，昏迷不醒，她还以为是花月楼的姑娘被人害了，但仔细一看，却并不是。

我的心怦怦乱跳起来。两个龟奴把那女子抬了过来，她衣装怪异，披头散发，脸上都是尘土血污，面目看不清楚。但从佩戴的手环上，我肯定地知道，这就是我等了七百多年的人。

我等了几百年的重逢，却万万没想到是如此情形，好在现在我是医生，懂得诊治。她背上的箭深入肺腑，却还在呼吸，我为她取出箭头，包扎伤口又上了药，但心中惴惴："我行医也有上百年了，从未见过伤得如此重的人还能活下来。"

然而朱利活了下来，三天后，她睁开了眼睛。

"朱利？"我问她。

她惊奇地盯着我，微微启唇："你怎么知道……我的……名字……"口音很是奇怪。

我心中咯噔一下，一个怪异至极的设想被证实了："你说，你是第一次见到我？"

"我……不可能……见过你……"

"未必不可能，"我说，"只是还没发生在你身上。"

她有点糊涂，摇了摇头，问了另一个问题："那……现在是……是……"

"现在是什么时代？大唐灭亡后，又是一个乱世，中原已换了不知多少个朝代，前年赵匡胤黄袍加身，建立了一个大宋……不过我们这儿，孟氏割据蜀中，不奉宋朝的正朔，年号是广政二十五年。"

"那是五代末年……"她眼中的惊讶更甚，"可你怎么……怎么知道……"一口气没喘上来，又咳嗽起来。

"等你好点再说吧，"我说，"已经等了那么多年，如今我们有的是时间。"

"对了，"我临出门的时候又回头，深深凝望着不明所以的她，"你是对的，我根本不是统治天下的料，天下对我也毫无意义，能再见到你，比什么都好。"

朱利痊愈得很快，身上没留任何伤口。这不奇怪，当年她甚至从开明王为她建的坟茔中死而复生。

一个多月后，朱利已经吵着要我告诉她究竟是怎么回事。我带她去成都的城墙下漫步，城头上，前几年蜀皇孟昶为花蕊夫人种下的芙蓉花开得宛若云霞。在我所知道的一千多年来，此时是这座城市最美的时代。

"你的手环能跨越漫长时光，"我开口说出思考了千百年的秘密，"但却不是像一般人一样从过去到将来，而是从未来回到过去，不断地逆流而上。"

"你怎么知道的？"她惊问。

"我是你将会在过去认识的人，"我说，"在过去，我们曾相遇过三次，每次你的装扮都是下一个时代的，而每次我遇到的都是前一次的你，你出现的地点也是下一次相遇时消失的地方……这些事太匪夷所思，一开始我怎么想也想不透，但是一千八百年的岁月，足够让我想明白了。"

"一千八百年？"她惊异地看着我，忽然明白过来，"难道你服用了永生胶囊？是我给你的？"

"是，"我说，"在我第一次遇到你的时候。"

"不能说！"她断然阻止我，"你猜得不错。在未来，人类掌握了比神明还要伟大的力量，可以回到过去。我本来是进行首次时间旅行实验，回到过去看一眼就回去，但是我调错了时间，到了错误的时代。我的手环——其实叫手表式溯时机——不知怎么也坏掉了，无法调转前进的方向，我只能前往更久远的过去。"

"可你是怎么出错的？"

"在一六四……"她说了几个字，倏然住口，"别问了，我不能向过去的人吐露未来，如果你知道了未来，就会改写历史。

那样我不光是无法回去，还会消失掉，甚至你也是。"

"我？"

"你的人生已经被我改写，没有我，也就没有今天的你，你大概已经死了一千八百年。同样，你也不能告诉我过去发生的事，如果过去发生了变化，你就不会得到永生胶囊。而如果没有你救我，我很可能也会死在这里。"

我没太听懂这些晦涩的话语，但我明白了一点：两个本来相隔几千年的人的命运，已经被不可思议地紧绑在了一起。

但她不能告诉我未来，我也不能告诉她过去。我们在此时此刻相逢，却终将擦肩而过，一个返回过去，一个奔向未来，人生不相见，千秋复万年。

不知过了多久，朱利轻声说："这种感觉太奇怪了。"

我们久久对视，宛如悠远过去和无尽未来的相遇。她的眼神温柔而迷茫，芙蓉花瓣在春风中飘飞，落在她的发鬓和肩头。

"但是，现在的你很美。"

我说，低头吻她。我们紧紧相拥，在花海深处，时间深处。

我们在五代末相守了三年，泛舟摩诃池，漫步浣花溪。我希望在这个时代能多待几年，但三年后，宋军大举攻蜀，乱局又起，乱世中我们难以自保。我硬下心肠，催促朱利启动溯时机，前往更久远的过去，去完成因果的回环。

"有一件事你必须知道，"临别时我告诉她，"你的溯时手环被埋在五块石中第四块的东面下方三尺。"

朱利疑惑地看了看自己的手环："你在说什么？"

"记住就行了，"我柔声说，"你会懂得的，像你曾经或将要说的，这是因果之环的一部分。总有一天你会明白，就像你曾告诉我，我会明白的一样。"

　　我知道她会再次和我相见，但这一次相见时她并不认识我，那么未来的我还能再见到她吗？大概是不能了吧……

6

六百八十一年后，清顺治三年冬，我回到了成都。

千百年间，我一直好奇朱利是从多少年后的未来回来的，朝代兴亡，江山易主，一个个朝代走马灯一样地换，人口如潮汐般时涨时落。但人们过的日子也差不了太多。虽时而有些新制度和发明，大部分却也不成气候，在漫长的时光中被消散遗忘。我怀疑，未来的人真的可能掌握穿梭于时间的力量吗？那要在多少万年之后呢？

大明天启年间，我在徐光启侍郎的府上当幕宾，认识了几个西洋传教士。这些金发碧眼的洋人让我很好奇，他们和以前的夷狄之辈完全不同，掌握历算机巧的本领。他们告诉我很多闻所未闻的新知，什么大地是圆形的，什么世界上有五块大陆……我虽不知道他们说得对不对，但徐先生聪睿博学，却十分相信，应该还是很有道理的。我隐隐感到他们似乎和朱利有某种联系，虽然朱利并非是白皮肤蓝眼睛的西洋人，这些人也绝无驾驭时间的能力。

后来徐先生被魏忠贤排挤，告老还乡，我便找机会和几个传教士一起乘船去了泰西佛郎机国，才发现此时海外的许多地方都成了西洋人的天下。他们已经环绕了大地，正在每一块大陆上攻城略地，传播他们的文明。无边大洋上，扬着三重风帆的西洋商船和战舰往来不息。时光永不停息，历史滚滚向前，曾几何时，八方来朝的巍巍中华，也变成了古蜀一般的封闭王国，沉溺在自以为古老而完美的文明中，却对更灿烂辉煌的外部世界一无所知。

我在巴黎和罗马等地先后住了二十年，见识了光怪陆离又蓬勃奋发的西洋各国，认真学习了他们的知识和文化，觉得耳目一新。不过在西洋，我的容颜不老也渐渐引起了当地人的怀疑，我只好跟着另一艘商船，绕过半个地球又返回京师，希望能够传播新知，改变大明的风气。但一回来，才发现已经是天下大乱，天子在煤山自缢，八旗兵占据了都城，大明变成了大清——又一次王朝更替。

"在一六四……"我忽然明白了当年朱利的几个字的意思。她说的一定是西洋通行的格里高利历！我也是到了欧洲以后才搞明白这种历法。

朱利——更早的、未曾遇见过我的朱利——曾经出现在这个时代。很可能就是今年——一六四六年——此时，满洲的肃亲王豪格和大西军张献忠的军队正在蜀中激战。

我知道我无法改变历史，但仍然牵挂着朱利，犹豫了许久后，我还是决意赶往成都。又逢乱世，明军残部、农民军、地方武装和清军都在烧杀抢掠，我好几次从死人堆里爬出来，才到了成都。

此时，张献忠刚刚弃城而逃，临走时大加杀戮，入城的清兵又来屠城劫掠，街头到处都是无人收拾的尸体和血迹，数百年繁华的成都几乎变成了一座空城。人命还不如蝼蚁！两千年间，我经历过无数次乱世，但这次是最血腥、最残忍的。

我循着记忆找到当年的花月楼所在，此时它在一条不久前还很繁华，但今天已经满是血污和尸首的大街上。我在附近守了几天，设法躲过杀戮和劫掠的士兵，但不知何时能等到朱利，我想我多半错过了她，毕竟上一次相见时，她说之前从未见过我，我又怎么可能再与她相见？

过了三天，我实在忍受不了这座用尸体堆成的城市，于是决定在第二天离开。但那天夜里，我正蒙眬睡去，忽然间一团奇异的光华让我睁开眼睛，我看到年轻的朱利茫然地站在街头，穿着奇怪的银色紧身衣，背着一个小包，像西洋人一般舒展的长发在风中飘飞。

我在狂喜中战栗不已，贪婪地看着数百年未见的恋人。她的第一个动作就是抬起手腕，看着手环，手环上的荧光照亮了她惊讶而茫然的面庞。我明白了，她一定是在看着时间显示，惊讶于自己会掉到这个时代。此刻，我忘记了一切不能干预历史的教诲，只想和她相见，保护不知所措的她。

"朱利！"我大声喊道，她惊讶地望向我，我们仅仅相隔数丈，几乎目光交碰。不过在深夜中只有微弱的月光，她看不清我的样子，反而惊恐地向后退了几步。

我正要上前说话，忽然间传来一声尖锐的鸣镝，朱利趔趄了一下，向前扑倒，背上依稀有一根羽箭。身后百步外，几个八旗兵骑马呼啸而来。

我急忙扑到朱利身边，她已经昏迷过去了。八旗兵呵斥着，越驰越近，好几支箭呼啸着从我们身边飞过。情急之下，我按照记忆中她的动作，帮她转动了那个手环，但也许是操作不对，也许是用力过猛，手环发出奇怪的嘎吱声，上面的图案也闪烁不定，但它总算生效了，在八旗兵赶到之前，她化为一团光，消失在我面前。

我随即转身奔逃，那几个骑兵又冲向我，几支箭从我身边飞过，好在深夜看不清楚，没有射中。我在弯来绕去的小巷中逃了一段，就要被追上时，我掏出西洋带回来的燧发火枪，回身开了一枪，枪声震耳欲聋，一个家伙中枪倒地，另外几个人吓得回马就走。

周围再次陷入了寂静。寒冷和黑暗中，那团唯一温暖的光已经消逝，直到六百多年之后——不，之前——才会再次亮起。

我不敢在原地久留，躲进一间废弃的宅子中，在那里，我看到一个女人吊死在屋梁上，脚下是一具婴儿的尸体，都已经死了很多天，四处弥漫着尸臭。我再也忍不住，呜呜地哭了起来。不光为又一次错过了朱利，也是为了这个时代无尽的苦难，为了在世界另一头的人们已经开启全新历史的时候，而我们这个走过三千年风雨的古国，仍然免不了一次又一次经历历史循环的浩劫，不知何时，才能够找到真正的未来……

我哭了很久，困倦交加，蒙眬中将要睡去，但就在入睡前，刚才的一个细节在心头忽然闪现。我明白了一件事：因果之环中最重要的环节被补上了！

我就是那个弄坏了朱利的手环，让她无法回到未来的人。

7

　　旧的时代逝去，新的时代又到来。人类从地下的煤炭和石油中释放出惊人的力量，通过科技和工业，创造了一个不可思议的新世界。这其中并非只有鲜花和掌声，也充满了血腥与罪恶，甚至比以前更多。但人类第一次有了摆脱无止无休治乱循环的希望。而东方的古国在历经风雨、千疮百孔后，也重新焕发出生机。

　　我还活着，饱经沧桑，却仍像两千年前一样年轻，耐心地等待着这次跨越漫长历史的旅行抵达最终的时代，解开我生命中第一个也是最后一个秘密。

　　在这科技昌明、社会管理日趋严密的新时代，永生之人如果想要不引起注意地活下去，要么躲进残留无几的深山老林，要么掌握无人敢于插手调查的强大力量。我选择了后者，在十九世纪下了南洋，后来又去了美国。之前朱利无意中透露出的零星未来信息——比如美国的崛起和汽车的出现——让我找准商机，在二十世纪初就建立了庞大的商业帝国。虽然我的声名不显，但好几个名头显赫的家族也不过是我的代理人。

进入二十一世纪，我在科技研发上投入了巨额资金，主要面向两个方向：一个是永生药物，一个是时间机器。到了本世纪中叶，二者都取得了重大突破，不过还在试验阶段。所谓永生药物其实是一种细微的智能纳米机器，能够修补人体的各种损伤并激活端粒酶，让周身细胞保持不断分裂的状态，实现人的永生。另一方面，时空虫洞已经被发现，但是可以穿透一切屏障的时空扭曲之力却成为真正进行时间旅行的死亡屏障。

最后二者出人意料地结合了起来：只有服用了永生药物，进行人体改造，才能抵御时空扭曲对身体的巨大冲击。但永生胶囊并非对每个人都能奏效，由于人体各不相同的排异性，好几个实验者服用后再也没有醒来。更可怕的是，服用永生胶囊后，会让人失去生殖能力，这自然更令人望而却步。

因此，在时间旅行实验中，虽然有许多人报名，但经过综合考量，只有一个研习过时空理论，又经过人体改造的女研究生脱颖而出。

她叫朱莉，或者Julie，一个年轻的美籍华裔女孩。

在纽约曼哈顿新世界贸易中心的办公室里，我盯着电脑上朱莉的档案。那上面只有一张小小的大头照，年轻青涩的面庞上嵌着温柔而坚定的双眸。这容貌既陌生，又无比熟悉。

我呆坐了很久很久，终于提起笔，签字批准。

我稍加调查，很快了解了朱莉的一切背景。我知道她家族的历史，看过她在社交媒体上的所有照片和文章，连她的室友有几个男朋友，她阿姨养了几只猫都了如指掌，但我没有去尝试找她，这不在因果之环里。

三个月后，中国成都。

在我投资兴建的"武侯院"时空实验中心，我隔着只能从一面看的单向玻璃，再次见到那个我已经认识了两千八百年的女孩。此刻她青春洋溢，在一群实验人员的簇拥下进入大厅，戴上手环，背上背包，走上大厅中央一个酷似当年祭天台的圆形高台，准备开始一次她还一无所知的不归之旅。

朱莉的任务很简单：回到四十多年前的成都待几个小时，见证2017年的国际科幻大会，即使被发现，也只会被当成会上的特效表演，再说，就算真的发现她是时间旅行者，那些科幻作家也不会太惊奇吧？

但我知道，这次旅行一定会出错。我看着朱莉有点紧张却又光彩洋溢的面庞，眼前的一切渐渐在眼眶的潮湿中变得模糊。朱莉知道此去会发生什么吗？漫长的时间苦旅中，虽说也有过幸福宁静的时光，但更多的是历史的残忍和命运的捉弄，一次又一次地受伤、囚禁甚至死去。她如何能经受这些？在越来越遥远的陌生岁月里，她会不会思念自己的时代和家人？会不会懊悔自己的选择？

我拭去泪水。我知道，有因就有果，有果也有因，但真的要完成这些吗？为什么不阻止这一切？不错，我会烟消云散，这座研究中心说不定也会化为乌有，但我活了将近三千年还不够吗？既然这一切都是朱莉借给我的，也理所应当要还给她。到头来一切归零，朱莉会在二十一世纪平静地生活下去，她的漫长人生将在未来，而不是过去展开。

我想起一件古老的往事。两千多年前，在离开楚国时，我智慧的老师和朋友庄周曾对我说："你有没有想过，你去找她，不一定是好事？"

"可我必须找到她！我的一切都是拜她所赐，我感觉她和我之间有一种……有一种无法割舍的联系。"

"无法割舍吗？"他神秘地笑着，微微摇头，"你记得我曾告诉过你的那个故事吧？两条鱼，与其在干涸的水坑里相濡以沫，不如在广阔的江河湖海中相互忘却，那才是真正的自在。"

庄周是对的，可是我过了两千多年才明白这个道理。但只要因果之环尚未闭合就还来得及，现在，是相忘于江湖的时候了。

实验倒计时还剩十分钟时，我下了决心，将武侯院的院长找来，告诉他："换掉那个女孩，另外找人，她不合适。"

"啊？这……准备了那么久，马上就要开始了……"

"所以才要立刻停止！"我厉声说。

院长不敢违逆我这个金主，他冲到实验区，大声叫着朱莉，让她从实验台上下来。我看到朱莉争辩着，不敢相信地哭了起来，我知道一切都结束了。

我长出了一口气，倒在椅子上，闭上眼睛，等待着自己在下一个瞬间便魂魄飞散，归于虚无。但等了很久，我身上什么也没有发生，倒是耳边传来了越来越大的喧哗声，院长又冲了回来："杜先生，出事了，朱莉……朱莉……"

"朱莉怎么了？"我霍然起身。

"这姑娘太犟了，不肯下来，说自己一定会完成任务，还强行启动了溯时机，我没来得及阻止……"

我不敢相信地瞪大眼睛，脑子中一团混乱。

"而且，"院长苦着脸，"根据时空波动的数据，因为离开得太仓促，她的时间输入发生了错误，跨越的时间是预定的十倍，不是41.2年前，而是412年前！那是……是16……"

"1646年。"我早已知道了答案。

"对，1646年……那是什么时代来着？"

"什么时代？哈哈哈哈……"

我听到有人在狂笑，过了很久才发现是我自己。这个错误原来是我酿成的！是我从一开始就让朱利出现在错误的时代，然后无法回转地滑向时间的深渊。1646年，962年，199年，前319年，前807年……

然后呢？

"杜宇，你不会死的，但往后我再也见不到你了，珍重。"那是两千八百多年前，第一轮相见时，朱利对我说的最后一句话。

当然，那次分别后约五百年，我又见到了朱利，但那是上一轮的她，而在两千八百年前，最后一次见到我的朱莉转身去了更久远的时代，再没有我，也几乎没有多少已知的文明——至少在成都附近没有。五千年前，一万年前，天知道是什么时代，天知道是多少个时代。

朱利是对的，那一次之后，她就永远离开了我，我再也见不到她了。

除非……

或许……

我猛然抬头，对惴惴不安的院长说："能知道她去了什么时代吗？"

"时空波动会留下痕迹，理论上可以找到，但是不容易。"

"你们还有备用的手环吗？"

“还有两副。”

“都给我，我要找到她，把她带回来。”我说。

这回轮到院长瞠目结舌：“这怎么行？您还没有经过人体强化改造……”

这回我真的笑了起来：“谁说我没有？”

8

时空波动会改变暗物质结构，像年轮一样铭刻在暗物质深处，电脑分析了成都附近的暗物质数据，发现了早于公元前807年的一千多个疑似时间波动的痕迹，那里朱莉可能去过，也可能没有。溯时手环可能到达那个时间点，也可能会有偏差，偏差可能是几小时，也可能是几百年。总的来说，找到朱莉的概率微乎其微。

而且，三千年的因果回环已经彻底完成和封闭，不像以前，没有什么能保证我再见到朱莉，也没有什么能保证我活着回来。

但我还是出发了，去了一个又一个史前的成都平原。从原始的农田到无人的旷野，从剑齿虎咆哮的雨林到猛犸象漫步的冰川。无数个，无数个被遗忘的神奇世界。

最后，不知多少日子之后，我在一片无垠大海边停下脚步，这是我见过的最美的海。这里的空气香甜得仿佛是纯氧，海水蓝得不像世间所有，天空更加纯净高远。太阳将细碎的金屑洒在海面上，一个有太阳两倍大的月亮像气球一样悬在天边。月亮之下，有着……

我不敢相信，闭上眼睛，又睁开，眼前的一切仍在面前，这是真的。

我感到自己的心脏快要跳出胸膛，小心翼翼地向前走去，仿佛是怕眼前的景象在时空乱流中消失。侏罗纪的细沙埋过了我的脚面，泛着泡沫的波涛冲刷着亘古的沙滩，也盖过了我的脚步声。不远处，一个纤细的背影坐在海边岩石上，来自古特提斯海的暖风吹起飘动的长发和缀着玉石片的丝衣，那个人望着在海天之际浮游的一群蛇颈龙，并未察觉我的到来。

我静静地走到那人身后，深深吸了一口气：

"我们又见面了。"

（附记：这篇小说的初始版本系为第四届成都国际科幻大会特约撰写的专题故事。文中涉及的杜宇、朱利、开明王、张修等人物和事件多有历史和传说的原型，有兴趣的读者可参阅关于古蜀国和四川历史的书籍。）

猛犸少女

1

　　巍峨的群山矗立在天与地的尽头，白雪皑皑的山巅在浮云之上闪亮。

　　"哥，快看，神山出来了！"少年阿骨兴奋地指着云上，回头对哥哥阿石说。

　　阿石也很振奋："占云师说，雪山出云，是大吉大利之兆，看来这次狩猎会很顺利的！"

　　"哥，你说我们云族的祖先，还有阿爸都在那儿看着我们吗？"阿骨出神地凝望着山巅，千年的积雪在太阳下熠熠反光。

　　"都盯着呢，所以这次狩猎你要好好表现，走吧！"阿石拍了拍他的小脑袋，他们快步跟上部族的队伍，六十多人的队伍如长蛇般在丘陵间逶迤。

　　正当初夏，骄阳已经升上天顶，令蔚蓝如洗的天空带上了些许暖意。冰雪都已化去，碧绿的草原在丘陵上高低起伏，宛如海上凝固的波涛。看不到高大的树木，但到处都是低矮的灌木、莎草和苔藓，其间点缀着大片绚烂的野花，嫣红如火，纯白胜雪，被忙碌的蜂蝶所围绕。偶尔还可见跳鼠和雪鸡在草丛间觅食和求偶，跳着生命最美妙的舞步，整个世界一片生机盎然。

这是一万七千年前，地球正处于最后一次冰盛期。北方大陆被冰盖覆盖，温带地区遍布苔原、干草原和沙漠。在遥远的未来，温暖会重新回到这片土地，让这座雪山退去积雪，长出松柏，开凿出栈道，迎来帝王的登临，被称为"泰山"；这片土地也会化为森林，又平为农田，出现村庄，建立城池，成为一个伟大文明的发源地。但现在这里只是一片贫瘠寒冷的草原，只有夏天的几个月才有短暂的繁荣。在这里，原始人类分成许多小族群，过着食不果腹的生活，为了生存而挣扎厮杀。但在生活在这里的人们眼中，特别在少年人看来，这里的天与地就是他们永远的美好家园。

又登上一座丘陵，队伍站住了，百箭之地外，此行的目标已经映入视野。一头棕褐色的长毛巨兽正在冰雪融成的池沼边饮水，远远可以看到它的长鼻翻动，面前两根白色的巨牙更长得吓人。

"猛犸！"阿骨叫了一声，小心脏兴奋地狂跳不已。部族已经三四年没有打到过猛犸了，上次他还小，只看到过巨兽已被肢解的尸体，但这一次，他已经年满十四，可以参加狩猎，亲眼见到在大地上行走的猛犸，也许还会亲手猎杀它。

但猛犸身边的一个小东西吸引了他的视线。它看上去同样长着猛犸的棕褐色长毛，仿佛是一只幼崽，但形状并不太像，只是隔得太远看不清楚。阿骨眯起眼睛，凝神观察，看到那家伙走动了几步，隐隐约约竟好像是——

"一个人？"阿骨低低地惊呼出声，询问地望向阿石。

阿石也感到迷惑："好像是一个人。阿虎他们追踪了好几天，发现他和这头猛犸一直在一起，不知道是什么人。"

"可是人怎么会和猛犸在一起？"

阿石皱起眉头，好像在回忆什么，良久才张口："也许是传说中的猛犸人……我还以为是瞎编的呢，难道真有？"

"哥，什么叫猛犸人？"阿骨的好奇心被勾了起来。

但阿石并没有立刻满足他的好奇心："再说吧。时候快到了，我们得准备起来。这些天教你的，你都练熟了吗？"

"嗯，可是猛犸人——"

"回头再说！"阿石不耐烦地挥挥手，走向了另一边，和几个叔伯交谈起来。

家族全体出动，跟踪这头猛犸已经近十天，周围的地形也都摸熟，现在终于要动手了。按惯例，由青壮男子组成的先锋队去驱赶那头猛犸，把它赶到这边，阿骨等一些少年和老人组成的后援再加入围猎，让猛犸最后被逼入两山之间的狭道上，那里已经挖好了困住它的陷阱。

猎杀猛犸，大地上最大的庞然动物，是史前人类最伟大的壮举。

2

　　猛犸一般总是数十头成群活动，近年来，云族在与其他族群的争斗中几次落败，又遇到寒冬，人口剧减。因为匮乏人手，碰到大群猛犸也只好放过，但这次，一头落单的猛犸出现在这一带，无疑是上天赐给云族人的礼物，云族势在必得。

　　二十来个健壮的青年匍匐前进，悄悄地包抄到正在池塘边栖息的猛犸和怪人的背后大约十箭之地，然后用火石点燃了手中的火把，猛然跳起来，大叫着向巨兽冲了过去，一边挥舞着火把，一边举起镶嵌着燧石尖的木矛。

　　人群的真实力量并不能阻拦这庞然大物，但灼目的火光，冲天的浓烟，以及高声的喊叫让猛犸受惊，它扬鼻发出惊恐的吼声，本能地要逃窜。怪人也吓得抓住它长长的棕毛，爬上它的背脊，猛犸大步朝着背离火光的地方逃去，一切正符合家族的预期。

　　因为处于丘陵地带，猛犸并没有太多逃走的方向可以选择。家族在另一条可能的逃亡路线上设下了伏兵，猛犸尝试往这个方向逃窜时，另外十几个青年也点燃火把冲了过来。猛犸犹豫了一下，仿佛想正面冲过拦截线。但人们发出威吓的呐喊，射出箭矢，投掷梭镖，让它调转了方向。

一场漫长的生死追逐在凉爽的夏日展开。猛犸的奔跑速度不慢，最快时宛如奔马，但无法太持久。而人类自从树上下来之后就是善跑的动物。为了奔跑，人腿上的肌腱越来越发达，可以张大嘴呼吸，也褪去了毛发，便于释放热量。在非洲草原上，他们能捉住羚羊和斑马，逃出狮子和鬣狗的凶吻。最近五万年中，他们跑出了非洲，跑到了其他大陆上，去猎杀那里的奇异猎物。只有在从事农业之后，人类才渐渐生疏了这项古老的技艺。

人群在猛犸身后形成弧形包围，不断调整方位，迫使它跑向自己引导的方向，也就是阿骨所在的位置。猛犸在视野中变得越来越巨大。很快，阿骨能看清它的全貌了。它有两个…也许三个人那么高，浑身覆盖着棕褐色长毛，四腿比人的躯干还粗，脑袋上有半圆形的高高隆起，小小的眼睛和耳朵下，长着蟒蛇一样的长鼻，一对狰狞的白色巨牙在鼻子前面弯成半圆，这是噩梦中才有的魔怪。

他也看到了此刻正伏在它身上的怪人，他身材矮小，身上长着和猛犸一样的长毛，低着头，两手紧紧抓住猛犸背，以防自己掉下来，却看不清楚面目。

刚才，在等待的间隙，阿骨终于从阿石口中问出了猛犸人的传说。据说他们的始祖是一个丑陋的女人，没有人愿意和她同居，被赶出了族群。她在冰雪中遇到了一群猛犸，于是和猛犸交配，生下了一群半人半猛犸的后代，以后就世世代代与猛犸生活在一起。听到这个故事后，阿骨打了个冷战：猛犸人是多么可怕的怪物啊！

　　猛犸已经接近部族的拦截线，每一步都令大地发抖。在远处观察是一回事，当小山般的巨兽向你奔来时是另一回事。阿骨本能地想要转身就跑，他竭力控制自己不要发抖，和其他人一起挥舞着火把，呐喊助威。猛犸和人群对峙了片刻，示威似的吼了几声，人墙再次起了作用，猛犸偏过脑袋，不情愿地转了方向，奔向最后的死亡陷阱。

　　阿骨和众人一起追在猛犸身后，大约三十箭之外就是陷阱所在。部族人力有限，陷阱不深，很难把整头猛犸都装进去，最多卡住它的一两条腿，但这家伙体形太大，也就不容易脱困，在它挣扎的过程中，猎手们可以靠近射箭或掷出长矛，扎进它柔软的腹部。

　　将近傍晚，猛犸跑了很久，速度也放慢了，猎人们不紧不慢地跟在后头。离陷阱只有百步之遥时，猛犸背上的怪人回过头，怀疑地看了看身后蓄意放慢步子的追兵，又左右张望，环视着周围逼仄的山坡，好像发现了什么。忽然间，他发出尖细的叫声，猛犸停住了脚步，然后缓缓转过身来，面对追兵。

　　"不好！"族长紧张地叫道，"变蛇口阵！"

　　部族成员开始变换着阵形，左右分开，擎起火把，高声呐喊，动作整齐而一致，从猛犸的角度来看，好像这些小家伙合成了一个比自己更大的怪物，一条缓缓张开大口的巨蛇。它再次被唬住了，不安地后退着，随时要转身逃跑。但背上的猛犸人又发出一连串急促的呼喝，不断拍着巨兽的脑袋，似乎在发出命令。终于，猛犸下定决心似的发出一声惊天动地的嘶吼，如同惊雷炸响，让所有人都心惊肉跳。

　　猛犸并没有冲向人群，而是吃力地走上一旁的山坡，山坡坡度不小，这对它来说也不容易，它发出粗重的喘气声，走几步就要停一下。几个有经验的猎人判断，绝望的猛犸打算翻过山坡逃走。他们组织起一批人以更快的速度向山顶爬去，让其他族人在猛犸后面继续骚扰，试图将它重新驱赶回陷阱的位置。

阿骨跟在猛犸后头，发现猛犸已经处于自己上方，抬起后掌时扬起的泥土就落在自己头顶。猛犸爬到了丘陵的中间地带，忽然转过头来。猛犸人看着下面的人群，和阿骨的目光在空中对上，阿骨看不清他的面貌，但那眼神中有恐惧，有愤怒，有绝望，如燃烧的火焰，如寒冷的冰刃。阿骨觉得心被什么东西抓了一下，不由得退开一步。

猛犸人轻叱一声，猛犸扬起鼻子，再次发出怒吼，这吼声化为湿热的腥风，让阿骨觉得自己的魂魄几乎要从身体里被吹走。还没等他反应过来，巨兽已经从山上直直地向他的方向冲了下来。

爬到山坡上的部族人众已经零零散散，无法保持队形，在从上方冲下来的猛犸面前，就像在泥石流面前一样毫无抵抗力。猛犸从人群最薄弱的地方冲过，部众们连滚带爬地退开，个别退让不及的被猛犸踩中，当场惨死。几个猎人掷出长矛和飞镖，但只是从它厚厚的棕毛上擦过，顷刻间，猛犸已经冲到阿骨刚才站的位置，离他还不到一条手臂的距离。

"快扎它的腿！"阿骨好像听到族长的声音，但他宛如身在梦魇中，无法动弹，呼吸困难，眼睁睁地看着猛犸从他面前逃走，晃动着小山一般的身躯，扬长而去。

"还愣着干什么？"不知过了多久，族长出现在他面前，"快去追踪那家伙，阿石，你也去！"

3

月神沿着天路巡视着星空，神山的雪顶在月下分外皎洁。阿骨和阿石垂着头走在荒原上，不知走了多久，终于看到远方透出温暖的火光。

"走了半个晚上，总算快到营地了。"阿石摩擦着手掌说，"又冷又累，真想赶快回去烤火，吃点热乎的东西！"

"哥，今晚火光怎么那么亮？"

"大概是在火葬阿壮和阿毛吧，还有阿虎，他断了好几根肋骨，应该也不行了……这次我们真是损失惨重。"

"对不起……"阿骨觉得很羞惭，"我当时不知怎么呆住了……如果我能扎中它的腿……"

"就算你能扎中，最多也就让它受点轻伤，未必有用。"阿石长长出了口气，又重重挥了一下拳头，"我真不明白，畜生哪有那么聪明？我看都是那个猛犸人搞的鬼，下次一定要先射死那家伙。"

白天，猛犸逃走后，阿骨和阿石沿着猛犸留下的脚印又跟上了它，发现它卧在山脚下休息，猛犸人依偎在它脖子边上，好像睡着了。他们本来可以偷袭，不过两个人不可能干掉猛犸，反而打草惊蛇，所以留下了标记后就返回营地。

想到家里的温暖和食物，二人加快了脚步。但距离营地还有十几箭地时，他们发现情况不对。火光大得出奇，但不是做饭的炊火也不是取暖的篝火，而是一座座猛犸骨架和兽皮搭建的营帐在着火燃烧！在火光的照耀下，许许多多人影攒动，陌生语言的呼喝和族人的惨叫不断传来。

从营地的方向，一个披头散发的女人跌跌撞撞地向他们跑来："阿石，阿骨！救救我！"

"阿莎，出什么事了？"借着月光，阿石认出了她是部族的女孩，浑身都在淌血。

"是鬼族人……他们一直跟着我们，晚上突袭了我们的营帐，还带着好多狼，见一个杀一个……"她哭着说。

阿骨的心往下沉去，鬼族是草原上最凶残的部族，他们自己内部通婚，对其他部族只会烧杀抢掠，占领其他部族的狩猎领地。他们蓄养了一群恶狼，几乎所向披靡，已经消灭了七八个族群。为了躲避鬼族，云族迁徙了多次，想不到还是……

"那我阿妈呢？"阿骨忙问道。

"你阿妈……"阿莎苦涩地说，"……被一头狼咬断了脖子，我亲眼看到的……"

阿骨和阿石呆住了，不敢相信自己的耳朵。善良的阿妈，慈爱的阿妈，每天为他们采摘野果、缝制衣服、唱着童谣哄他们睡觉的阿妈，早上还唠叨着送他们兄弟打猎，怎么可能还没见到他们就……

阿骨悲愤地大叫一声，向着火的营地跑去，但阿石抓住了他的手臂。"哥，你干什么？我要去救——"

"来不及了，"阿石咬牙说，"现在去只能送死，走！"几箭地之外人声喧哗，出现了星点火光，已经有好些鬼族人追赶阿莎而来，似乎还有他们蓄养的狼。

阿骨攥紧拳头，但终于扭过头，把悲愤化为脚下的步子。谚语说："如果你当不了猛虎，就当跑得最快的鹿。"可阿莎已经受了伤，根本跑不动，眼看追兵越来越近，兄弟俩架着她跑了几步，不得不放下了她。阿骨很快听到了阿莎被擒住的哭骂声。鬼族人可能暂时不会杀她，但她的命运只能更加悲惨。他只有竭力不去听她的哀哭。

但鬼族人并未放过阿骨兄弟，仍然有一批人追来。阿骨毕竟年纪小，渐渐速度跟不上阿石，落在了后头。"快啊！"阿石回头催他。阿骨奋力又跑了几步，但步子一乱，被土堆绊倒，反而摔了一跤。

阿石回身要来拉他，但追兵已近，他刚迈出一步又停了下来，兄弟二人对望了一眼，目光中交换了千言万语。一瞬间后，阿石仰天悲吼一声，掉头飞奔而去。一个人死总比两个人死好，生存的逻辑就是这样简单而残酷。

阿骨挣扎着起身，掏出腰间的短石刀，想和鬼族人同归于尽。他们靠近了，三个人，一头狼。几乎每个人都比阿骨高大一倍，他们脸上涂满了油彩，画着鬼魅一样狰狞的脸谱。勇气离阿骨而去，他抑制不住地颤抖。一个大汉满不在乎地向阿骨走来，在他刺出第一刀之前已经夺下他的刀，轻松地将他踢倒在地，用大脚踩住他的胸口，然后从背后拿出一把巨大的石斧，高举起来，眼看要把他的脑袋劈成两半。

恐惧比死神更快地抓住了阿骨，他大叫起来："别杀我，我带你们去找猛犸！"

鬼族话与云族话差别很大，但"猛犸"一词却是在各族间通用的。大汉露出狐疑的神色。阿骨一边喘息一边比画着说："前面，猛犸，活的，猛犸！我，追踪，知道，我，带你们，去找，猛犸……"

大汉一脸茫然，似乎没听明白，斧头又要落下。但另一个人及时抓住了他的斧柄，用拙劣的云族话对阿骨说："有猛犸，活。没有猛犸，死？"

阿骨忙点头："有猛犸，活。没有猛犸，死！"

4

在这片土地上，猛犸是每一个部族梦寐以求的超级猎物。猛犸的肉和内脏可以供全族人吃一两个月，皮毛可以供几十个人御寒，筋可以做成弓弦和绳索，脂肪可以烧火，骨头和牙可以搭建营帐，牙还可以雕成工艺品，交换外族的珍稀货物。对部族民来说，这简直就是一个会行走的宝藏，任何一个猎人如果在猛犸狩猎中立下大功，就会成为部族中最受男子尊敬和女子爱慕的人物。

几个鬼族汉子放弃了追赶跑远的阿石，他们一心要找到猛犸，让阿骨为他们带路。阿骨只是个半大孩子，刚才摔得不轻，走路还一瘸一拐的，鬼族人懒得费心捆住他的手脚，只是不时拳打脚踢几下，催促他走快点。

他们走了很久，直到月已西斜，天已蒙蒙亮，还看不到猛犸的半点踪影，鬼族人渐渐不耐烦："猛犸，看不见？有没有？"

"有！有！"阿骨忙说，"前面，有、有脚印！"

果然，前方出现了不少猛犸的脚印，虽然在夜里看不太清楚，但这么巨大的脚印还能属于什么动物？鬼族人拿着火把看了几眼，颇感满意。"快！"他们催促着，"去找猛犸！"

阿骨带他们走向一条山下的小道，又走了一会儿，好像忽然听到什么动静，回过头，望向他们身后，露出极度惊讶的神情："猛犸，后面？！"

三个鬼族汉子受惊回头，却什么也没发现。一怔之后，才发现阿骨已经趁机飞快地向前跑去，脚上竟一点儿伤也没有。鬼族人大怒，发力追来。阿骨竭力飞奔，同时注意脚下的落脚处。跑出百步后，他听到了身后鬼族汉子的连声惊呼和砰然落地的声音。阿骨回过头，地面上已经看不到鬼族人和他们的狼了。

部族为猛犸挖的陷阱终于起了作用，三个人一头狼，都掉了下去。

陷阱有一个半人那么高，但很难长时间困住三个壮汉。阿骨快步跑到陷阱边，正看到他们一个踩着一个肩膀往上爬，忙狠狠地一脚把最上面的人踹了下去，又搬起边上的石头用力向下砸去，砸得他们鬼哭狼嚎。

阿骨正稍微松了口气，一道灰影却奋力从陷阱里跃出，却是那条狼踩着鬼族人的身体跳了出来，一口咬住了阿骨的胳膊，尖利的犬齿刺穿了他的肌肉，几乎深入骨中。阿骨惨叫一声，滚倒在地，另一只手摸到一块石头，忙拿起来捶打狼头，让狼牙松开了一点儿。但他并没有趁机拔出手臂，否则狼说不定会去咬他的脖子，而是将手一寸寸向前伸去，忍着血肉被撕开的剧痛，将拳头塞进狼的咽喉和气管。狼挣扎起来，脑袋左右摆动，四爪疯狂地抓挠着，想要脱困。好在阿骨身上有厚厚的鹿皮袄子，狼爪很难伤到他。他一手堵在狼的喉咙里，一手拿着石块玩命地猛砸，不知过了多久，狼的挣扎总算渐止，一动不动了。又过了一会儿，阿骨才拔出鲜血直流的手臂，将狼尸踢到一边，去陷阱边查看。三个鬼族人有两个已经奄奄一息，有一个受伤不太重的汉子抓着草根想爬上来，看到阿骨，发出乞怜的声音。阿骨不去理会，一个接一个地砸死了他们，才颓然坐倒。

太阳出来了，周围一片死寂。

阿骨不知何去何从。他不敢再回营地，那里肯定已经被鬼族人占据了；他也不知道阿石在哪里，是否逃出生天。他知道部族有几个通婚的族群，但也不知道他们的具体位置，而且人家也未必会收留他。最后，他想到了神山，也许祖先神会在山上庇护他，也许他可以去那里……

他尽可能从狼身上割了一些肉，带在身上，向神山走去，孤零零地宛如死去的游魂。走了不到半天，他就开始发烧，浑身无力，头重脚轻。他知道那是手臂上的伤口感染造成的，如果在部族里，他可以躺在营帐里休息，阿妈会给他用火烧灼伤口，再敷上清凉的草药，不会有什么大事。但现在，没有人会再照顾他了。

阿骨走不动了，只好找了一个土洞蜷缩了一晚，一边哭泣一边逼着自己吞下几块血腥的狼肉，直到深夜才蒙眬睡去。第二天，他的病势更加严重，伤口溃烂发臭，额头烫得吓人，浑身的气力剩下不到一成。但他还是一早就挣扎着起身上路，但每一步都更加虚脱。不知走了多久，他看到不远处有一条小溪，想去喝口水，他蹒跚地走到溪边，就一头栽倒在地，再也爬不起来。

昏昏沉沉中，他仿佛看到那头猛犸从远处向他走来，停在他面前。古怪的猛犸人跳下来，将他拖上猛犸的背。阿骨知道他们要把自己带回去吃掉，不知道为什么，他感到这也是一种解脱。

5

"阿妈……我做了一个噩梦……"

身下的温暖和摇晃如同幼时阿妈的怀抱，阿骨渐渐醒过来，觉得口干无力，想要阿妈给他水喝，于是他喃喃地说道。但睁开眼睛，眼前却是一张污秽而丑陋的面孔，一股奇怪的腥膻气味扑鼻而来。

猛犸人!

他想起了发生的一切，吓得想叫，却叫不出声。猛犸人正在对他说话，他一个字也听不懂，但语音中似乎并没有敌意。阿骨放松了一点儿，但仍然警觉地盯着对方，这次他终于看清楚了，猛犸人的眉骨凸起，眼眶深凹，颧骨凸出，鼻梁也很高，与其说是丑，不如说是古怪。他抓自己来，要干什么?

紧张的思考消耗了阿骨所剩无几的精力，过不了多久，他又昏了过去。当他再次醒来时，又感到身下摇晃，才意识到自己正在那头猛犸背上。他想爬起来，但猛犸人按住了他，力气出奇地大，阿骨根本无法挣脱，只有乖乖躺下。

惊惧交加中，猛犸人把一把红色的浆果放到他脸上。阿骨已经渴了很久，一见到浆果再顾不得其他，只顾把它们一把塞进嘴里，大口咀嚼，吞下酸甜多汁的果肉。吃得急了，又呛了出来，连声咳嗽。

看到阿骨的狼狈，猛犸人咧开嘴，发出了古怪的笑声。看到对方的笑容，阿骨的恐惧减轻了不少。给你食物和水，在任何部族里都是友好的意思吧？他又一次审视对方，发觉猛犸人根本没有长猛犸那样的长毛，那只是他穿着的猛犸皮，他露出来的皮肤和自己没有太大区别。而实际上，猛犸人声音纤细，胸部微微隆起，似乎是一个女性，而且年纪应该很轻，是一个——少女？

"你是谁？"他问，"为什么要救我？"

但少女好像根本听不懂他的言语，阿骨说了半天，只好放弃。疲惫袭来，他又睡了过去。

此后几天，阿骨在猛犸背上时睡时醒，猛犸少女每天喂他吃一些蘑菇、浆果和野菜之类的食物，但没法治疗他。阿骨稍微清醒了一点儿之后，自己割去腐肉，找了点草药敷上，居然挺了过去。

他们骑着猛犸迁移，寻找水草丰美之地，当猛犸啃着草料时，他们也在周围寻找可以吃的食物：野菜、菌类、植物根茎、昆虫和其他小动物。夜里他们靠着猛犸睡觉，猛犸出人意料地温顺，阿骨很快就不再怕它了。

阿骨开始尝试和少女交流，他指着自己的胸膛说："阿骨，我是阿骨。"

少女看了他一会儿，犹豫地伸出手，指着自己的胸口说："阿骨……"

"不不，"他连连摇头，先指着自己，再指着对方，"我——是阿骨，你——是谁？"

他说了好几遍，少女终于明白过来，指着自己说："卡拉……"

"卡拉……"阿骨笑了笑，"原来你叫卡拉……我叫阿骨……你叫卡拉……"

他感到一种莫名的放心，知道名字，就是见到了对方的灵魂。她不是什么非人的怪物，她叫卡拉。

几天后，阿骨才搞明白自己闹了笑话，"卡拉"是猛犸人语言中"我"的意思，少女真正的名字，叫"荻"，指的是一种草原的野花。

"荻，你救我，你要什么？"当他学会一点儿猛犸人的古怪语言之后，就问少女。他想问的是"为什么"，但荻的语言中好像没有这个词。

"我要……"荻比画着说，她的语言伴随着很多奇怪的手势，"我不知道。"

"你不知道？"

"什么都不知道。"荻认真地说，"你要让我知道……"

荻说了很多，阿骨花了很长时间才大致明白她的意思。猛犸人本来生活在遥远的西方，和许多猛犸生活在一起。但其他人类来到当地后，大举猎杀猛犸。他们带着仅存的一小群猛犸逃到东方，但途中又不断遭到各部族的截杀。五年前，那群猛犸被人类部族赶进一个山谷，放火烧死，猛犸人也都遇害，只有荻的母亲带着她和最后一头猛犸逃生。撑了几年后，母亲在去年冬天也死去了，此后就只有荻一个人与猛犸相依为命。它的名字很滑稽，翻译成云族话是"小浆果"。

获所见到的，都是捕猎猛犸的部族人，从未见过和自己类似的族群，她想，他们也许都死了；她和小浆果也一直遭到陌生部族狡猾多变的围猎。她不知道这些人为什么要追击自己。所以当她发现昏倒的阿骨时，她想，也许她可以从这个少年这里知道那些部族的事情。

"为什么你觉得我可以帮你？"阿骨问。

获并没有说要知恩图报之类的话，而是伸出手，卡住阿骨的喉咙，把他提了起来，阿骨无法相信女孩力气能有这么大。

"你帮我，活；不帮我，死。"获简洁地说。

"好……我帮我帮……松手……咳咳……"

阿骨告诉她，各部族对付他们的理由只有一个：杀掉小浆果，吃了它。

"泥土！"获气得用本族的骂人话叫道，"你们是泥土吗？竟然吃猛犸！"

阿骨小心翼翼地说："人什么都吃。"

"猛犸不可以！它们是……兄弟姐妹！"获看上去都要哭出来了。

获慢慢告诉阿骨，在他们的神话里，人和猛犸是草原之神生下的兄弟，他们绝不吃猛犸的肉，但可以喝它们的奶水，靠它们的皮毛取暖，让猛犸帮自己找到植物根茎和水源，骑着它们千里迁徙。更多的生活细节，获也不清楚，在她的族群覆灭时，她年纪还很小。

阿骨之前做梦也想不到能驯养猛犸这种恐怖的巨兽，但他发现，小浆果虽然看上去庞大狰狞，性子却很温顺，而且相当聪明，荻可以随时把它召来，坐在它身上，指挥它前往任何方向，这是荻的母亲从它幼年起就一点点训练出来的。在荻的引导下，小浆果对他也去除了戒心。他们白天可以骑乘着它，晚上依偎在它怀里睡觉也相当暖和，偶尔下雨的时候，草原上没有一棵树，他们就在小浆果的肚子底下躲雨。荻说："猛犸聪明而又喜欢同伴，只要你愿意和它们交朋友，他们就是你的朋友。"

"帮我，保护小浆果。"荻对他说。

阿骨"嗯"了一声，他发现荻虽然力大无穷，但并不聪明，她懂得威胁他，却不懂得他可以奸诈。他可以趁她熟睡时偷偷溜走，甚至用石刀割断她的喉咙。如果部族还在的话，他也许真的会这么做。但如今部族已经不存在了，他能去哪里呢？

阿骨知道荻的长相和一般人并不一样，力气也比常人大得多，他甚至发现她可以在一定幅度内转动自己的耳朵，阿骨从未见过有人能这样。但无论怎么说，荻和猛犸毫无相似之处，既没有伸出嘴外的牙齿也没有垂下的长鼻。如果她不是人，至少也不是猛犸。

所以，他暂时没有逃走。

6

阿骨康复不久，新的猛犸猎人就出现了。一连好几天，阿
骨都发现远处有几个人影，鬼鬼祟祟地跟在他们背后。阿骨知道
他们的狩猎方式，他告诉获让小浆果绕几个圈子躲开他们，对方
就无从布局。猎杀猛犸可不是放一箭撂倒的事，每一个部族都必
须动员大部分人力布下陷阱和驱赶路线。如果猛犸的活动范围不
定，对方也就无从下手。

但那些猎人并没有很快消失，草原上的猛犸一天比一天少，
他们不愿意放过这个机会。一天，阿骨发现，那些猎人走到离他
们不远的地方，堆了一些石头后离去。他过去一看，发现是三个
小石堆，恰好组成一个三角形。这是本地各部族的共同语言：今
天晚上，在这里约会。这毫无疑问是发给他的邀请。

阿骨已经两个多月没有见到熟悉的人类。他知道有危险，
但想了很久，还是在夜里赴约，对方只有一个猎人，没有携带武
器，看上去确实有洽谈的诚意。

"孩子，你是云族人吧？"猎人见面就问，说的是和云族很

接近的语言。

"你怎么知道？"

"你的衣服式样像是云族的，"猎人说，"再说你胸口不是挂着云纹石项链吗？我是河族的，叫阿波。我们两族经常通婚，你肯定知道吧？我外婆就是云族人，你们的族长说起来还是我的表舅呢，哈哈！你该叫我什么？"

"阿波……叔。"阿骨犹豫地叫了一声。

"叫波哥也行，"阿波亲热地摸了摸他的脑袋，"你们云族的不幸在草原上传开了。我们都很气愤，那些鬼族的狼崽子简直畜生不如，我们一定会帮你们报仇……不过话说回来，你怎么会和那个猛犸人在一起？"

"她……救了我。"阿骨简单地回答。

"原来如此，"对方抛出了正题，"小伙子，我们抓不住那头猛犸都是你干的吧？云族也是堂堂的神山子民，干吗和猛犸人混在一起？他胁迫你的？"

阿骨点头，又摇头，不知怎么回答。

"这也难怪，谁让你一个人无依无靠呢。"阿波同情地叹口气，又说，"这样吧，我可以帮你。你帮我们把猛犸引进包围圈，我保你加入河族！你年纪也差不多了，立下了这场大功，我们族里最漂亮的姑娘随便你挑！"他哈哈笑了起来。

阿骨沉默了，对方的条件的确诱人。和荻在一起每天风餐露宿，连火都不生，这种日子比部族里的生活差得远。也许这就是他一直等的机会。

"怎么样，孩子？"阿波看他迟迟不答，又说，"你如果不放心，我可以在神山面前起誓。"

"不用，可你们……不能伤害她。"阿骨说。

"谁？"

"那个猛犸女孩。"

"猛犸人？"阿波吃惊，"她是女孩？"

"她……救过我的命。"

阿波咧嘴笑了，做了一个"我懂"的手势："没问题，我们只要猛犸，不会碰你的人，如果……如果她愿意加入河族，我们也欢迎。"

阿骨又想了想，终于下定了决心："好，你们明天带大队人马来，我会配合你们行事。"

阿波大喜："太好了！我这就回去报信，到时候猛犸肉分给你最肥美的一份！"为了表示友好，他主动送上了一只刚打到的雪鸡。

阿骨接过，点点头离去。冷风吹过，才发觉自己已经汗流浃背。他听到身后细微的草丛拂动，知道一支对准他的箭刚刚撤去。如果他拒绝对方的邀请，心脏早已被它洞穿。

阿骨回到猛犸身边，荻还在熟睡，身子蜷缩着，被小浆果的鼻子围住，就像一个草篮中的婴儿。阿骨知道，荻不可能离开小浆果，过一般部族人的生活。他想，不如在梦中杀死她，让她毫无痛苦地死去。

他拔出刚磨好的一把石刀，在荻身边站了很久，很久，好像在等待神的指示。

也许神已经指示了，他想，自从那一天在神山下遇到荻，也许神就指给了他一条完全不同的道路。

最后，阿骨发出一声听不到的叹息，唤醒了荻："我们要趁天没亮，赶快离开这里。"

"离开？"荻还有点蒙。

"我们被盯上了，河族人。他们很强大，狩猎猛犸也很有经验。如果不赶紧离开，他们会一直跟着我们。"

"我们能去哪里呢？"荻无助地问。

阿骨苦笑了："我也不知道，去……那边吧。"他指了指太阳升起的方向。

月光下，一头孤零零的猛犸，驮着一对少男少女，向东方走去。

7

　　东方是一片地势低洼的平原，夏天时，一样是芳草萋萋，繁花似锦，一样有许多的人类族群和无数其他生灵在这里平静地生活了无数世代，未来还将度过漫长的岁月。

　　但那并不是一块普通的陆地，它位于后世的华东、朝鲜半岛和日本列岛之间，正是黄海的位置。在冰河期，大量的海水被储存在冰川中，导致海平面下降百米，让海底的大陆架变成了草原。四千年后，随着气候回暖，上涨的海水将会淹没这里，让草原重新回归沧海，也会淹没一切人类祖先的遗迹。当然，那还是很久很久以后的事，如今这里是阿骨和荻的新家。

　　他们在东方草原待了十年。最初，他们仍然要小心翼翼地躲避人类猎手，游走在各部的边缘，冬天反而容易度过一点儿。那时候人类部族会向气候暖和的海滨迁徙，但猛犸巨大的体形和厚厚的长毛让它可以在严冬生存下去，阿骨和荻可以在它怀抱中取暖。猛犸会用长牙拨开厚厚的积雪，食用下面丰富的灌木与杂草，阿骨和荻不难在它扫荡过的地方找到可食用的植物，有时候还可以挖出冬眠的睡鼠和刺猬大快朵颐。阿骨慢慢教会了荻生火烤炙食物，这样小浆果也会渐渐熟悉火焰的光芒，不至于被人类的火把轻易吓跑。

第二年春天，他们在草原上遇到了一个野生的猛犸种群，小浆果已经成年，它的天性被唤醒，奔向自己的同胞，加入了它们。荻以为永远失去了它，非常伤心。但两天后，小浆果又回到他们身边。后来他们才发现小浆果怀孕了。它怀孕的时间很长，近两年后才生下了一只小猛犸，荻叫它"小种子"。

很快，那群野猛犸代替了小浆果，成了东方各部族捕猎的首要目标，阿骨知道，它们几次被伏击，损失很大。而就在小种子降生后不久，发生了一件极其恐怖的事：那个猛犸种群统统被人类猎杀了。一天，阿骨他们路过一座悬崖，看到十多头猛犸的残尸，看上去是被人赶上悬崖后慌不择路掉下来的，因为这次的捕杀实在太多，根本没法都带走，尸体上还剩下许多皮肉和骨头，足以供几十头野狼、鬣狗和上百只秃鹫享用一个夏天，冲天的腥臭在山的另一边都能闻到。不知怎么，阿骨想起了自己部族被杀戮的那一夜，心里感到一阵难过。

他们很快离开了那里。但第二天，阿骨他们醒来时，发现自己多了一个同伴。一头臀部带伤的公猛犸远远地跟着小浆果和小种子。阿骨觉得它就是那群猛犸劫后余生的成员，也许还是小种子的父亲。他们给它了一些食物，让它靠近，小浆果很快接纳了那头可怜的猛犸，就像当年荻和小浆果接纳阿骨一样。荻给它取了一个名字"小叶子"。它最初还比较怕人，但很快就仿效小浆果的行为，除了不肯让人骑乘之外，对两个人已经毫无戒心了。

此后，小浆果又生了三头小猛犸，一头夭折了，另外两头健康地活了下来。陆续又有在人类猎杀中逃生的几头公母猛犸投奔了他们，它们又生下了新一代猛犸。以小浆果为头领，这个新的猛犸族群日复一日壮大起来。十年后，猛犸已经有十二头之多。荻给它们都起了名字，什么小蘑菇、小蚂蚱、小石头、小月亮，没有一个能和猛犸的高大威严联系起来。

这群猛犸引起了周边部族的兴趣，但人们很快发现，这是非常难以追踪和对付的猎物。猛犸以小浆果为首领，追随它的步伐，小浆果服从荻的命令，荻则根据阿骨的意见指挥迁移。它们不会被任何人群的恐吓吓跑，也不会毫无警觉地走入陷阱，更不会任带弓矛的猎人靠近。当族群壮大之后，它们就变成了足以冲毁一切的洪流。更很少有人敢对它们下手。在最危险的一次突围中，十二头猛犸冲破了上百人的围捕，踩死踩伤了几十人后顺利逃走，只有几头受了轻伤。

但幸运之神不会一直眷顾他们。

那天，当他们向东南方走了前所未有的一段距离后，发现一条大河出现在草原上，河的宽广让人难以置信，几乎看不到另一边的河岸，大河蜿蜒着流向天地尽头。猛犸们已经有好几天没有找到充足的水源，骤然看到大河，纷纷来到河边喝水，小猛犸们更兴奋地用鼻子吸起水，相互喷来喷去地玩耍。阿骨和荻也畅饮了一番，坐在河边的石头上，看着猛犸们的嬉戏。

"这么多的猛犸孩子，多好啊，"荻说，但又想起了什么，长长叹了口气，"可是……"她没有说下去。

阿骨知道她想说什么，握住了她的手："我们会有自己的孩子的。"他们已长大成人，在来到东方草原第二年的春天，自然的冲动下让他们相互结合，拥有了彼此，但不知为什么，荻一直没有孩子。

"可是这么多年过去了，"荻愁容不改，"我一直不能成为母亲，也许我真的是猛犸的后裔，和人类……"

阿骨设法转变话题："别说这个了。哎，你说世界上怎么会有这么大的河，它是从哪里来的？"

"我猜，"荻没有回答，阿骨只好继续说，"它一定是天上的银河流下来的，沿着它往上游走，就可以走到天上去。我们带着小浆果它们一起去吧！"

"去天上干什么？天上没有吃的。"荻终于开口。

"有啊，"阿骨笑眯眯地说，"那么多的星星，一定是天上的浆果，不是都可以吃吗？"

荻望着微笑的阿骨，她缺乏阿骨那种想象力，也没法理解这种联想有什么意义，但她知道阿骨是尝试逗自己开心，所以也配合地笑了起来。

他们当然不可能知道，他们所见到的这条河来自青藏高原，万里东流，汇聚了无数河川才从自己面前经过。在遥远的未来，它会以"长江"的名字出现在史册上，会有舟船往来，南北通航，发生许多次决定历史的战役，最后还会架起大桥，沟通天堑。但他们看到的是长江不复存在的一部分，它远比后世的长江更长，穿过此时仍是草原的黄海，穿过朝鲜半岛，汇入日本海。

阿骨还在滔滔不绝地说着，但荻的耳朵动了一下，脸色大变，猛然回头。阿骨顺着她的目光看去，发现十来个猎人在刚才还空空如也的河岸边出现，都拉开长弓，对准了他们。如果一起放箭，他们两个会立刻被射成蜂窝。借着大河滔滔水声的掩护，对方悄悄靠近，竟然没有被他们察觉。

猛犸们也发现了人的踪迹，紧张地向主人们靠拢，但肯定来不及阻挡对方的飞箭。一旦他们死去，猛犸群的覆灭也为时不远了。

"不要！"阿骨做了一个阻止的手势，用生疏了多年的云族话喊道，也不管对方是否能听懂，"有话好好商量！"

前头的一个青年冲他怒骂了几句他听不懂的言语，将弓箭对准了他。"也许他是前不久被踩死好多人那个族群的成员，要为亲人报仇。"阿骨想道。

"你们可以杀死我们，"阿骨说，心脏简直要跳出胸膛，"但是我们的猛犸会……会冲过去，为我们复仇，你们也会死很多很多人，值得吗？"

其实他很清楚，如果他们两个被杀死在这里，无人指挥的猛犸只会四散乱跑，猎人们只要稍微离得远一点儿，就不会有什么损失，然后回头再捕猎它们就易如反掌了。他只希望对方不会轻易地看穿自己毫无底气。

剑拔弩张中，一个大胡子的中年男子走上前来。他身材高大健壮，戴着一种鸵鸟羽毛装饰的帽子，穿着雪白的狐皮大衣，脖子上挂着玉石项链，腰间佩着一把雕工精美的刀，好像是猛犸牙制成的，看上去应该是一个头领人物。

阿骨紧张地盯着他，知道只要他一挥手，就会万箭齐发。而对方可能根本听不懂自己的语言，说什么都是白搭。

"你们……"他口干舌燥，越来越难以保持镇定了，"你们听我说，就像谚语中说的那样，我们可以像披毛犀和猛犸一样保持和平……和平……"

他再也说不下去了，因为那人张大嘴巴，用一种奇怪的，像见到精怪的目光看着自己，充满了活见鬼的惊愕。为什么，难道是因为"猛犸人"会说话让他感到奇怪吗？

"……阿……骨？！"那男子艰难地吐出两个字，"你是阿骨？！"

阿骨的心像被一道闪电劈中，他震惊地盯着面前的男子，在陌生的外貌下，渐渐找到了一张熟悉面容的痕迹。

"哥？！"

在所有人和猛犸的惊讶注视下，他们冲向彼此，拥抱着，又哭又笑。

8

　　他们平静下来之后，阿石说服其他猎人先撤去，阿骨也让荻带着猛犸们回避。二人坐在一起，互诉别后情由。

　　那天晚上，阿石逃走之后，流浪了十多天，在东面的平原上找到了曾和云族通婚的友好部族——风族。风族人收留了他，后来阿石在狩猎中立下了不少功劳，荣升为狩猎队长。几年前，他领导众猎人成功猎杀一个大猛犸群，更是被推举为新一任的族长。这期间，他和一个风族姑娘结为伴侣，生下了三个孩子。后来，他听说草原上出现了一群奇特的猛犸，被一男一女两个猛犸人所带领，怎么也抓不住，但他从未把这事和自己的弟弟联系在一起。

　　阿骨也简略地告诉哥哥自己的经历，阿石大笑起来："看来我们干得都不赖，你居然成了猛犸族的族长啦！"

　　"哥，别取笑了，"阿骨苦笑，"当初我自己也没想到，居然莫名其妙就和猛犸生活在一起了。"

　　"是啊，就是最好的占云师也算不到……不过，你过得好吗？"

阿骨缓缓点头。

"那就行了，不管你是和猛犸在一起还是和披毛犀在一起，都是我最亲的兄弟。"

阿骨心里一片温暖，又问："哥，那风族能放过那些猛犸吗？这么多年来，它们就像我和荻的孩子一样……"

阿石的答案却出乎他的意料："不行。"

阿骨愕然，阿石笑了："你不用急。我本来也不想猎杀你的这些猛犸。实际上，我这次来根本就不是为了捕猎猛犸。"

阿骨越发诧异："那是为什么？"

"为什么？"阿石的笑容忽然消失，面孔扭曲起来，目光中喷出仇恨，像是一瞬间被恶魔附体。"阿骨，你还记得鬼族吗？"

"鬼族"这个名字阿骨已经很多年没听到，但此时他的心再次感到了重重一击，像是被猛犸的脚重重踩踏了一下，火焰的噼啪和族人的惨呼仿佛又在他耳边响起。

"怎么会不记得呢？"他喃喃地说，"那是我一生中最可怕的一个夜晚。"

"我想你也不会忘记。自从那一夜之后，我无时无刻不想复仇。但如今鬼族是草原上最大的势力，天知道他们蓄养了多少头狼！风族也是为了逃避他们才越来越往东迁移。不过鬼族人现在也来到了这里，想要侵占整个东方草原。"

"他们……"愤怒充满了阿骨的胸膛，"他们竟敢……"

"所以，我们很快要和鬼族有一战，你愿意帮我吗？"

"当然愿意！"阿骨大声说，"那些鬼族的畜生，我真想把他们肮脏的头颅一个个割下来！可是哥……我怎么能帮你？"

阿石在他耳边说："兄弟，你只需要帮我一件事……"

稍晚一些时候，阿骨和荻一起坐在大河边，把阿石的计划告诉她。

"不能这么做，"荻一惊，连连摆手，"这太危险了，怎么可能……母亲从来没说过这种事。"

"你可以的，它们都听你的指挥，绝对服从，比如我们突围那次。"

"那是被逼无奈，可是这次……"

"这次同样是被逼的！"阿骨焦躁地说，"哥告诉我，鬼族人已经征服了无数部落，现在已经离我们越来越近。如果下次被比风族还多十倍的鬼族人围攻，我们不会再那么好运。"

"我们可以再逃走啊，去大河东面，去北方……"

"逃走！逃走！"阿骨攥紧了拳头，"别的地方一样有人！我已经过够了东躲西藏的日子。荻，这是我们最好的机会，哥哥说，他将来会在狩猎领地里分给我们足够大的地盘，我们可以和猛犸生活在一起，永远不会有人再打它们的主意。这不是你一直想要的吗？"

"阿骨，"荻正视着他，"你是为了保护猛犸们，还是为了给自己的亲人'复仇'？""复仇"是她的语言中没有的一个词汇，她是勉强从阿骨的语言中学会的。

这让阿骨更加怒火中烧："对，我是为了给阿妈、阿莎和所有人复仇！这又有什么不对？如果你的族人懂得复仇，又怎么会一次次被杀戮和驱赶？你们曾坐拥天底下最令人恐惧的力量，最后却只能像一窝兔子一样被赶尽杀绝！"

　　他说完这句话就后悔了，家族的覆灭是荻内心最深的伤痕。荻的脸色变得极其可怕，眼神中燃烧着愤怒，阿骨不知道她下一步是会高声怒骂还是直接把自己的胳膊拧断。

　　但荻的目光渐渐转为哀伤，如同火焰变成灰烬。她长叹了一声："好，我帮你完成心愿，但愿你不会后悔。"说完，她头也不回地离去。

9

深夜，繁密如星的猛犸骨帐之间，几百头狼不约而同地嚎叫起来，如同在召唤黑暗的恶灵。

鬼族首领从帐幕中起身，嘴角露出一丝微笑。那些风族人来了，前几天侦察的外围族人就发现了他们的踪迹。这些蠢货，妄图偷袭他们，却不知道自己的行踪早已暴露。当然，就算没有发现也不要紧。别的不说，群狼的叫声就能够及时预警外族的任何偷袭。

鬼族武士们迅速在营地的木栅栏外集合，点燃火把，每个人手中牵着一头大狼，总共有近两百头。如何养活这些几乎和人一样多的狼也是令鬼族感到头疼的问题。哪怕只是为了喂饱它们的肚子，鬼族也必须不断夺取其他族群的生存空间。

但这些狼不仅是捕猎的好帮手，也是战场上的重要助力。它们忠诚、聪明、勇猛，胜过最利的刀，最快的箭，是鬼族人的兄弟，也是其他各族的噩梦。据说其他一些部族也在学着驯化狼，不过还没有成功的例子。

远处的偷袭者正在逼近，今夜多云少星，什么也看不清楚，但能听到人群走动的声音。群狼发出"嗷嗷"的叫声，兴奋地马上要扑上去，鬼族武士使尽力气才拉住它们，他们要等对方再接近点儿再发起进攻。

很快，对方距离他们只有七八箭之地了。鬼族人蓄势待发，但此时，大地开始发出有规律的震颤，最初微弱，很快便越来越强烈，群狼的叫声从长嗥变成了焦躁的"呜呜"声，它们不再急着向前冲，反而犹豫着后退。鬼族首领感到蹊跷，再望向前方，熊熊火光下，可以看到远处的人群向两边分开，后面依稀有什么东西……某些非常巨大的东西，正在挪动……

鬼族首领张大了嘴巴，几乎不敢相信自己的眼睛。

那是一群猛犸！在最前面的两头猛犸身上，似乎还坐着两个——人，这怎么可能？

两头猛犸发出撼动夜空的长嘶，开始向前迈动脚步，其他的猛犸也吼叫着，跟了上来。很快，所有鬼族人和狼都能看到他们的对手了。猛犸们排成一行，步子越来越快，甚至飞奔起来，像山崩，像海啸，像突如其来的暴风雪，向着呆若木鸡的鬼族人席卷而来。

"顶住！"鬼族首领惊恐地叫道，"快放狼，拦住它们！"

鬼族人放出了手中牵着的狼，但在猛犸的威势前，大部分狼都畏葸不前，有的吓得夹着尾巴逃走，只有一小部分参加过狩猎猛犸的忠诚战狼冲到了猛犸跟前，但不是被直接踩死，就是被踢到一边，对冲刺的猛犸没有造成任何阻碍。猛犸后面的风族人很容易就收拾了剩下的伤狼。

猛犸已冲到面前，不少失去狼的鬼族人也失去了勇气，转身就逃。但首领仍在坚持抵抗："挥舞火把，放箭！"

但这些猛犸对鬼族的火把并不惧怕，稀稀拉拉的箭矢也射不穿猛犸那堪比披毛犀的厚重皮毛。刹那间，第一头猛犸冲过了防线，一人多高的鹿角栅栏，被猛犸一冲就倒，它身上的神秘人吹着口哨，仿佛发出催促的号令。首领终于明白，关键是对付猛犸身上的骑士，他忙拿出弓箭，想射向冲在最前头的猛犸人，但他刚刚张开弓，身体忽然悬空，然后重重坠地——后面的一头猛犸用鼻子把他卷起来，又用力摔在地下。

首领的倒下让鬼族人最后的抵抗也崩溃了。越来越多的猛犸和风族人占领了鬼族的营地。首领倒在地上，一时还没有死去，眼睁睁地看着后面的猛犸骑者跳了下来，走到他面前，俯身说了一句话，他只听懂了其中"云族"二字，记得那是他亲自带队灭掉的一个小部族，但他不明白那和猛犸人有什么关系。直到他的脑袋被割下来，挂在了长矛上，他最后残存的思维还在想着这个谜。

这一夜，天空被燃烧的营地映红，就像许多年前的那一夜一样。

10

苍茫云海在脚下铺陈开来，从云缝间可以看到下方的丘山，山谷间蜿蜒着白玉般的冰川，周围是千年不化的积雪，苍劲的黑色岩石在雪中挺立，面对西沉的落日，一只孤独的苍鹰在云上翱翔。

花了一整天，阿骨和阿石终于登上了神山之巅。这是历代部族联盟盟主的参神之旅，不过这次新的盟主破例带上了自己的兄弟。

"小时候一直以为祖先神就在这里。"完成祭拜之后，阿骨感慨地说，"那年云族被灭，我还想上来祈求神的助力呢，想不到上面什么都没有。"

"祖先神都在天上，化为风云雷电，神山是和他们沟通的场所。"阿石说，"兄弟，是祖先神让我们逃生，重逢，联合在一起，重建云族，然后是——拥有整个草原。"

阿骨默默点头。这三年中，他们经过五次大战，已将鬼族人彻底消灭，收服了河族等竞争的部族，重掌神山周边。云族流亡的残余成员被一个个找回来，也重建了族群。以云族和风族为核心，阿石召集各部，建立了解散多年的部族联盟，成为整个草原的盟主。

"可惜，还有那边……"阿石指了指西南方向，那里有一块醒目的乌云。

"那是哪里？"

"林族人，他们占据南方的森林地带，"阿石说，"很多年之前，我们云族和风族等族就是从那里被赶到北方的，现在是时候要回属于我们的土地了。"

阿骨一惊："你又要打仗？可是草原各部族都听命于你，又何必……"

"我不是为了自己！"阿石有些不快，"而是为了整个联盟。草原是苦寒之地，我们需要南方，那里气候温暖，物产丰饶，无论是人还是猛犸都可以过得更好。"

"可是猛犸不能再参战了，这几年已经有两头猛犸死掉，还有一头逃走……"

"但又生了三头，还有两头新加入你们的，猛犸的数量只有比以前更多，原来的草场都不够用了，你们也需要更好的牧地，森林地带可比草原更舒适。"

"但是……"阿骨还是觉得不妥。

"不用但是，"阿石搂着他的肩膀，另一只手指向远方，"你看！"

在他指的方向，几块巨大的云团正被北风推动，迅速飘向南方，看上去就像是空中的猛犸群。

"天现异象，占云师肯定说这是大吉大利之兆。"阿石笑眯眯地说，"放心吧，这是最后一次，这次之后，我们夏天可以在草原狩猎，冬天可以在南方河谷过冬，这是众神赐给我们的福祉！"

"你说什么？"获不敢相信地瞪着阿骨，"我们长途跋涉回到神山还不够，还要去不知几百里外的陌生土地和根本没招惹我们的部族开战？"

阿骨解释说："那是我们云族的老家，大概一百多年前，我们就是被林族人赶到北方的。哥说我们这次是要赶走那些入侵者，重返故园。"

"那是他的事。猛犸们不能再折腾了，"获检视着小浆果腿上的伤痕，"这是上次被那些河族人扎伤的地方，一直都没完全恢复。还有小叶子和小蘑菇也受伤未愈，小石头还死了……"

"我知道……"阿骨感到有点内疚，"但这是最后一次了。南方更适合猛犸生存，我听老人说，以前的猛犸也是在南方森林地带活动的，后来被大量捕杀才迁到了北方，如果我们能打下南方森林，哥说可以把最好的一块河谷给我们。他向来说话算话，这你知道。"

"他说话算话过？"获冷哼，"每次让猛犸打仗都说是最后一次，结果呢？就算得到了几块游牧地又怎么样？待不了几天就要跟他们的部落去更远的地方。"

"可他们需要我们。"

"需要猛犸去当你们的长矛和盾牌。"获冷冷地说。

"不是啊，现在他们可是把猛犸当救星供着，几头小猛犸也很喜欢和部族的孩子在一起玩，你知道阿石的儿子小阿毛和它们玩得最好，那次不小心被小蘑菇冲撞了一下，腿都断了，也没有怪它们；还有阿溪，上次送来了很多赭石粉，可以涂在它们的眼眶边驱赶蚊蝇；还有阿花，经常背着一筐筐的草料来喂它们……荻，你的族人不在了，可今天我们能够让人和猛犸再次成为兄弟。"

"说得好听，可你是让猛犸像狼一样去杀人！这违背它们的本性，会出乱子的。"

"我知道，"阿骨叹了口气，"但与林族的战事已经开始，很多风族人已经出发去了南边，如果我们不帮他们，也许他们都会死的，你真的忍心？"

荻微微动容，却还是坚持："这是他们自己要去的，我早就觉得，不该和部族人走得太近。"

阿骨没有再说话，却打开腰间的皮囊，把一些食物和石器放进去。

"你干什么？"

"我也要去南方。"阿骨说，"我亲哥需要我。如果你们不去，我就自己去。"

"我们不去。"荻斩钉截铁地说。

阿骨没有再说什么，转身离去。小浆果看着男主人离去，而女主人却没有像往常一样带着它们跟上，奇怪地晃了晃耳朵。荻站立着一动不动，如果阿骨回头，会看到她已经泪流满面，但他并没有。

直到阿骨走到视野的尽头，荻才大声喊道："臭泥巴！你给我站住！"

11

荻和猛犸们还是随着草原部族的远征队向南方出发了，踏上了从未见过的土地。

十几天后他们第一次见到了森林，实际上是森林和草原的交界地带。丰茂的草丛间，稀疏高大的乔木直冲天空。部众们在树木边建起了几百个帐篷，有人在休息，有人在外面采摘木耳和蘑菇，还有人在捕捉第一次见的松鼠等小动物。不远处，猛犸们也迫不及待地卷起树上嫩绿的枝叶，惬意地咀嚼着，看来它们很喜欢这里。

荻还是和小浆果在一起，这段日子她都不怎么搭理阿骨。阿骨在阿石身边："哥，我们到哪儿了？林族人在哪里？"

"这里应该已经是他们的势力范围。"阿石说，"不过再翻过两座山才是他们的主营地。我已经派人到前头去侦察。我们天不亮就开拔，最晚明天卜午，就可以发起进攻了。"

"他们有多少人？"

阿石一笑："不少，不过还比不上鬼族，林族人身材矮小，也没有战狼助阵，而且他们应该已经很久没有见过猛犸了，你的猛犸部族一定会让他们吓得屁滚尿流。"

阿骨犹豫了一下，说："哥，不要杀太多人，我们不能学那些鬼族人……"

"我们不是鬼族，只要他们投降，我们可以分享这片森林。"

他的话忽然止住，眼睛盯着前方，阿骨顺着他的目光看去，在林间的长草丛间，似乎有一些东西在移动。

"那是……"阿石忽然跳了起来，"林族人？"

阿骨也看清了，那是一些身材矮小的人，身上粘满了草叶，在草丛间移动，很难发觉。他们已经靠近了猛犸群。有些猛犸已经看到了脚下的这些小家伙，但他们不怎么怕人了，只是看了两眼又回去吃叶子。

"荻，小心！"阿骨大声叫道。荻正在小浆果的身边小憩，听到阿骨的叫声，抬头发现一个林族武士已经来到面前，荻反应极快，一脚把他踢翻，随后跳上了小浆果的背。但另外一些人已迅速地滚到几头正在吃树叶的猛犸的肚子底下，闪电般地向上刺出长矛，刺进它们柔软的肚腹。

猛犸们发出撕心裂肺的惨叫，百箭之外都能听见。许多猛犸站立起来，又重重地落下，让大地也发出呻吟。此时，丛林深处传来恐怖的鼓点声，猛犸们受到重创和惊吓，发狂似的转身就逃。

它们后面不远处就是草原人的营帐，荻设法约束它们，小浆果倒还听话，可其他猛犸又惊又痛，再不听指挥，践踏着一个个帐篷冲了过去。草原部众根本来不及反应，许多人直接倒在了发狂的猛犸足下。片刻间，已经死伤满地，一片狼藉。树上也冒出来许多林族武士，借着浓密的枝叶掩饰自己，像猴子一样跳来跳去，他们吹出骨镖，射向毫无防备的草原人，令他们像无助的小羊一样倒下。

"哥，我们怎么办？"阿骨问阿石。阿石却好像僵化成了石头，凭借猛犸群多年来轻松的胜利让他无法接受眼前的事实。

"哥！"

"撤——退——！"阿石终于大声叫道。

其实不用他叫，剩下的人已经在东奔西逃，但林族人越来越多，很多人逃不出去。小浆果冲到他们身边，获在小浆果的背上对阿骨伸出手，阿骨忙爬上去，回头对阿石说："哥，你也上来！"

阿石向前踏了一步，又退回去："我……不能走。"

"为什么？"

"那么多部众还在这里，"阿石咬牙，"我是盟主，不能抛下他们，你们先走！"

"可你会死的！"阿骨叫道。

阿石望了一眼周围死伤满地的人群，露出惨淡的笑容："你不懂吗？我回去还不如死在这里。"

阿骨明白他的意思，作为盟主，回去后，他无法再面对失去太多亲人的草原各部，即便活着也生不如死。也许只有战死在这里，才能挽回身后的光荣。

"小心！"阿石猛然掷出手矛，一个靠近的敌人从树上应声落地。"你们快走吧，要不就来不及了。阿骨，请你照顾我的儿女！"

阿骨还想再说，但另一个林族人从树上落在小浆果背上，手中拿着一把燧石刀割向阿骨的咽喉，眼看他躲避不及，还好获抓住对方的手臂，和他扭打起来。小浆果感到身上有陌生人，惊恐地抖动着背部，林族人站不稳，终于被获扔了下去。

"快跑，小浆果！"获果断地说，小浆果拼命狂奔而去。

阿骨回头望向阿石，阿石对他微微点头，怒吼一声，全力扑向一个林族武士，扭成一团……他的身影越来越远，被阿骨的泪水所模糊。

以后，他再也没有见到阿石。

林族人收拢了包围圈，大举屠戮残存的草原部众，许多阿骨熟悉的面孔埋没在荒草间。而更悲惨的是那些猛犸，它们大部分已经中了林族人的伏击，腹部被长矛刺穿，跑不出几百步就一头头倒下，成为林族人的猎物。由于身体庞大，它们死得很慢，尽管身上已经被长矛刺出不知多少个洞，鲜血已经像瀑布般泻下，内脏也从破碎的腹腔中流了出来，可它们还活着，挣扎着，悲鸣着，望向正在逃离的同伴和保护人，不知道发生了什么。

12

其他人和猛犸都消失在身后，一切仿佛又回到了十多年前，两个人和一头猛犸相依为命，踏上了漫长的逃亡之路。一路上没有人说话，只有猛犸沉重的脚步声。

黄昏降临，森林已经在地平线上消失，小浆果的步子慢了下来。阿骨说："荻，让小浆果吃点草吧？"

荻没有回答，却向后一歪，从小浆果身上摔下，落在草丛间。阿骨大惊，忙跳下去，抱起了荻："你怎么了？"这时，他才发现荻早已昏迷过去。在她的腰腹之间，汩汩的鲜血正在涌出。那里有一道深深的伤口，大概就是刚才那个林族人用刀戳的。

"荻！"阿骨惊慌地叫道，"荻！"他只觉得身上发冷，无边黑暗就要把自己吞没。

荻面色惨白，终于张开眼睛，微微启唇："阿骨……我要死了……"

"别胡说！"阿骨手忙脚乱，想给她止血，他用手按着，用皮衣按着，用干草按着，但都没有用，血仍在不断地渗出。

"没用的……其实我早就预感……总有一天……会出事的……"

"都是我的错！"阿骨哭了起来，"我为什么要听阿石的，我们不该来这里的，如果不来这里该多好！"

"母亲说，"荻的声音细若游丝，"猛犸是我们的兄弟……我们不能役使它们，否则……否则必有灾难……"

"我是个浑蛋，"阿骨哭叫着，抽打着自己的耳光，却感觉不到疼痛，"都怪我鬼迷心窍……"

"不是你……"荻抓住了他的手，阻止他伤害自己，"你们的部族好奇怪，你们会唱歌，会画画，发明出了各种精巧的工具，但却想统治世界万物……迟早会……会……"

"荻……"阿骨无言以对，悔恨如狼爪，一下下狠狠地撕扯着他的心。

"对了，"荻的眼睛又发出一星光亮，"你记得那天在大河边说的话吗？我一直在想……如果我们能……离开地上……走到银河上去……多好呀……"

阿骨攥着她的手，感到她温热的手掌正在渐渐变冷。他颤声说："我们会去的，总有一天会去的，小浆果、小种子、小叶子它们都会去的……去星星间游牧……"

"我……现在……就……要……去……"荻的声音更加微不可闻，"你……和小浆果……一起……"她抬起手，好像要抚摸一下阿骨的脸颊，但还没有碰到阿骨，那只手就垂下来了，以后也不会再动了。

阿骨泪眼蒙眬，看着她无神的眼睛慢慢合上。在一点点暗淡下去的暮光中，她那古怪而又亲切的面庞也渐渐沉入黑暗，无法再看清了。

阿骨今后再也见不到同样的眼睛，这个星球上再不会有任何人见到。

阿骨不知道，也不可能知道荻真正的身世。她的的确确不是和他一样的"人"，或者说，五万年前从非洲走出来的现代智人。她的种族是从古猿人中进化出来的另一个物种，被称为丹尼索瓦人。这个种族的支系在数十万年的发展中，获取了和智人接近而略低的智力以及更发达的肌肉，但他们没有人类的创造力及侵略性，也发展出了与人类完全不同的文化。丹尼索瓦人的主体在三万年前就消失了，但其中的一支在西伯利亚与猛犸结成了长期的共生关系，在猛犸的帮助下又延续了一万年以上。随着更进步的智人对猛犸的狩猎，猛犸族也日渐式微。由于基因层面的生殖隔离，他们难以和人类结合，留下自己的基因，注定会走向灭亡。

猛犸还将在世界上苟延残喘数千年，但最后一个猛犸人在这个黑夜降临前，带着无数世代祖先的遗传，整个种族百万年的秘密，死去了。最后一个非智人的人族世系也就从此灭绝。在人类数百万年的进化史中，曾经出现过许多种各不相同的人类，但都被最后从非洲走出来的那个种族所消灭。猎取猛犸的智人成为唯一的胜利者。

一旁的小浆果仿佛也知道发生了可怕的事情，它轻轻拱着身体渐渐冰冷的荻，不安地轻轻嘶叫，就像找不到母亲的孩子。

尾声

　　许多天后，小浆果驮着失魂落魄的阿骨回到了神山脚下。此时阿石战败身亡的消息已经传开，他建立的霸业也烟消云散，草原各部重新四分五裂，厮杀不已。阿骨带走了阿石的伴侣、儿女和其他几个云族的同胞。他被推举为云族的新族长，为了部族，阿骨不得不挑起了这副担子。

　　当初他们所养育的猛犸，大多数都死在了林族人手上，剩下几头也流散了，重新被各族人视为野兽，陆续被捕杀。阿骨自顾不暇，救不了它们，唯一的安慰是，小浆果仍然顽强地活着，和云族生活在一起。或许是年龄已经过了，或许是内心受到创伤，它再也没有生育过，但猛犸大军的传说仍然在草原上流传，三代人的时间里，没有谁敢去招惹云族。

　　还有一些部落想要学着饲养猛犸，但把一头猛犸从小养大的时间太久，何况猛犸人的驯术已经失传，猛犸不易控制，要宰杀也很危险，与其费心去养，不如直接去捕猎。驯化猛犸的实验终告失败。反讽的是，鬼族人饲养的狼并未死绝，一些亲近人的小狼被草原各部收养，很快便开枝散叶。它们的后代变得越来越驯服和忠诚，未来它们将学会"汪汪"的吠叫，被称为"犬"或者"狗"，成为人类最忠实的友伴，陪伴人类度过整个历史。

按照草原风俗，阿骨继承了阿石的女人，他抚养了阿石的子女长大，也有了自己的儿孙。许多许多年过去了，阿骨老了，卸下了族长的重任。每一年夏天，人们常常看到年迈的前族长和一头老猛犸在一条小溪边悠游。直到一年深秋，暴风雪忽然降临，阿骨没有及时回到营地，第二天人们在小溪边上找到了他和一动不动的猛犸，二者都已经冻僵了。他们并不知道这里是五十年前阿骨和荻的初遇之地，但按照阿骨生前的嘱托，他们将猛犸和他的尸身葬在溪边，发现下面还有一具有些奇特的骸骨，才知道是多年前的荻，被阿骨带回来葬在这里。他们的故事被云族人津津乐道，传了好几百年，但终究敌不过洪荒岁月的力量。数千年后，冰期结束，温暖重临时，再也没有一个人记得云族，也忘记了还有过猛犸这种巨兽的存在。

无数世代过去了，人类脱胎换骨，一次次重生。阿骨的后裔在这片寒暑无常的大陆上不断迁徙和融合，慢慢学会定居和农耕生活，成为我们的祖先。在孔子、李白和成吉思汗的体内都流着阿骨的血脉。不过阿骨也没什么太特别的，那个时代人类非常稀少，每一个部族是后世许多族群的祖先，每一个个体都潜在影响着世界未来千万年的命运。然而这些我们历史之前的故事，早已被遗忘殆尽。

二十一世纪初，在山东聊城的一条商业街下出土了三具残缺的古化石，分别是猛犸、智人和一种更古老的人类种族。学者们猜不透他们的关联，争论了很多年，最后得出的结论是：相隔数千年的三个生物个体死亡后被冰川运动带到了一起，彼此之间毫无关系。

雾霾少女

1

那件事发生在我十五岁那年初夏。

当时我还是个懵懂少年，被老爸送到市郊的国际精英学院读书，全封闭式管理，平时想进城都不行。好不容易盼到了一个周末的下午，可以出来玩一趟。我还没有自己的车子，就打了一辆出租车从郊外别墅到了市中心广场。在宏伟的广场上，我兜了一圈又一圈，目不暇接地环顾四方，心中涌起一阵阵从未有过的兴奋。

令我兴奋的主要原因是我爸刚给我买的新款墨镜。精致的智能镜架衬着我十五岁的面庞，通过细微的变形调节适应我的脸形，掩盖了本来的青涩稚嫩，增添了几分令我欣喜的成熟气息。透过蓝紫色的镜片，我看到金色的阳光透过云彩，从周围高楼的缝隙间射进来，又通过无数玻璃窗的反射，照亮了城市的大街小巷。几条主街上，全自动汽车如流水般穿梭不息，大街两旁的商铺招牌也反着阳光，锃锃发亮。街上的人流熙熙攘攘，摩肩接踵。三五个衣裙鲜丽、花枝招展的女孩子从我身侧走过，留下一串风铃般悦耳的笑声。我目送着她们的背影离去，看到远处摩天大楼林立，还隐约可以看到一条悬浮轻轨蜿蜒其间，在它们后面，本市最高的建筑——七百层的未来大厦直冲云霄。

多么美好的世界啊，一切都美得不可思议，宛如梦幻。

"I'm King of the world!"看到了这一切，我在心中无声地呐喊了一句。我真想兴奋地大喊出声，但控制住了自己。我不想那么引人注目：如果让别人发现我的特别之处，就没那么好玩了。

我走进了广场旁边的步行街，各色商铺热闹非凡，但我没有进任何一家商店，只是在街上随意闲逛，贪婪地东看西看，仿佛是第一次来到这个世界上。本来平凡的一切，忽然间变得那么奇异而美好，那么千姿百态，美不胜收。

"忽然发现这世界美得炫目。来去匆匆的行路人，将背影嵌在这七色的城市里，竟是从未见过的风景画。孕妇穿行在季节风里，脸上写着母亲的骄傲。孩子们是这风景里最鲜艳的一笔，它是跳动的，泼洒了整个的风景。这是我的城市，被我爱又被我忽视的城市……"

我不由吟诵起语文课本上的句子，第一次体会到了上个世纪作者的感受。走着，看着，像外来的游客那样，陶醉在这座处处美丽优雅的大都市里。我问自己："这真的是我生于斯长于斯的那座城市吗？"

我有些不敢相信地摘下了墨镜，周围的世界顿时变了个样。

好像一支交响乐戛然而止，绚丽缤纷的都市消失得无影无踪，高楼、车流、行人、商铺……一切都沉入到昏黄的雾霾中，五六米外就什么都看不到了，只有几盏远处的强光灯还能看到亮光。

"笃笃"，脚步声响，一个戴着口罩的行人从霾尘中出现，目不旁视地匆匆从我身边走过，又进入了另一边的灰黄，再也看不见了。

站在这一团朦胧的中心，我忽然有一种荒诞的错觉，好像自己不是在千万人的大都市中央，而是在宇宙深处的某团原始星云里，千百光年之内一个人都没有。我摇摇头，不禁笑自己，瞧，才戴上现实恢复眼镜几个小时，就不习惯生活了十几年的环境了。这才是我的家乡，我的世界。

说起来，几十年前的人们确实是生活在另一个世界，一个可以一眼看到几公里之外的高楼大厦的世界，一个白天阳光普照、晚上星空灿烂的世界，一个不需要戴口罩就可以上街的世界……那个世界逝去不久，却已经离我们很远很远了。我平时只有在电影里才能窥见那个世界的风采，但依靠高科技的手段，今天终于见到了那个世界的本来面貌。

想到这里，我低头仔细端详起那副墨镜来。虽说叫作"现实恢复眼镜"，但我知道，它实际上是一种现实增强技术，略粗的眼镜腿里藏着精密的微型量子电脑，它有强大的计算能力，可以对镜片接收到的光线进行演算，将雾霾粒子造成的干扰效果剔除，还原出一星半点其他事物的反射光线，加上卫星定位，城市立体地图，以及实时接收全市几百万个传感器的数据，能够在最大限度上恢复城市和行人的本来面貌，误差不超过万分之一。凭借它，你才能够看到这世界的全貌究竟是什么样子。

这款超级眼镜不久后一定会成为高端市场上最受青睐的抢手货，不过现在它还是实验型号，欧洲还没有正式上市，国内更是找不到踪影，更不用说就算国内发售，价格也会极为高昂。我相信现在全市有这种眼镜的人就我一个。相对于那些"鼠目寸光"的芸芸众生，能看到一切的我可说是有神一样的能力了吧？想到这里，我心中充满了自得之情。

不止如此，我还有另一件宝贝呢……

对了，得办正事了！我心中一凛，又戴上墨镜，在再度浮现的城市街景中快步向目的地走去。

2

　　街道笔直，人行道边的绿地里，一片片花卉开得红彤彤的，在茂密的绿叶中摇曳，煞是好看。当然，这些都是假花，没有任何地球植物能够在不见天日的毒霾中长期存活。真的花草倒是也有，但都笼罩在透明密封的玻璃罩里，岌岌可危地代表着这座城市里最后的自然残迹。

　　从闹市区走到"那个地方"得穿过大半个市区，我本可以打车或者坐地铁，不过既然有了超级眼镜，我大可以步行穿过城市，趁这个机会仔细看看自己熟悉的故乡究竟是什么模样。

　　路上人来人往，虽然最远也看不到十米之外，但没什么大危险。在最后一次治理雾霾的行动失败后，人们不得不适应雾霾生活，和全国其他城市一样，我们这里也经过了彻底的改造，人行道和车道已经完全分离。汽车早不用司机驾驶，而是由城市的中央电脑根据车子上的定位信号和目的地等信息统一控制，可以保持高速运行，也不用担心撞到前面的车子或者护栏上。至于人行道已经被隔开，除非在特定的上车点，行人绝对碰不到汽车。红绿灯和斑马线也已消失，代之以天桥和地下通道，因此可以尽量避免因看不清而产生的交通事故。

　　我走过一座天桥时，心中一动，驻足向街心望去，看到了一座老人站立的铜像，应该是革命时代的某位伟人。说来滑稽，这个路口我从小到大也路过无数次了，但是每次街心的雕像都笼罩在浓浓的雾霾中，我还没有一次看到过它本来的样子。我甚至怀疑最近二三十年里都没人亲眼看到过它。

　　这回我看清楚了，那座铜像早已锈迹斑斑，甚至本该举起的一只手臂都掉了，可能是被雾霾中的有害成分腐蚀的。没人说得清这灰霾里究竟有什么，汽车尾气、工业烟雾、各种污染物，以及土地沙漠化产生的尘沙……它们像这座城市死去的灵魂，鬼气森森，似散还凝，将每个人紧紧包裹。如果市民每天出门时不在身上涂一层防霾油的话，说不定比那铜像还要惨不忍睹。

　　不知走了多长时间，我走到一处没有那么多人的街角，听到一阵喘息和低语声传来，绕过街角，顺着声音望去，就看到一张街边长椅上，两个白花花的躯体纠缠在一起，像两条蛇一样激烈地扭成一团，几件花花绿绿的内衣胡乱搭在旁边。

　　我有些好奇地看了他们几眼，虽然大人不怎么跟我们解释这些，不过十五岁的我当然知道这是什么。这种游戏是雾霾时代的产物，在浓霾中，街道的任何一个角落都像是被拉上了一层厚重的灰色幕布，给了尝试者很大的心理安全感。再说，所有人都戴着严实的口罩，就算被人看到也不会被看到脸，这就更令人放心了。所以最初还只是在个别冷僻的场所尝试的行为，很快因为难以遏制而在城里蔓延开来，后来就成了长盛不衰的风尚。

　　那对男女在长椅上不住地变换着姿势，涂了防霾油的身子油光锃亮，有时候两张脸会碰到一起，仿佛要亲吻，但只能隔着厚厚的口罩摩擦几下，看上去颇为滑稽。是啊，不论多么欢愉的时刻，就算可以一丝不挂，都没人敢把口罩取下来……

我不敢多看他们的表演，很快走过长椅，顺着街道一眼望去，发现这条街上正在男欢女爱的情侣还真不少，至少有十来对，甚至不一定是男女……他们自以为安全地沉浸在自己的小世界里，却想不到让我看了个一清二楚。

过了这条街，前面隔着一座牌楼，都是破落的小街小巷，地上到处是垃圾和污水。我知道这是城市空气污染最严重的地区之一，有上百万最穷的底层贫民和外来流动人口住在这里。

我站在这个诡异世界的入口，一时有些踌躇，要不要进去呢？这里面是怎样的世界？那套装备真的能管用吗？我不禁感到几分害怕，想取消今天的行动，但这时候，几个衣服脏兮兮的民工戴着更肮脏的口罩从我身边经过，没人向我看上一眼，他们显然根本看不到我。这给了我信心。来都来了，怎么说也要试试吧？

我走进牌楼，沿着面前的小街向前走去，拐过一个弯，就看到一个洗头店门口坐着一个浓妆艳抹的女人。她最初没看到我，但仿佛从我的脚步中得到了信息，站起来对着我的方向招手，用很重的口音招呼："先生要按摩吗？来嘛！来嘛！"

我站住脚步，不自觉地回答："不，我不是来……"

但那个女人走过来，已经看到了我，脸上露出一丝惊讶的表情，大概是从我的衣着打扮看出我家境不错，声音变得更加柔媚起来："小弟弟，你是第一次来吧？姐姐带你玩好不好？包管你舒舒服服的。"

那女人少说也三十多岁了，妆化得很浓，戴着廉价的棉布口罩，上面画了一张拙劣的红唇，看上去颇为滑稽。我被她吓退了一步，向两边望去，发现不知道从哪里冒出来至少七八个流莺，形成了半包围之势，都在招呼着我："小弟弟，到我们店里来啊，姐姐我的活儿可比她的好！"

"来找我啊，一次三百，包夜七百！"

"来嘛，跟我上楼……"

几个小姐伸手就来拉扯，我身子一低，闪电般地从她们身边掠过，绕过行人和障碍物，向前跑去。她们大概一下子都傻了：在一切被雾霾笼罩的时代，没几个人敢这么狂奔的。

小姐们的惊呼声在身后小了下去，我又不知转到了什么地方，发现这里在街边"办事"的人还真不少，但这边基本不是情侣，主要是嫖客和小姐。一路呻吟呼哧不断，我没心思多看，直接走了过去。过了两条巷子，我到了一个三岔口，看了看路名，是了，应该就是这里。我向地上看去，还真发现了一摊干涸的血迹。我的愤怒一下子被点燃了。

前几天，老爸就是在这里遇袭的。

3

我爸是北华化工公司的执行董事，一周前，他代表公司来这一带看望一个受工伤的员工，结果从员工家里出来，还没上车，就在这个路口碰到一个一瘸一拐的流浪汉，可怜巴巴地跟他讨钱，老爸好心掏出了几个硬币，谁料那流浪汉一跃而起，强抢他的钱包。老爸稍有抵抗，就被他一拳打得鼻青脸肿，鲜血长流，钱包还是被抢走了。老爸想去追，但是大霾中什么都看不到，自己还跌了一跤，摔得浑身是伤。

我爸说，他本来想报警，但是想想便知没有用处，在这座雾霾之城里，特别是这一带，摄像头形同虚设，小规模的扒窃和抢劫多如牛毛。只需要把东西拿到手，然后跑出十来米就安全了，等受害人反应过来，根本连影子都看不到，遑论追赶。还有比这更理想的犯罪场合吗？现在很多地方的摄像头形同虚设，多少杀人强奸的案子都破不了，何况是小小抢劫？老爸说，反正损失也不大，就算了吧，当施舍那些穷人了。

老爸这个人就是太善良，当了大老板也没什么架子，对穷人都特别宽容。但我咽不下这口气，想要惩治一下这些混蛋。正好有了这副神奇的现实恢复眼镜，我就打算利用这件宝物来这里找到那个该死的罪犯，给老爸出口气，如果能把被偷的钱包追回来那就更好了。

我左右张望，看看有没有可疑的流浪汉，但是没有发现。流浪汉倒是也有几个，但是和老爸描述的样子——花白头发（可能是染的）、一瘸一拐（肯定是装的）——都不是特别符合。或许是那家伙改变了装束。

我兜了一大圈，正没头绪，一瞥间，终于在一条巷子里看到一个一瘸一拐的背影，难道就是他？我悄悄跟了上去，心跳加速起来。

果然是个头发花白、衣衫褴褛的半老流浪汉，正提着一个鼓囊囊的麻袋慢吞吞地往前走。我谨慎地和他保持一定距离，听老爸说，这家伙看上去年老体衰，但实际上力气可不小。但下一步怎么办呢？是直接质问他，还是引蛇出洞？或者先打昏他？这我可不敢，再说也没有真凭实据，万一搞错了，可是铁板钉钉的犯罪。

我一时想不到怎么办最妥当，只有轻声蹑步，先跟着他再说，好在那流浪汉根本没发现我。

流浪汉走出了巷口，我正待跟上，智能眼镜的左边镜片忽然发出闪烁的红光，提示有一个目标正在从左侧迅速接近！

我本能地转头，还没看清楚，就被人撞了个满怀。"啊呀！"我忍不住惊叫了一声。

"对不起，你没事吧？"

对面竟站着一个和我年龄差不多的少女，梳着马尾辫，背着书包，穿着一件素朴可爱的粉红色罩衫。长得还算清秀——不过脸的下半部分被有些发黑的廉价口罩挡住了。

我看到是一个小姑娘，放下心来："哦，我没事，你怎么突然这么跑过来啊？这雾霾里……"

"对不起！"少女又道歉，脸上都是惶急之色，"我……我家里有急事。我妈病得不行了……对不起，我得赶紧去买药……"断断续续说了两句，又飞奔而去。

我怔怔地看了这个古怪少女的背影一会儿，才想到自己的目标，那流浪汉哪里去了？我抬头张望，还好，那家伙没有走远。

那么，究竟怎么对付他呢？我又回到了原来的思路上：或者可以这样，先假装施舍给他一点儿钱，看他是不是会抢夺，然后嘛……

我仔细思索着，把手摸向口袋里的钱包。

但兜里却什么也没有摸到，钱包和万能手机都不翼而飞，但刚才明明还在啊？

我如梦初醒，向少女消失的方向望去。少女还没走得太远，就在前面百米开外，靠眼镜还看得到她瘦小的背影。我顾不得管那个流浪汉，拔腿就往少女的方向追去。

果然那少女大有问题，刚才还说家里有急事，现在却悠然地放慢脚步走着，似乎还在低头翻看什么东西，多半就是我的钱包了。哼，她自以为甩脱了失主，却想不到自己已经被一双神眼盯上了！

但待我稍微近了点，少女好像听到身后的脚步声，回头看来，隔着三五十米，照理她应该看不到我的，但她警觉地从书包里掏出了一个望远镜一样的玩意儿，放在眼睛上看着，竟然是一部红外线透霾仪！我急忙蹲下，躲在一个臭烘烘的垃圾桶后面。

这丫头还真不简单！

红外线透霾仪是雾霾时代一种常见工具，类似以前的夜视仪，是利用红外线的透视特点透过厚厚的灰霾，辨认肉眼看不到的热源目标，效果远不能和现实恢复眼镜比，但也很实用。只是由于像望远镜一样硕大，不便直接戴在头上，所以往往放在别处或者挂在胸前，需要用的时候再拿过来。

我这才恍然大悟：那个少女刚才一下子撞过来，就是在远处已经用透霾仪观测到了我这个肥羊才扑过来的。看她娴熟的样子，显然已经不是第一次干了。可笑自己这次是来捉强盗的，却再次被盗，差点栽在这小丫头手上。

不过她也得意不了多久了，今晚等着吃牢饭吧。我恨恨地想。

少女看了几眼，没发现目标，迅速将透霾仪放回到背包里，又把钱包和万能手机也放进去。她没有扔掉钱包，大概因为钱包本身也很精美，值几个钱。万能手机她用什么东西扫了一下，大概是要检查有没有可以定位的信号发射器，确定没有之后才放进包里。然后她转过身，继续向前走去。

我冷笑着，戴上了一个头套，并调整了衣服的设置，顿时整件衣服变成了暗淡的灰黄色，和无处不在的灰霾融为一体，同时也最大限度地隔断了红外线的辐射。像那少女手持的民用型透霾仪，是什么都看不到的。我对她来说，已经99%隐形了。

隐身衣也是在雾霾时代才出现的神器，在以前，因为周围背景的颜色千变万化，就算有变色龙的本事也没法完全融入背景，隐去形体，所以只能设法扭曲光线，在技术上非常困难，科学家研究了几十年也收获寥寥。不过如今到处都是灰霾，只要和霾的色泽保持一致，就能在很大程度上变得几不可见。所以隐身衣应运而生，当然现在也是极高端罕见的产品，是我求了半天，老爸才买给我的。

有现实恢复眼镜和隐身衣，在这些猪狗不如的社会渣滓面前，我就有了超级英雄一样的异能，就算不能把这些害人的惯犯一网打尽，要报一箭之仇也是易如反掌。

我心中冷笑，跟上了少女。

4

少女机警地拐了几个弯，从若干流浪汉或妓女模样的男女身边经过，有些还和她简单地打招呼，看来这个未成年女孩在这里"上班"也不是一天两天了。我警惕地盯着她，注意看她是否把赃物交给他人转手，但并没有这样的迹象。我放了一点儿心，看来这女孩是自己一个人作案，要是把我的财物交给某个满脸横肉的大汉，我就算有这些高级装备，也不一定能对付得了。

我本来是出来抓贼的，钱包里只有寥寥一两百元，其他的卡她用不了，带的万能手机也是半新不旧的一款，而且只要指纹不匹配，不仅无法使用，而且内部资料会自动删除，少女什么也得不到。所以我并不急于取回自己的财物，却如猫捉老鼠一样跟在女孩背后二三十米外，享受着这种捕猎的快意。

我穿的是一双运动鞋，又刻意放轻了脚步，但也不可能没有一点儿声音。少女中间又好像发现了有些不对，警觉地回头看了几次，但无论是用肉眼还是透霾仪都没有看到我。我心里得意极了，感觉自己像是从世界之上的另一个维度俯视这个自作聪明的小偷。

她转了一大圈，又回到了刚才的路口，张望了一下，确认我已经"走了（其实就在她背后）"，明显松了口气。然后从几块垫脚的砖石上爬上一堵矮墙，在那里找了个位置坐下，取出透霾仪，像一只猫一样警惕地观察着四周的动静。

显然，这里是她的工作岗位，她对这一带的地形和路况非常熟悉。在雾霾时代，即使是扒手和劫匪，主要活动范围也被大大限制了，谁也不想在慌不择路脱逃的时候撞到墙上或者掉进沟里，虽说有透霾仪，也不方便随时取出来查看，所以最好是选择熟悉的地方下手，以便尽快逃到安全的地点。

"这丫头一定是发现从我身上捞不到多少油水，所以回来想再干一票吧？"我想。

我贴着矮墙，慢慢地从底下接近她，最后离她还不到三米。我又怀着兴奋的心情等了一会儿，冷笑着收网了。

我轻轻转动了一圈衣扣，取消了隐身设置，刹那间，身影从霾色中完全显现出来，就像用魔法变出来的精灵。"看你往哪里跑！"我怒吼着，一把抓住还没有回过神来的少女的脚踝。

少女不明所以地大声尖叫，被我拽了下来。

我从没有和女孩有过如此亲密的接触，被她的叫声吓了一跳，一时心虚，倒好像自己在干什么见不得人的事，慌张中竟又放开了她。不过我很快回过神来，一手抓住她的牛仔背包："总算逮到你了！走，跟我去派出所！"

"你拉着我干什么？耍流氓啊，快放手！"少女强自镇定地呵斥。

"别装！你偷了我的钱包！还有万能手机。"

"我偷你？！你哪只眼睛看到的？"

"两只眼睛都看到了！东西就在这包里，去派出所一看就知道！估计你也不是第一次进去了吧？"

少女气焰全消，垂头不语了。

"走啊！"

"不要……"少女忽然好像丧失了所有的力气，娇怯怯地说，"你……你放过我好不好……只要你放我，要我干什么都可以的……"

"胡说什么呢，走！"

"你别抓我……我是被逼无奈……"少女的眼里开始泛起泪花，"其实……其实是我妈得了肺癌，又没钱治病……"

我将信将疑，冷哼一声，不予理睬。

"真的……"少女忙郑重地强调，"我这里有她的病历，还有药，就在书包里，我给你看……求你放我一马，我妈在家里病得不行了，还等我照顾呢……如果你抓我走……她真的会死的……"

伴着她的哀求，一行泪水从她的眼角流下来。

我听她说得确凿，不由得心一软，松开了手，心想反正她也跑不了。我对少女说："把包拿下来，你别动，我来检查。"

少女乖乖地取下背包，递给我，肩膀抽动，还在不住地抽噎。

我拉开背包的拉链，没看到什么病历，却看到一个黑洞洞的圆筒对着自己。我还没有搞明白那是什么，只听一声巨响，同时感到面颊一热，一股大力袭来，就好像有人打了我一拳一样，连眼镜也飞了出去。

我向后一仰，险些摔倒，那背包也掉在地上。我好不容易才站稳脚跟，只觉得眼冒金星，脸上的剧痛隔了片刻才传来，火辣辣的，让我双目流泪。我抚摸着面颊，定睛一看，面前只有一片灰霾，那个死丫头早已逃得无影无踪。

我暂时也顾不上那个可恶的女人，低头在地上摸索起自己的眼镜来。这件宝贝如果摔坏了，那就损失大了。

我没摸到眼镜，但却看到了背包，刚才打我的那个圆筒从里面滚了出来。我总算认出来，那是一种叫"防狼气拳"的防身利器。

在雾霾时代，人的口、鼻和眼睛往往都有面罩保护，女孩子以前用的防狼喷雾效用大减，取而代之的是一种可以令压缩空气喷出以产生微型冲击波的圆筒，喷到人的身体上，效果和重拳无异，所以叫防狼气拳。那少女要么有防狼气拳的遥控器，要么进行了某种设置，让我一打开拉链，防狼气拳就自动出击。

我真是太幼稚了，怎么会上这个当！

我懊恼不已，将那防狼气拳扔到一边，先去找眼镜，费了老大工夫，总算在几米外的地上摸到了。戴上去一看，谢天谢地，这东西倒没受太大的损害，还能正常工作，但环顾四周，几条街巷里早已不见少女的身影。我颇感沮丧，不过少女的背包还在自己手上，想必是少女仓皇逃走，连自己的包也来不及管。我自嘲地想，虽然让俘虏跑了，不过总算得到了一个"战利品"，也算是一种安慰吧。

我研究了一下那个背包，原来内有乾坤。打开拉链的那一层只装了防狼气拳，真正的主体部分在下面一层，除了我的东西外，另外还有两三个钱包，一部相机，几本病历和药瓶，几百块钱，以及三四种名字各不相同的身份证和学生证，大概是少女用来行骗的工具。另外，居然还有几本流行的漫画书。

然后在包的最底下，还有件什么东西……

我又惊愕地瞪大了眼睛。

5

　　她怎么会有这个？这不可能啊，必须找到那个女贼问清楚！

　　我脑子里乱糟糟地想，但是她在哪里？我手上只有一个背包，里面也没什么真实资料，怎么可能再找到她？难道注定让她就此脱身？

　　慢着，包里这些乱七八糟的东西多少还值几个钱，或者有别的用处。刚才那个少女并没有发现我真正的本事，或许她觉得只是我碰巧在她视野的死角里，才能抓住她，也许我还可以再引她上钩……

　　我略一思忖，便想到一个新的主意。为防她在一旁偷窥，我把戏做足，先表现出不耐烦的样子胡乱翻了几下，把自己的钱包和万能手机拿回来后，就把背包扔在地上，还愤怒地踩了几脚，踩得脏兮兮的，然后一脚踢到路边。这样一来，其他人只会觉得这个背包是被丢弃的废物，除了捡垃圾的，不会有人感兴趣。但那个少女应该还是会回来找的。

　　但愿如此。

　　我又故作愤怒地骂骂咧咧地说了几句，什么"别让我再看到你""下次一定让你坐牢"之类，然后扬长而去。当然不是真的离开，拐过几个弯之后，我重新隐形，然后潜回离那个路口不远的地方，找了一个角落守株待兔起来。

　　我等了十来分钟，中间有不少行人经过，但都没向那个脏兮兮的背包看上一眼，大概根本没看到。而那少女始终没有出现。我觉得自己可能判断失误，那鬼丫头不会回来了，而且，或许是在这重霾区待久了，我嗓子发痒，呼吸也不通畅起来。

　　我刚想离去，却看到少女小巧的身影再次从街道尽头出现，像猫一样蹑着脚走过来。

　　我兴奋得想拍一下大腿，又怕发出声响，只好缩回了手，屏息观察着少女的动静。

　　少女比刚才还要警惕得多，她走近几步，用透霾仪观察一阵，然后再走近几步，等到确定没有可疑目标了，才继续向目的地前进——这种防范对用高科技武装起来的我自然毫无用处。

　　少女终于回到路口，捡起了背包。我以为她会再检视一下，但少女毫不犹豫地转身就走，显然是怕再出什么意外。

　　我想拔腿追上去，但跑了几步，却脚步虚浮，踉跄着站不稳，头脑也昏沉起来。

　　这是怎么回事？难道……我不明所以地摸向自己的口罩，这才发现上面有一道细细的裂纹。我猛然明白过来，这是被防狼气拳打出来的。

　　我戴的这种口罩是顶尖的产品，轻薄透明，看上去只是一张若有若无的玻璃膜，紧贴在口鼻周围，不仔细看和没戴差不多。但它却是用精细的碳纳米管材料制成的，只允许空气分子通过，能够拦截几乎一切悬浮颗粒。像少女所戴的那种普通口罩大约可以防95%左右的霾尘，高级一点儿的防毒过滤口罩可以防99.9%以上，但我用的超薄纳米口罩，一亿个悬浮粒子也进不来一个，而且不会觉得不透风。

这种纳米口罩堪称完美，但唯一的缺点是比较脆弱易破。当然并不至于动辄就会破裂，我戴这种口罩好几年也没破过，但它仍然承受不住防狼气拳之类的巨大冲击。

暴露在毒霾中对健康有多大的损害我心知肚明，想起小时候某次不幸的遭遇，我顾不上再管那少女，急忙摘掉口罩，从贴身衣袋里取出备用口罩要换上，本来可以暂时先套在外面破损的口罩上，但我在慌乱中没想到这个问题，而是先把原来的口罩扯下来，扔到一边。脸颊一暴露出来，上面也没涂防霾油，顿时感到热烘烘的霾尘喷到自己脸上，带着说不出的难闻气味，就像是千万头恐龙的臭屁汇聚而成。

我死死屏住呼吸，拆开包装，把新口罩套在脸上，这种口罩如果放对了可以自动吸附在皮肤上，非常便捷，但现在怎么放也找不准位置。我强忍着憋闷，把那口罩拿到眼前仔细检视，才发现自己弄反了，把正面当成了反面。这么薄的一张透明纸，确实不容易分清楚，只有先取下再重新戴上，但我胸中已是窒闷无比。

在戴上口罩之前，我实在忍不住憋闷，稍微呼吸了一下，顿时好像有一团火被吸进口鼻里，从鼻腔到肺，整个呼吸道又痛又痒，好像有一百条毛虫在里面爬，我弯下腰剧烈地咳嗽起来，咳了不知多少下，身体剧烈地抖动着，连泪水都咳了出来，同时也吸进了更多的雾霾，头脑越发昏沉起来。

感觉越来越不妙，得赶紧把口罩戴上！我把新口罩贴在自己脸上，用手抚平，但还没贴紧，喉咙里痛痒难当，竟忍不住打了一个大喷嚏，那层轻盈的薄膜被我自己的喷嚏喷了出去，悠悠地在空中打了个转就不见了，我眼里满是泪水，哪里还找得到它？

这回我真正恐慌起来，想打求救电话，但手足无力，刚拿出万能手机又掉到了地下，偏又落在一个污水坑里，冒出几个气泡，等我捡起来已经黑屏了。超级眼镜倒是也有报警功能，但我刚拿到手，还不会用，捣鼓了几下没调出来。这中间我又吸了好几口气，心跳快如打鼓，脚上酸麻，再也没法站稳，趔趄倒地，身子像只虾米一样蜷缩起来，浑身痉挛。我会……死在这里吗？

我想叫人救我，正好一个行人走过来，却是刚才那个令我怀疑的老流浪汉。我也顾不了那么多，嘶声叫道："救……咳咳咳……救……我……"

流浪汉吓了一跳，看了我一眼，然后骇然大喊一声："有鬼！有鬼啊！"他扔下手中拎着的一串电子产品垃圾，慌不择路地跑了。

我依稀明白过来，我身上穿的隐身衣还没调过来，流浪汉隔着几米看不到我身体，只看到一个脑袋，哪有不害怕的？真是自作孽，不可活了。我想关掉隐身衣，意识恍惚中，却又找不到相应的纽扣。

我要死了！我要死了！

我含糊地想，意识越来越混乱，叫也叫不出声，不知什么时候眼镜也脱落了，无尽的灰霾压下来，像是一千层厚厚的棉被，压在我头上，让我无法呼吸。我用力拨着，要拨开无尽的阴霾，看到蓝天白云……

但灰霾更深地逼近，加厚，变成黑暗，吞没了我。

6

我仿佛做了许多梦，梦里似乎看到去世的妈妈在跟我说话，带着我去什么地方，而后又消失不见。这些梦如同灰霾一样若有若无，捉摸不定，而又融在一起，将我紧紧包裹，让我无法摆脱，变成恐怖的梦魇。

似乎过了一千年之久，终于，涣散的意识又凝聚起来，我听到了嗡嗡的声音，在蒙眬中睁开眼睛，发现一对又大又亮的眼睛在盯着我。

那对眼睛是在一张秀丽的面庞上，两边的长发垂在腮边，脸颊上有些雀斑，小巧的鼻子下是轻柔的嘴唇，身上是一件粉红罩衫……

这张脸我从没见过，不知怎么，又有些面熟，好像是刚才见过……

"是你？"我终于想起来，这不是刚才那个小偷少女吗？她居然摘下了口罩，她的口罩呢？

一说话，我才觉得有异，自己的眼睛以下的脸部，罩着某种厚重的东西，呼吸都不顺畅了。我用手摸去，摸到了某种绵软的布料。

"这是你的口罩？"我惊讶地问。这时候我才看到自己在哪里，那是一个狭小的空间，还在微微晃动，两边的玻璃窗把内外分开，好像是一辆出租车。

少女见我醒来了，警惕地向后退去。"你不要想抓我！"她色厉内荏地说。

我还是浑身无力，就算想抓她也不可能，我靠在座位上，喘着气说："我怎么会在……出租车上？"

"我扶你上来的，"少女还是警觉地和我保持距离，"刚才你都昏迷了。"

"你……是怎么找到我的？"

"刚才我回去的时候就听到动静，但是用透霾仪又看不到人影。我当时吓得跑了，后来听到马大叔叫'有鬼'，说有个会说话的人头在路边，我觉得蹊跷，就大着胆子回去查看。总算让我看到你躺在那里……你穿的衣服就是传说中的隐形衣吧？"

"对，国外刚开发出来，我爸从德国买给我的。"我说。我忽然想到自己的现实恢复眼镜不见了，不由得四下找了起来。少女好像猜到我的心思，把那副墨镜递给我："你是找这个？"

我点点头，看来女孩并不知道超级眼镜的妙用。我戴上眼镜，看到出租车已经离开了刚才的街区，正在城市的大道上疾驰。我有些奇怪地问："你带我去哪里？是医院吗？"心中又生出一份警惕："莫非女孩看出我家里有钱，想要劫持我？"

少女却问："你自己难道不知道？"

"我怎么知道？"

少女用奇怪的眼神看着我："你刚才昏昏沉沉地说什么要去未来大厦。我也没别的办法，就把你拖到路口，打了辆车，带你去未来大厦。看你这样子，到时候都不一定能下车，我只有一起上车了。"

我明白了几分，这仿佛是刚才似梦似醒的场景。我看到前方的远处，一栋高峻的大厦如巨柱般撑着天穹，忽然想了起来："是啊，我要去未来大厦。毕竟，这是我心中最深的记忆之一……"

我想说什么，但忍不住又咳嗽起来，我边咳边说："这辆出租车是非过滤型的吧？"

"当然了，便宜嘛。"非过滤出租车是一种老旧车型，开门时内外空气自由流通，外面的灰霾会被带入车里，虽然也有一些净化空气的设备，但效果乏善可陈，经常上下客人还是会有很多霾尘。我即便要打车，也绝不会打这种濒临淘汰的车型。

"霾太重了。"我皱着眉头说，虽然隔着口罩，但这种廉价货防护功能太差，我仍然能感到无孔不入的悬浮颗粒在侵袭我的肺部。

"我觉得这里挺好啊，"少女深深吸了一口气，"比外面舒服多了。"

我一惊："你不会在外面就把口罩给我了吧？"

"不给你，你早就死了。"少女白了我一眼，"这口罩虽然比你的差远了，但多少能防着点。"

我忽然有些羞愧，戴着人家女孩的口罩还嫌东嫌西的，我把手伸向耳边，要把口罩摘下来给她，但少女阻止了我："别逞强，你自己戴着吧！你和我们这种人不一样，一点点灰霾都受不了的。你这种病我在报上看到过，叫什么灰霾综合征，一吸进霾就受不了，就是那些从来没有接触到外面空气的有钱人才会得的病。"

我无从反驳，只能承认："我确实没呼吸过外面的空气，实在很难适应。"

"毛病真多。我们虽然也戴口罩，但也经常几个小时不戴，都习惯了。"少女不以为意地说。我惊诧地看了她一眼，我实在无法想象几个小时在灰霾中呼吸的感受，对我来说，那和把我扔进粪坑里差不多。

"这样对身体不好。"我说，"容易得肺癌，一定要小心，你妈不就是得肺癌——"

我说了一半才想起来，那不是少女扯的谎吗？我怎么那么傻？

少女却满不在乎地点头："嗯，我妈是得了肺癌，不过她五年前就死了，才四十岁多一点儿。我们那片很多人都这样的，肺癌啦，咽喉癌啦，或者什么见鬼的血液病。"

"现在不是已经有治疗癌症的技术了吗？什么纳米机器疗法……"

"那是你们有钱人，"少女冷笑道，"我们家也没钱用那种疗法，只能做化疗，屁用不顶，没两个月就……"

"对不起。"我为触动少女的痛苦记忆而道歉，"其实我妈妈也是……"

"你妈妈？"

"我妈妈也去世了……"我说。其实妈妈是三年前去太空城旅游时出的意外，虽然对我来说一样痛苦，但处境毕竟没法和少女的母亲相比。

少女也没多问，别过脸去，一副不想说话的样子，车厢里陷入了一阵尴尬的沉默。

还好片刻后车停了。

计价器上打出价格，四十八块。我想掏钱，少女却掏出一张交通卡刷了一下。我有些过意不去，说："哎，还是我来吧。"说着去掏钱包。

少女一笑，将卡放回钱包里，然后一起扔给我："傻瓜，本来就是你的卡。"

我没想到自己的钱包又到了少女手上，不由一怔。少女似乎也有些心虚，抢白说："喂喂，我可是为了帮你付钱，那时候你昏昏沉沉的，我得看你有没有钱付车费……你还要抓我吗？"

她忙开门下车，一副随时要逃之夭夭的样子。我忙道："你救了我一命，我谢你还来不及，怎么会再抓你？"

少女点点头："就是嘛，你可不能恩将仇报！"

恩将仇报？这时候我想起来，自己的口罩就是被那少女的防狼气拳打破的，再说也是她先偷我东西，说来这女孩是罪魁祸首，就算良心发现帮了我一把，充其量是互不亏欠，自己又为什么要感激她？真是的！

不过我心中敌意已消，也的确没有再将那少女绳之以法的念头了。

少女好像也想到我的昏倒或许和她脱不了干系，眼珠一转，说："好了，你也没事了，东西也还给你了，那我走了啊。"转身就要离去。

"哎！"我忙叫住她。

"嗯?"

"你没有口罩啊,这怎么行?"我说。"这样,你跟我进去,里面有商场,我买一个口罩送给你。"

"不用了,这么点灰尘,没事的。"

"应该的,"我坚持,"算我给你的一点儿谢礼。"

少女想了想,犹豫着点了头。

7

　　我们走进未来大厦，大厦内部到处安装了先进的空气净化器，经过三四层过滤，内部空气自成循环，和外部完全隔绝开来，空气极为洁净，含氧量高，还带着玫瑰的淡淡清香。我急不可耐地摘下肮脏的口罩，在这里总算可以自在地呼吸了。

　　少女一边贪婪地呼吸，一边却皱着眉头，抚摸着脖颈。我问："你怎么了？"

　　"没什么，"少女不好意思地说，"只是有点不适应，感觉喉咙痒……大概我对干净空气也过敏了……"说着做了一个鬼脸。

　　"多呼吸呼吸干净空气就好了，"我说，"其实你为什么不到这里来……嗯……"我不知道怎么措辞。

　　"到这里来'干活'？"少女明白了我的意思，"那可不行，这里到处都是摄像头和智能安保系统，管得严着呢！再说也没有雾霾的掩护啊。"

　　"是这样……"

少女似乎有些尴尬，掩饰地四下张望："对了，你刚才一定要到未来大厦来，就是因为这里有洁净空气？不过很多商厦都有吧？"

"不是……"我一时不知从何说起。

"那是什么？"

"你要想知道的话，待一会儿我告诉你……"

我们在超市里看了看口罩，这里没有我用的纳米纤维口罩，我只好拿了两包一般的超薄碳素口罩。但少女一看价钱就吓了一跳："两千八百块一包？太贵了吧！我平常用的都是二三十块的。"

"钱是次要的，自己健康的事，花再多钱也值得。"我拿出老爸的口头禅对少女说。

"那个……是你出钱吧？"少女还不放心，"我可没钱。"

"当然了。"我啼笑皆非，"你怕我不付钱吗？"

少女幽幽地叹了口气："还是有钱好……五六千块都不当回事，我弟弟的学费也就差五千块钱……"

我疑惑地看着她。

"这次我说的是真的！"少女以为我还在怀疑，辩解说，"我爸早不要我们了，我妈死了以后，我和弟弟只好跟着舅舅，他也不管我们。我去年就辍学了。我弟弟初中毕业，成绩很好，可现在教育私有化，上高中都读不起，所以我只好去……你还是不信我，是不是？"

我的胸中忽然涌上一股温柔，仿佛面前这个女孩正等待我的拯救。我挺了挺胸膛："我信你。如果你缺钱的话，也许我可以帮你……"

"不要。"少女想也不想就摇头说。

"没关系的，对我只是小数目。"

"不是多少的问题，我可不想要别人施舍我。"

"你宁愿去……拿别人的，也不愿意别人给你钱？"我没法理解。

"那当然了，一个是自己劳动所得，一个是别人可怜你才给的，当然不一样。我可不想被人施舍！"少女骄傲地说。

我一时无话可说。

8

　　经过一个下午，我们两个人都饿得不行，所以一从超市出来，就去大厦里的美食广场吃东西。我不想让少女太不自在，所以选了一家中低档的餐馆。不过看来是白担心，少女并没有什么局促，两碗番茄肉酱浇意大利粉都吃了个底朝天，叫的两块奶酪培根比萨饼也吃得差不多，大杯可乐喝得只剩下冰块，少女满意地拍拍肚子，打了个颇不文雅的饱嗝。

　　"其实我干的，也算是劫富济贫吧。"少女接着刚才的话题说，"你想，到我们那地方去的人，没几个好东西，像那些脑满肠肥的嫖客，不拿他们的钱拿谁的？"

　　"那我呢？干吗对我下手？"我忍不住抗议。

　　"你白白净净的一个公子哥儿，到那里去干什么？准没好事。"少女吃吃地笑着，"那里虽然地方差点，可有不少漂亮姑娘……"

　　"胡说！我是去……去……"我心中猛然笼上一阵阴霾，竟无法说出口。

那件东西……怎么会在她这里呢……

"去干什么，老实交代！"少女笑着喝问，厮混了一阵子，她和我也熟不拘礼起来。

"对了，"我岔开话题问，"我在你背包里找到一个稀奇的东西，你从哪里搞来的？"

我从兜里掏出一个铜制的打火机，上面有一枚精致的浮雕，递给少女，我感到自己的心扑通扑通地跳个不停。

"这个打火机啊……"少女不以为意，"是我从一个有钱佬那里偷来的，我觉得挺好看的，所以就留下来了，有什么稀奇的？"

"那个浮雕，"我觉得自己额头冒汗，"你不认识吧，那是列支敦士登的徽章。这种打火机是当地特产，国内很少见的。"

"列支敦士登是什么？"

"是……是一个欧洲国家。"

"欧洲哪里？在加拿大那边？"

"加拿大……差不多吧。"我也解释不过来。

"那也没什么稀奇的，一个打火机，你喜欢就给你好了。"少女说，忽然扑哧一笑，"不过想到那个大叔倒是蛮好玩的。"

"哪个……大叔？"我涩涩地问，觉得自己嗓子发干。

"就是上个礼拜碰到一个大叔，"少女扬扬得意地说，"四五十岁，有点秃头，戴的口罩和你差不多，看上去挺有钱，不过色眯眯的，在路上看到我就过来搭讪，问我'做不做'，我说我不干那个，要找小姐那边好多呢！他就说那些小姐都太老，他就看上我了，多少钱都可以啊什么什么的。我看他像是挺有钱的，就答应了。"

"你答应了？！"我大叫一声。

"你那么激动干吗？听我说完嘛，我当然是骗他的。他要带我上车，说去他的别墅，我可不敢去。我说，去别的地方我不放心，我们就在墙边上吧，反正有雾霾，外面也看不见。他犹豫了一下，就答应了。我把他带到那个路口的墙角，然后让他抱了一下，就悄悄把他的钱包、手机什么的都掏出来了，还有这个打火机。那个大叔一点儿没觉出来，还在说些肉麻的恶心话。然后我就让他脱裤子，刚脱了一半的时候，我给了他下面一脚，他'哎哟'一声，疼得弯下腰。我转身就跑，他还想追，可是裤子脱了一半，迈不动腿，结果在地下摔了个狗啃屎，哼哼唧唧的，鼻血流了一地，笑死我了……你怎么了？"她疑惑地看着脸色灰白的我。

"原来……原来是这么回事……"我喃喃地说，猛然神经质地大笑起来。

"哈哈哈……那个大叔……那个猥琐的大叔……"我笑得喘不过气来。

餐馆的人都抬头盯着我们看，少女窘迫地拉着我："你笑什么啊？有那么好笑吗？"

"……是我爸。"

少女一下子傻眼了。

我直勾勾地看着她，木木地说："你说，还有比这更好笑的吗？"

少女张口结舌，结结巴巴了半天才问："你……你怎么知道是你爸？就因为那个打火机？"

我低声说："那种打火机不仅很贵，而且只有列支敦士登才能买到。我爸在那边好不容易买到一个，爱不释手，每天带着。"

"可是再怎么说，有这个打火机的也未必是你爸一个人……"

"不止是打火机，"我盯着桌子下面，慢吞吞地说，"我爸那天确实出事了，回家时鼻青脸肿的，告诉我们说他被人抢了。当然，过程和你说的完全不同……"

我把事情大略讲了一遍，然后苦笑："我说嘛，怪不得我爸死活不让我报警，我想好歹死马当活马医，为什么不让报警呢？原来……原来……我真是太蠢了。"

"原来你是想抓住那个抢钱包的，替你老爸出口气。"

"我还以为自己在行侠仗义呢，想不到是这么回事，我还搞得那么糟……"

"你太单纯了，"少女摇摇头，"以为有件隐身衣就可以包打天下？外面的世界可没那么简单。"

我无言以对，心烦意乱，扭头默默望向窗外。从几百米的空中望去，暮色中的城市高楼林立，灯火辉煌。这是我生于斯长于斯的故乡，但今天看上去，却是一座全然陌生的森林。生平第一次，我看见了这个城市的许多真实的一面，但却不是通过神奇的现实恢复眼镜，而是通过讨厌的雾霾本身。

我心烦意乱地叹了口气，将墨镜摘下来，放在桌上，眼前的高楼广厦便被一片昏黄的云团所取代。

9

少女好像也觉得气氛尴尬，指着桌上的墨镜岔开话题："你这副墨镜好奇怪啊，这是那种可以显示街景地图的眼镜吧？我看到电视里有广告。"

"不，"我说，"和那个还不太一样……你戴上看看就知道了。"

少女好奇地戴上眼镜，我清晰地听到她发出倒抽一口冷气的声音。少女不敢相信地望着窗外，嘴巴张得半圆，却一句话也说不出来。

"这……这是……"

她把眼镜摘下来看看，然后又戴上去。然后又摘下，再戴上，直到确定这绝非错觉。

"这究竟是什么啊？怎么会……"

"这是现实恢复眼镜，"我解释说，心里还是一团乱麻，"是通过微弱的光线、红外线以及分布在城市中的几万个传感器搜集的实时更新信息，通过智能算法恢复没有雾霾时的样子。"

"你是说，我刚才看到的是城市本身的样子？"

"是啊。"

"太奇妙了！"少女欢呼着，"就是说就是说，用这副眼镜能够看到整座城市喽？"少女雀跃地问。

"是的，不过这里还不够高，要看到城市的全貌，得去楼顶才行。"

"那我们去楼顶看，好不好？"

我也略有了点精神："好啊，反正我每次来未来大厦都要去的。"

我们一起走出餐厅，穿过走廊，进了一部电梯。我按了最高的一层，电梯慢慢地向上升去。当然，绝对速度其实不慢，但要升到近两千米高的顶端，还需要一段时间。

电梯里只有我们两个人，少女仔细研究着那副神奇的眼镜，我让自己鼓起勇气说："那个……对不起……"

"嗯？"

"我爸的事……"

"别傻了，"少女撇撇嘴，"又不关你的事。再说，你爸也没占到我什么便宜，倒是我拿了他不少东西。"

"真想不到我爸……他平常是那么……那么……"

"没啥奇怪的，有钱人嘛，很多都……"少女说了半句话，好像觉得不太妥当，勉强把后面难听的内容吞了回去。

一阵尴尬的静默后，我的泪水终于不争气地流了下来。

少女发现了我的异样："哎呀，你怎么哭了，你爸又不是你！好了好了，像个男子汉。"她甚至老成地搂着我的肩膀。

我不好意思地抹了抹眼角的泪水，盯着显示屏上跳动的楼层数字，设法转移自己的注意力："那个，你知道我下午昏迷的时候为什么会说来未来大厦吗？"

"是啊，为什么？"

"小时候家里管得很严，很少出室外，也从来没接触过外面的灰霾。每天无论在家里还是在外面的游乐场，学前班，都是和霾尘隔离开来的。只有一次，我在五六岁的时候，特别想知道外面是怎么样的，那层雾霾后面有什么东西。所以偷偷跑出去了，也没戴口罩。"

"那你能受得了？"

"当然受不了，走出门外没几步就觉得很难受，然后晕倒了，和今天有点类似。不过家里人很快发现，不到两分钟就把我抱回去了。"

"那应该没什么事吧？"

"生理上是没事，可是心理上，怎么说呢？我开始有一种特别压抑的感觉，好像整个世界一下子变得危险了，到处都是令人窒息的霾尘，走到哪里都无法摆脱，随时会侵入我的身体里，让我无法呼吸。这是一种心理上的霾尘恐惧吧，这种心理病好像也挺常见的。我们住的地方就好像霾尘中的一个个孤岛。"

"这是你们有钱人才得的富贵病。"少女讥讽道。

"或许吧，反正我那段时间特别害怕，根本不敢出门，晚上经常做噩梦，每天饭都吃不下，总觉得呼吸不过来。后来我妈发现了我的问题，看了心理医生以后，就带我来了未来大厦，我们像今天这样，坐电梯到了楼顶，我的病奇迹般地就治愈了。所以以后每次觉得压抑，都会想来这里。"

"可未来大厦究竟是怎么治愈你的呢？"

"待会儿你就知道了。"

电梯到达最高一层后停下了，门向两边分开。我向外走，少女也跟我走了出来。

"你不戴口罩？"她问我。

"在楼顶上不用。"

刚推开楼顶的门，一阵狂风就迎面而来，两人的衣襟都猎猎作响。少女长发飘扬起来，差点没站稳，忍不住嘟囔道："风好大啊！"

"这里太高了，"我回头说，"所以经常风很大，一般游客只有在没风的时候才上来，今天应该没什么人。"

果然，偌大的观光平台上一个人也没有。我们走到楼顶边缘，向下看去，夜色四合，偌大的城市就在我们脚下，一片巨大的灰云笼罩在上面，仿佛一只栖息在窝里的怪兽。

那是这座雾霾都市的全貌，未来大厦是本市唯一一座挺立在雾霾之上的高楼。在以前是鸟瞰全城的绝佳之地，但自从城市被灰霾笼罩后，各个方向都是灰蒙蒙的一片，来这里观景的人也少多了。

少女急不可耐地戴上现实恢复眼镜，向外张望。一霎间，她眼中迸射出惊喜的光彩。我知道，在少女眼中，雾霾已经散尽，一座灯火璀璨、流光炫彩的都市完全呈现在她的眼底，想必一切都美得令人无法呼吸。

少女仿佛初次来到人间的婴儿，贪婪地看着眼底的一切。等到从一开始的震撼中恢复过来之后，她就指指点点，叽叽喳喳地说：

"你看你看，那座高楼是航天大厦吧……那条最醒目的大街一定是中山路了，原来看上去是这样的……还有那边就是我们刚才来的地方呀……"

她说了半天，才想起来我没有眼镜，不好意思地笑了笑，又把眼镜递给我。我戴上眼镜，一片光的绚丽海洋便映入眼帘，我惊喜地四下张望，欣赏着美不胜收的城市，心中的阴霾也渐渐散去。

就这样，我们分享着同一副眼镜，贪婪地看着这座我们共同生活的城市。

"哎，那是月亮湾吧？那条是不是彩虹大道？"

"对的，你看那边应该是中心广场……那边是跨河大桥……要不要看看我家，不过得转到那边才看得到……"

"你看那栋大厦是什么？上面有一个发光的尖顶。"

"哪栋大厦？你让我看看。"

"等下，我还没看够呢……"

"喂，你都看了半天了，"我不假思索地说，"这是我的！"

这句话毁坏了一切。少女的笑容从她的脸上消逝得无影无踪，欢声笑语也戛然而止，融洽的气氛荡然无存，本来贴近的距离仿佛再次被不可见的雾霾隔开。

她一言不发地摘下眼镜，塞给我，转身就走。

"等等！"我叫住她，"你怎么了？"

"我走了。"少女没有停步，头也不回地抛下一句话。

"喂，你究竟怎么了？"我一头雾水地追上去，拉住她的衣袖。

少女站住了，转过身，冷冷地说："我恨你们。"

10

"为……为什么？"我结结巴巴地问。

"也许不该这么说，"少女的声音微微发颤，"但我没法控制自己，因为这是你的，一切都是你们的，我们什么都没有。"

"就为这个生气吗？如果你要的话，这副眼镜我可以送给你。"

"你什么都不懂！"少女大吼。

"我当然知道，有钱人的生活和我们不一样。但今天我才真正感到，我们生活在两个完全不同的世界里。你们的口罩薄得就跟没有一样，但却没有一粒尘埃能进去；我们戴着厚重的口罩，透不过气，却挡不住那些微小的颗粒；你们只要戴上那种眼镜，就连看都不用看到雾霾，我们就算买到了红外线透霾仪之类的东西，也还是无时无刻不被霾尘包围，渗进皮肤，渗入血管……

"当然，这些我以前也不是一无所知，但是今天，我第一次亲眼看到了你们的世界。我才发现，你们根本生活在一个不存在雾霾的世界里！夺走了我妈妈生命的魔鬼，对你们来说和不存在一样。"

"也不是这样……"我想辩驳，却没什么话说。虽然现实恢复眼镜只是新产品，但是想必不久后本市的富裕阶层会人手一副，而至少很长时间内像少女那样的底层人群是负担不起的。同样还有两万元一副，还需要三个月更换一次的透明纳米口罩。至于家里的防护罩和空气净化设备就更不用说了……少女说得没错，我们的世界早就分开了。

"清洁的空气，美丽的街景，丰富多彩的都市生活，这些都是你们的。而属于我们的只有那些有毒的尘霾。多么不公平啊！几十年前，是你们有钱人把这座城市，不，全国大小城市都变成这副模样的，而今天你们却不用生活在这里面，一切都要我们穷人买单！甚至让我们看一眼本来的世界，都是你们的施舍！"

"不是这样的。"我忍不住辩解，"霾尘现象是工业化进程和社会转型带来的问题，不是哪个阶层的责任。政府也出台过很多政策遏制，但是由于私家车的急剧增多，以及新矿石能源的出现……"

"得了吧！"少女冷冷地打断了我，"别背那些教科书上的陈腔滥调了！你去下面问问，人人都知道怎么回事！有钱人为了降低生产成本，赚最多的钱，不肯改善排污设施，也拼命生产那些冒黑烟的劣质车，反正这些问题都会转嫁给穷人。等到问题真正严峻，阴霾终年不散的时候，或许也有人试过阻止，但是为时已晚。从那以后，你们就开始开发那些高级口罩和眼镜用来自保了，反正也不用管我们的死活嘛。

"书上说全国人口的平均寿命是80岁，其实，是有钱人一百二三十岁，穷人五六十岁而已，很多人还根本活不到这个岁数。即便是年轻人，也经常咳嗽胸闷，一大半人都生活在亚健康状态里，大家根本不知道什么时候就会得上癌症或者白血病，反正都是得过且过，所以也无心去奋斗。再说，生活在不见天日的雾霾之中，那种压抑和烦躁每天积累下来，对心理的影响要远远超过你的恐惧症了。"

"你听我说……"我想说什么，却被激动的少女打断了，她一口气说下去：

"是啊，我是人人不耻的小偷，你是一个清白的好孩子。你送给我口罩，请我吃东西，按理我应该感激你的。但是是谁让我走到这一步的？我不知道。我以前的伙伴，除了个别运气好的可以改变自己的命运，其他人大都学坏了，不是去坑蒙拐骗，就是去干更丢人的勾当……当然，不能说全然是被迫的，也有许多人自甘堕落……但这就像你们生活在蓝天白云下，我们生活在雾霾中一样，我们被肮脏的生活紧紧包围着，无法脱身，你明白吗？

"我不想这样生活！不想！但是我根本没法摆脱，也看不到这样的生活有什么前景，所以我只能恨你们……"

"算了，"少女看了茫然的我一眼，"这种事你没法理解的。我们本来就生活在两个不同的世界里，永远也没法相互理解。"

说完，她转身走向电梯。我呆立在那里，一时无力再说什么，只能就这样呆呆地看着她离去。

少女没有等电梯，而是从楼梯口下去了，再也没有回头。

我这才想起来，我还不知道她的名字。

11

楼顶平台上只剩下了我一个人的身影，对着光彩璀璨的都市，我却再也没有观赏的心情。

我没有再戴上现实恢复眼镜，仰头望向天空。虽然有一些城市的光污染，但在两千米的高空，稀疏的群星仍在深蓝色的夜幕中露出头来，在刮过天空的寒风中闪烁着，如在无声地低语。

遥远的星辰，穿过千百光年，将清冷的光辉投向灰幕下的城市。

"孩子，不要害怕，那些雾霾不是世界的全部，只是地上薄薄的飞尘。那些永恒的星星，远在雾霾之上，从无限的宇宙里，俯视着我们的世界。不管你看得见，还是看不见，它们都在那里，凝视着、安慰着、保佑着所有的人。"

我想起了童年时妈妈对我说过的话，泪水渐渐模糊了我的双眼。

我们在同一片星空下，但少女却看不到那些星星。那些星星能给她以生命的慰藉，正如曾给我的一样吗？或许很难，很难……

　　无论如何，我要告诉她那些星星的故事，告诉她雾霾只是一时的，不是生活的全部，在那上面，还有无限的空间。在那里没有什么能遮挡我们的视线，我们可以用自己的眼睛，看到整个宇宙，看到千万光年外的点点光辉。

　　告诉她，我们有一个共同的世界。

　　我最后深深呼吸了一口清冷的空气，转身向楼梯口追去。

少女与

薛定谔之猫

奥地利物理学家薛定谔设想过一个实验：箱子里有一只猫及少量放射性物质，放射性物质大约有50%的概率会衰变，由此导致毒气释放杀死猫；另外50%的概率是不会衰变，猫安然无恙。按照一般看法，在箱子里的猫或者是死的或者是活的，只是外面的人暂时不知道。但根据量子力学，当箱子处于关闭状态，整个系统就一直保持不确定性，此时猫既是死的也是活的。科学界围绕着这个实验进行过无数次争辩和论战，但从未问及的问题是：那只猫自己是怎么觉得的？

——题记

1

窗户半开着，光子趴在窗沿上。阳光照在它身上，暖洋洋的，很是舒服。它向窗外瞧去，瞳孔变成了一条缝：四月的和风吹在小区花园里，树叶沙沙作响，草坪上光影斑斓。

猫眼中的世界色彩并不分明，接近昏黄色调，稍远处的物体都朦朦胧胧的，但随着微风，草叶的清香沁入光子鼻端，混着泥土的气息、野花的芬芳、蠕虫的腥气……千百种微妙的气息糅合在一起，填补了颜色的缺陷，组成了一副远比人类所看到的更绚丽多姿的画卷。

光子懒洋洋地站了起来，伸直了腰打了个哈欠。下一秒钟，辛离就感到它浑身的肌肉都绷了起来，敏捷地从窗台上跳进了下面草丛里，脚上柔韧的肉垫让它落地时像羽毛一样轻捷，几乎感受不到冲击。猫咪钻进一簇灌木，如同它森林中的表亲猛虎一样，开始了今天下午的狩猎之旅。

它钻出灌木，正好看到一只蜻蜓悠然地从草丛上飞过，顿时兴奋起来，追着它飞身扑击，想用前爪拍掉蜻蜓，但蜻蜓灵敏地躲开了。光子在后面紧追，大步腾跃，让辛离觉得自己仿佛要飞起来。可惜蜻蜓还是技高一筹，明智地飞到了旁边的水池之上，点着水轻盈地离开了。光子这回没有了办法，只有无奈地走开。

"差不多是时候了，"辛离在心底告诉它，"我们去小花坛玩儿，也许能看到……他……"

光子好像听到了什么，迷惑地东张西望了一会儿。它自然从不听任何人的指挥，但最近有点奇怪，似乎在它身体里总有一个声音在说它听不懂的话。

不过在它的字典里并没有"思考"二字，既然这个原始的问题得不到解答，下一秒钟也就被它忘记了。光子嗅了嗅野花，轻松地跳上了墙，沿着墙头走了一段之后，它又通过一根树枝爬到了旁边的一棵柳树，然后是另一棵树。然后是树洞，然后是另一堵墙，然后是屋顶……

这是光子摸索过的一条路线，早就驾轻就熟。树上、墙头和屋顶，那是人类每天都能看到，却永远无法处身其中的世界。那是猫咪的世界，和人类的世界相互交错，但绝不重合。

辛离是进入这个世界的第一个人类。

2

辛离常常想——明知无用却总忍不住——如果那天她没有答应江薇出门去看那场无聊的电影，如果她在回来的路上没有抄那条捷径，如果她在捷径上没有在一个新开花店的门口看了半分钟，或者再多看半分钟，如果她早一秒看到那辆失控的小轿车……如果千万个条件中的任何一个稍有变化，她的人生就什么岔子也不会出。

三年间，她会像其他人一样读完初中，升上高中，和同学们过着热热闹闹又平平淡淡的校园生活，将来会上大学，甚至出国留学，而不是坐在家里的轮椅上，终日对着放着无聊综艺节目的电视和唉声叹气的母亲。

光子曾经是这段黑暗岁月中最宝贵的安慰。两年前父亲把它从外面捡回来的时候，它只有巴掌大小，像一团小小的白毛线，饿得皮包骨头，惨兮兮地叫个不停。那时候它特别黏辛离，每天大部分时间都会在她身上撒娇，缠着她喂自己吃的，晚上也要钻进她的被窝才能入睡。

　　但光子渐渐长大，身体也健壮起来。它变得越来越独立好动，经常出门玩个一整天，连影子都看不到。即使在家里，它也不再依偎在辛离身边，有时辛离想要抱它玩一会儿，却根本抓不到它。

　　辛离不禁妒忌光子，妒忌它悄无声息的猫步，风驰电掣的奔跑，甚至打个滚儿再站起来的本事。一只猫都能轻易做到她此生再也不可能做到的事，它的每一个灵巧动作都好像是在嘲笑她是个废物。辛离甚至有过一个恶毒的念头，打断光子的腿，它就可以乖乖回到她身边，陪伴她，依赖她。连她都被自己的卑鄙吓了一跳。

　　她越来越受不了光子，有一次，父亲把光子放到她怀里，光子却不情愿地挣扎，她恨恨地把它扔在地下，父亲说了她两句，她大哭起来。父亲忙搂住她，问她究竟怎么了。

　　"连它都能又跑又跳，为什么我不能？"她歇斯底里地叫着。

　　父亲沉默了很久才开口："也许……爸爸有个办法……"

　　辛离抬起泪眼，疑惑地看着父亲。父亲是研究什么神经电子工程学的科学家，辛离截肢之后，他将研究重心转向了运动型小腿假肢，目标是通过神经电信号直接控制机械假肢，让它运动自如，但效果并不好，不是根本挪不动脚步就是姿势像螃蟹一样可笑，或许这次又有了新进展？但已经失败了很多次，她不敢再抱什么希望。

　　父亲把光子抱走了好几天，最后带着它和一个古怪厚重的头盔回来了。

　　"这只是阶段性成果，还需要进行很多次试验，正式应用至少还得过三五年……"父亲的神色异常郑重，"而且这个项目有军事用途，上面要求绝对保密，我带回来已经是违反规定了……离离，你绝不能告诉任何人。"

"可这究竟是什么？"

父亲神秘地眨了眨眼："你不是很羡慕光子能跑能跳吗？你再也不用羡慕它了，因为……你就是它。"

父亲告诉她，那个古怪头盔叫作"脑电波传感仪"。他在光子的脑部植入了一个很小的芯片，能够将光子所看到、听到和感知到的一切以电磁波的形式传到头盔里，再通过感应电极传入辛离的脑海，令她身临其境。

辛离听得似懂非懂，但她听明白了一点：她可以通过光子的身体，重新行走和奔驰在外面的世界。

3

　　光子来到小花坛，这是小区花园中一个隐秘所在，被树木环绕，四周静悄悄的，一个人也没有。它躺在草丛里睡了一会儿。辛离感到了那种似乎沉睡在母亲子宫中的感觉，婴儿以外的人类已失去了这么纯粹的睡眠，更不用说是在野外。光子好像做了个梦，那梦境与人类的完全不同，似乎有什么恍惚的东西，却若有若无，无法捕捉……

　　周围有脚步声传来，光子警醒地睁开眼睛，它看到一个长身玉立的白衬衫少年站在自己面前。看到猫咪醒了，他露出了好看的笑容，伸手摸了摸它的小脑袋。光子放下了警惕，它认识他，这家伙常常给它些好吃的。

　　辛离也认识他。他叫高枫，她曾经喜欢过的男生，不，应该说现在还喜欢着，自从她通过光子的眼睛重新看到他之后。再一次，她感到高枫在抚摸她的头和脖颈，脸上不由得一阵发烫。

　　高枫是辛离小学时代的插班生，在她十岁的时候忽然闯入她的生命。他们一度是同桌，那时辛离很讨厌他，高枫在第一次期末考试时就以所有科目的满分把她从全班第一的宝座上赶了下来。作为大教授的女儿，辛离从未受过如此奇耻大辱，她发誓要迎头赶上，但自信却被高枫一次又一次地碾压。

到了初中，他们总算打成了平手。高枫的数学头脑好得匪夷所思，不管什么难题怪题都能解开，得奖无数。但也许是理性思维过于发达，文艺方面的天赋就略显不够，虽然一般语文成绩也属优秀，但写不出有才华的诗文来。那时候，他们已经不在一个班，但高枫却硬是加入了文学社，想要征服这个自己不擅长的领域，结果没少受辛离这个文学社社长的嘲笑。

最后，他们达成了交易。高枫帮她补数学，她帮高枫提高文学水平，教学范例是——她自己写的小诗，她骗高枫说是席慕蓉写的，高枫竟然傻呵呵地把她的几首歪诗都背了下来，让她暗自笑破了肚皮。

就像其他经常在一起的男生女生一样，同学之间开始传他们的谣言。辛离当然不会主动说什么，女孩要有她的矜持。她等着高枫开口，她会考虑几天再给他机会。不过她又想，不开口也没有关系，他们好像可以一直这样到……很久很久以后吧。

"很久很久"不过是一年多的时光，十五岁的秋天，车祸就那样发生了，把她的未来彻底击碎。高枫来看过她，很多次，但她根本不想让他看到自己的样子，好几次都给他吃了闭门羹。初中后，她也不肯再升学，高枫来得越来越少，最近两年，他们的生活再也没有交集，虽然两个人住在同一个小区里。

两个月前，她才通过光子的眼睛再次在小区里见到了高枫。他已经高了至少十厘米，比以前健壮多了，不但没有长残，而且五官也越来越棱角分明。她发现自己还是那么喜欢他，甚至更喜欢他了。

然而……她现在只是一只猫。

光子被高枫摸得开心，伏在花坛上，微闭着眼睛，喉咙里打起了呼噜，那种原始的身体快乐也引入辛离的脑海，让她觉得浑身舒畅。她有些害羞，又有些欢喜，"他会不会抱一抱我呢？什么啊，应该是抱光子……"

这时高枫却放开了猫咪，拿出手机发短信，一边自语："怎么还没来呢？这家伙每次都这样。"嘴角却带着奇妙的笑意。

辛离有点奇怪。她知道高枫这段时间每天傍晚都在小花坛这甲运动一下，顺便看看书或者背单词，但基本都是一个人。他在等谁呢？是哪个哥们儿？不，他的神情不会是那样的，辛离隐隐感到，那会是一个女孩子。也许是江薇？一只叫妒忌的毒虫开始啮食她的心。

"我们看看是谁，光子。"她在心里说。

该死的光子这时候却不听她的指挥了，它看到一只麻雀正在灌木丛里蹦跶，身体里的本能再度燃起，一个箭步朝它冲了过去。

麻雀飞走了，光子正在树丛里折腾，辛离听到高枫的声音说："现在才来，下次不等你了！"

一个女孩子的声音："哼，你敢！"却不是江薇，她的语声轻柔如水，这嗓音却清脆爽朗，辛离觉得从未听过，但又有种怪异的熟悉感。

那是谁呢？辛离大奇，光子却追着麻雀越跑越远。

"我就敢，怎么样？""好哇，我现在就走""别别……我错了还不行吗？"听到说话声，光子扭过头，看到高枫和一个高高瘦瘦的女孩子站在一起。对它来说事不关己，它只是懒懒地打了个哈欠。

辛离却浑身僵硬，连血液好像都要凝固了。那女孩的身影还有些朦胧，但是看上去……看上去……

"好好，我错了好吗，辛大小姐！"高枫笑着告饶。

那女孩嫣然微笑，转身向着光子的方向走过来，走进了它视力的聚焦范围内。她身材窈窕，长裙飘飞，美腿无瑕，而且——长着一张和辛离一模一样的脸。

4

"离离，你今天怎么了，有什么心事一样？"晚饭时，父亲奇怪地问辛离。

辛离摇摇头，刚才亲眼看到的一切，她实在没勇气说出。即使说出来了，父亲也会以为那是幻觉吧？

但那会是什么幻觉，她的幻觉还是光子的幻觉？似乎都说不通。她怔住的时候，那个辛离给它喂了一根火腿肠，摸了它好一会儿才和高枫一起走开。一切都太逼真了，怎么可能会是幻觉？

"爸，你说猫会不会看到一些人看不到的东西？"她问。

"有可能，猫的视觉系统和人不太一样，聚焦能力不如人，但对于运动物体的感知比人更敏锐。"

"不是说这个。我是说……它会不会得精神病，产生幻觉？"

父亲想了想："不是没可能，不过应该不会有人类那么复杂的精神问题，毕竟它的大脑要简单得多。"他指了指正在一旁睡大觉的光子："你发现光子有什么问题吗？我看挺正常的。"

"没有没有，我就随便问问。"辛离忙摆手。

"要有什么问题，可能是脑波传感仪产生的副作用，你要及时告诉我。"父亲严肃地说。

辛离答应了。父亲似乎又想到什么，手里举起一筷子菜，却不往嘴里送。母亲捣了捣他，父亲忽然笑了起来："没什么，我只是想到，那只薛定谔的猫会不会被搞成精神病？"

辛离曾经听父亲提起过："就是那只实验里半死半活的猫？"

"不是半死半活，是生死叠加态，"父亲说，"因为量子效应，在打开箱子之前，它就是一堆发散的波函数，既是死的，也是活的，也许还是半死不活的……可怜的猫咪。"

"如果把一个人放进那个箱子里会怎么样？"辛离好奇地问。

"不会发生什么，"父亲笃定地说，"人具有自我意识和观察能力，能够让波函数坍缩。他可以察觉到有没有毒气，当然也知道自己有没有死。"

"猫难道就察觉不到毒气吗？猫的嗅觉可比人要灵敏多了。"辛离不服气。

父亲怔了一下："猫？嗯，猫当然有感觉，但是应该没有自我意识。"他皱起眉头，仿佛陷入了苦思。

"吃饭吃饭！"母亲不耐烦地说，"菜都凉了，吃完饭再聊！"

可是饭后，父亲接到了研究所里的重要电话，匆匆离开了，这个话题也就不了了之。

5

辛离给江薇打了一个电话，旁敲侧击地问到高枫的事，江薇的答案却大出她所料。高枫这几天去北京参加一个计算机竞赛，根本不在市里。

"那个……最近有没有跟我长得很像的……一个女孩……"

"什么很像？"江薇明显一无所知。

"没什么。"辛离敷衍几句，挂了电话。

难道真的只是幻觉？辛离思前想后，终于找到了一个勉强过得去的解释，也许她在什么时候自己睡着了，那些从光子眼中看到的景象，都只不过是自己的梦境而已。

但那是何其真切又何其残忍的梦！她闭上眼睛，还可以看到阳光洒在那个"辛离"身上，她步履轻盈，裙袂飞扬，脸上都是幸福和自信。那本来应该是她的模样。

也许正是因为渴望，她才会做这样的梦吧。

此后很多天里都没有什么异常。光子依然快活地出没在小区的花草树木间，有时候也能看到高枫，但"辛离"毫无踪迹。辛离开始有些怀念那个梦境，那个真实得太不真实的梦。

随着脑波感应的日益熟悉，辛离也越来越能够沉浸在光子的世界里。父亲说得没错，猫压根没有自我意识，看到小老鼠它就会直扑过去，看到大狗它就会扭头逃走，看到一个新玩具就会去拨弄一下，但脑海里根本不会有"我要吃掉它""我要逃跑"之类的念头。它有感知，有欲望，有疼痛与舒适，但在这一切的中心，却是奇异的——无。

如果把光子放进薛定谔的箱子会怎么样？辛离也想着这个问题。毫无疑问，当毒气放出来的时候，它能够嗅到，也会中毒而死。但生和死本来就混糅在一起，既有毒气，又没有毒气。它抽搐着死去了，与此同时，它也舒舒服服地在箱子里啃着一根鱼骨头。它能感受到相互矛盾的一切，因为它没有一个确凿的"自我"进行观察，让混沌的可能坍缩为某一种。

猫活在每一种可能性里。

随着脑波之间的交融，辛离能够指挥光子干更多的事。有一天，她让光子穿过小区，跑到街边，在那里漫步。辛离已经好久没有上街了，她受不了街上人的目光围观。那种看到一个妙龄少女坐在轮椅上的好奇与怜悯，比蔑视的冷眼更让她无法忍受。

不过通过光子的身体，她可以自由自在地穿行。街上新开了很多店面：书店、蛋糕店、咖啡馆……街尽头还有一家新开的大超市。辛离还是有点儿难过，她无法自己走进任何一家店里。光子当然毫不在乎，它走累了，也不顾众人的目光，就在超市门口舒舒服服地躺了下来。

"你看，好可爱的小猫啊！"在超市门口，一个陌生女孩蹲下来抚摸着光子。光子也没脸没皮地蹭着她。

"咦，这小猫好像是我家楼下的。"另一个女孩说，声音清脆而明快，带着说不出的熟悉。

光子抬起头，又看到了那个辛离，她穿着高中的漂亮校服，一头利落的短发，正笑眯眯地看着它。

辛离的头脑顿时一片空白。

"好想养只猫啊，"那个辛离一边喂着狼吞虎咽的光子一边说，"可是家里不让，而且上大学以后，很快就不住家里了。"

"出去以后，让你那位高帅哥给你买一只嘛，反正你们肯定是在一起咁啦。"女孩促狭地对辛离挤了挤眼睛。

"瞎说什么呢！"辛离羞恼起来，"看我不撕掉你的嘴！"

两人起身，笑着跑远了。光子无动于衷地看着这一切。另一个辛离不敢相信地摘下头盔，打了自己一巴掌，火辣辣地疼。

她连忙又戴上头盔，却发现光子并不在大街上，而是在花坛边上休憩。片刻之间，光子就能从几百米外回来吗？她问光子，光子自然听不懂也不会回答，只是懒懒地抖了抖毛。

6

　　辛离从父亲那里拿了好几本量子力学、平行宇宙之类的书籍，吃力地研读起来。一个概念渐渐成形：每一种可能都会在一个世界实现，一个个世界叠加在一起，无限丰富，无限混沌。拥有"自我"的人类总是要确定自己，总会落入某种可能性，所以只能居住在其中一个世界里。但是猫不同，它们不需要自我，也就不需要固定任何可能性，那只在箱子里的猫可以又活又死，光子也可以在不同世界里穿梭。无数个光子的意识彼此并存，相互交变。

　　在另一种可能的生活中，三年前的辛离什么事也没有发生，仍然走在自己正常的人生轨迹上，甚至和高枫在一起。因为她安然无恙，光子也就不会被父亲收养，成了小区里的流浪猫，辛离自然也不认识它。这样一切都能说通了。

　　还有一个辛离，用数学符号表示，一个"辛离'"，辛离想。辛离'仍然在本来的世界里好好地活着，多好啊！

　　两天后，通过光子，辛离再次看到了辛离'，她正和母亲亲热地一起散步。

五天后，辛离＇和高枫在一起练习英语对话。

七天后，辛离＇骑着自行车从光子身边经过。

她越来越能把握光子切入那个世界的方式，那是一种半梦半醒间无法言传的转变，见到辛离＇的次数也越来越多。有时候见到的辛离＇还有微妙的不同，也许每次进入的都是一个不同的世界。但那些世界一般都大同小异，无非是辛离＇留长发还是短发，穿绿裙子还是红裙子的区别。那是她本来的自己，本来什么也不会发生。只有这个世界，这个在三年前因为一个极小概率而形成的世界里，一切才完全不同。可她为什么不在其他世界里，而要在这里？为什么偏偏是这里？这个让她再也站不起来的世界？

在其他世界里，辛离＇正如她本来应该的那样成长，甚至比她自己预想的还要好。高一时，她参加省里的英语演讲比赛，荣获一等奖，同时在文学刊物上发表了几篇作品，很多读者喜欢，甚至得到了知名作家的奖掖。

辛离＇和高枫的感情也水到渠成。从二人的对话中，辛离才知道，在去年的情人节，她收到了十几封情书，得意扬扬地念给高枫听，高枫憋红了脸，把那些情书都抢过来撕掉了。

"你什么意思啊？"辛离对着高枫嚷。

"你才多大啊，"高枫义正词严地说，"别去和那些小流氓约会，就算要……要约会也只能和……和我……"他的声音越来越小。

于是他们偷偷约会起来，如胶似漆。辛离就这样奇异地仰望着自己的另一种生活，为自己而自豪，为自己而叹息。

辛离'却有更强烈的雄心壮志，一天，光子听到她对高枫说："现在高中可以直接申请国外的大学了，何必还走高考的独木桥？高枫，我们一起出去念书多好！"

"我……我没想过这个，"高枫挠挠头，"这很麻烦吧？我英语也不够好。"

"你怎么还不如小学生有自信？"辛离'白了他一眼，"我上次英语竞赛认识一个学姐，就是自己考出国的。不就是去考一个SAT吗，我们都可以去。"

"可是……"

"别可是了，你就听我的吧！"她目光炯炯，神采飞扬，"如果不实现这个梦想，我会后悔一辈子的！"

辛离望着她，禁不住（在自己的脸上）泪流满面。这才是她本来的生活！去努力拼搏，领略这世界最美丽的风景。如果不是那场意外，辛离'就是她自己。可如今，残疾的她，瑟缩在家里，连普通的大学都上不了。

但真的上不了吗？辛离知道，如今大学基本上不会因为残疾而不录取她，她戴上机械假肢基本也能生活自理，她只是太在乎自己的自尊，不想被人笑话，更不想被人怜悯。但那有什么关系？光子可从来不在乎这些。

也许现在也不晚，也许她还能改变自己的命运？

"爸，"晚上她走进父亲的书房，吞吞吐吐地开口，心中却已坚定，"我……我想参加明年的高考，现在还来得及吗？"

7

　　参加高考对辛离来说并没有想象中那么难，报考资格上的问题，父亲设法解决了，她只需要花一年时间学完高中的课程并完成复习。她本来基础不错，父亲又给她找了几个靠谱的家教，加紧点儿应该够了。

　　辛离开始了紧锣密鼓的补课，一忙起来，跟着光子前往平行世界的旅行减少了很多。而且，她暂时也见不到辛离'和高枫了，为了提高水平，他们已经前往广州参加一个昂贵的SAT强化学习班，上完后会直接去香港参加考试。但光子的活动范围只有小区周围，对他们的近况也无从得知。

　　不过有一次，光子带着她到了另一个平行宇宙中。那天，辛离在路上看到了她的父母，这本身不稀奇，但他们看上去有点奇怪，好像比平常老了好几岁。母亲好像大病初愈的样子，父亲搀扶着她，头顶也多了很多白发。辛离忽然意识到，这次光子进入了另一个可能世界。

　　光子看到，他们的神情平淡而漠然，步伐不紧不慢，说的也都是一些家常闲话：今天中午做什么饭，家里的花该怎么浇水，电费交了没有，等等。看似没有任何稀奇的地方，但辛离却总觉得哪里不对，心中的诡异感越来越强烈。

父母进了楼门。光子不便再跟上去，正在门口蹲坐着，却看到邻居马叔马婶带着儿子说说笑笑从楼里出来，那才是一个家庭的样子。蓦然间，辛离发现了不对的地方在哪里：父母在讨论家事的时候，压根没有提到她，而平常她可是父母交谈的重心，不可能说了半天都不提自己。还有父母那种看似平静却没有任何希望的眼神，那种仿佛是久病之后的疲乏语调……这是为什么？

她想到了，答案只有一个：在这个世界里，她早已死于那场车祸。

辛离摘下头盔，额头冷汗涔涔。她一直以为自己的遭遇已经足够悲惨，却没有想到，自己还可以不幸得多。

她就是薛定谔的猫，那只既活又死的猫。

8

　　每一个世界，都有自己的幸与不幸。

　　辛离再次看到辛离'，已是秋叶飘零的时节。辛离'孤零零地拖着行李箱，拖着步子走进了满地黄叶的小区。这次她的考试似乎不太顺利，留学之梦大概得推迟几年了。辛离并没有太在意，无论怎么说，她也比自己强太多了。

　　此后辛离'许多天都早出晚归，光子也不怎么能见到。转眼便到了冬天。今年的冬天雪很大，光子也不想出门，舒舒服服躺在家里的暖气包边上打盹。在它的梦寐间，辛离有时候能穿到另一个世界流浪的光子身上，它只能躲在楼底的暖气管道边上，靠着偶尔能逮到的一两只老鼠，瑟缩着苦挨严寒。但没关系，一觉起来，它就会在享用不尽的猫罐头边上，过着另一种生活。

　　一天早上，辛离进入这个世界时，发现光子在外头找吃的，却见到了高枫一早就在外面转悠。光子如同抓住救命稻草，围着他喵喵叫了起来。高枫神色焦灼，看着它叹了口气：“今天没工夫喂你了……辛离不见了。”

光子一震，抬头看着他，宛如能听懂人言。

"跟你说了你也不懂……"高枫对它说，其实是自言自语，"我不该提分手的……她要我陪她出国，可是我根本不想出去念书，我早点跟她谈清楚就好了……结果最后大吵一架，我直接回来……她SAT考砸了，回学校又被好些人嘲讽，压力太大，模考也一落千丈……我一直在赌气，也不接她电话……昨晚她不见了……"

怎么会这样？辛离难以置信，几近完美的辛离'怎么可能变成这样？

"我打她手机，结果她手机竟然扔掉在了附近草丛里……我们真的很担心她……一晚上都找不到……警察也不受理……万一碰到坏人……"

光子嗅了嗅辛离'的手机，嗅到了熟悉的淡淡气味，顺着风，一丝同样的气味透入它鼻端，就像是远处传来的呼唤。辛离以前从来不知道猫的嗅觉可以如此灵敏，她知道该怎么做了。

光子蹿了出去，跑出几步后，发现高枫没有跟上来，回头高亢地叫了几声，又往前跑了几步，一边跑一边回头。高枫有点明白了它的意思，不敢相信地，又不能不信地跟上了它。

辛离生怕辛离'是坐上车离开，那就不好找了。但辛离'的气味一直在路边延伸，显然她并没有上任何车。走过了好几个街区后，她的气息进入了一个小酒吧里。但此时酒吧已经打烊，里面一个人都没有。

光子又嗅了嗅，发现辛离'的气息在酒吧另一边出现，还较之前更浓，代表离现在的时间更近，但这次混进了浓厚的酒气，单从气味上就大致能猜到发生了什么。

　　辛离心急如焚，驱策着光子不住狂奔，高枫在后头跟着。它又穿过三个路口，两条巷子，发现辛离'的气味进了一栋二十多层高的写字楼，晚间电梯停运，她似乎是从楼梯间爬上去了。到底发生了什么？辛离让光子也拼命爬上去，两层，三层、五层……光子累得不行，快爬不动了，但这不是休息的时候，她拼命催促着可怜的猫咪。快上去啊，光子！

　　气味一直向上蔓延，最后，当光子累得只剩下一口气的时候，他们终于到了楼顶的天台上，高枫用力推开门，凛冽的风扑面而来，楼顶都是积雪，一个衣衫单薄的少女雕像般站在大楼边缘，已经不知站了多久。她转过头，神色一片茫然。

9

"辛离，别干傻事！"高枫大喊。

"别过来！"辛离'如梦初醒，向后退了一步，"我……我无路可走了……"

"有什么事那么严重啊？"高枫说，"你先下来，什么事都可以解决……"

"你不懂的！"辛离'的声音异常凄厉，"我已经没法再活了，没法……"

她又向后退了一步，脚踩在滑溜的一层冰上，整个身子向后一仰，完全悬空。在那一刹那，她看到一只小白猫猛扑过来，咬住她的脚跟。那猫的力气一时大得异乎寻常，让她多停留了一秒钟，但下一秒钟，她带着那只猫一起坠下。

整个世界化为亿万碎片，在他们周围旋转着。电光石火间，她看到了那只猫的眼睛，那双深邃的猫眼宛如时空隧道，通向另一个熟悉又陌生的世界，一个熟悉又陌生的人。无穷无尽熟悉又陌生的场景在她眼前掠过。

　　蓦然间，下坠之势止住，高枫终于及时抓住了她的另一条腿，大吼一声，把她拽了上来。

　　光子却耗尽了最后一丝力气，坠了下去。这样的高度，就算是九条命的猫，也无法逃生。

　　它融入了大地，化为虚无，又无所不在。

10

　　"离离，"一个月后，辛离正在看英语单词的时候，母亲走进房间，"高枫在楼下。"

　　辛离一震："高枫？"

　　"你忘了吗？"母亲会错了意，"你的初中同学高枫，他听说你最近病了，特地来看你的。你想见他吗？"

　　辛离缓缓点了点头，轻轻说："好啊。"

　　她已经两个月没见到高枫了。

　　那次辛离醒来时，发现自己躺在医院里。父母说，她已经昏迷了一个多月，医生也查不出原因。她又留院了好几天，直到确定没有大碍了，才出院回家。父亲说可能是脑电波传感仪导致的问题，再不敢让她使用，把那头盔拿走了。但辛离明白，一定是那个世界的光子临死时的强烈脑电波影响了她，让她的大脑也判断自己即将死亡，从而昏迷过去。

　　但在最后的一刹那，她打破了自我的牢笼，融入了辛离'的意识，也明白了事情的真相。

几个月前，辛离＇因为考试砸掉以及和高枫的分手，成为学校里的笑柄。她去酒吧喝酒解闷，认识了几个社会男女，被诱惑吸食了一种新型毒品。那些人想利用毒瘾控制她，她不甘受辱，又不敢告诉家人，她觉得自己无路可走，跑出去喝了一夜闷酒，最后爬到了楼顶上。

辛离曾经视辛离＇为理想的自己，但她现在知道，辛离＇也只是个一个普通的少女，因为一路顺风顺水，内心只有比她更脆弱，更容易走上弯路。

辛离不知道辛离＇此刻会怎么样，但是她想，在她了解辛离＇的同时，辛离＇一定也了解了另一个世界的自己。想必在明白另一个自己已经终生残废之后，会对这个世界中幸运的人生重新珍惜吧。她会戒毒，会重新从人生的惨败中站起来。

无论如何，她们都在学会长大。

无数的可能世界中有无数的辛离，但没有一个能保证绝对幸福，每一个辛离都会遭逢不幸，就像其他所有人一样。但是在人世的苦难，没有什么是绝对不可克服的。哪怕死亡也无法真正战胜她们，因为她们……

都是薛定谔的猫啊！

她望向光子，在她身边，光子慵懒地打了个哈欠，调整了一个舒服的睡姿。一个光子死了，还有无数个光子活着，它们又生又死，它们方生方死。它们全不在乎，就这么没心没肺地活着。

就像今天的辛离一样。

"离离，"母亲进来说，"高枫在客厅里了，你让他进来还是……"

"不，我出去好了。"

辛离轻快地说着，放下书，站起身，抬起刚学会使用的机械腿，一步步走了出去。

灯塔少女

2027-03-12

　　我叫凌柔柔——爸爸，是这样吗？——嗯，我叫凌柔柔，今天满七岁啦。我爸爸叫凌东，是他送给我这个小本本当生日礼物的。爸爸说，只要我打开它，对着它说话，我说的话就会变成日记保存下来。所以我要把今天的事记下来。今天，爸爸带我去迪士尼乐园玩了一整天，我漫游了童话世界，还坐了飞行车，然后爸爸带我吃了一个超级大的蛋糕。我过了一个很棒很棒的生日。我许了一个愿：柔柔要永远和爸爸在一起！

2027-05-08

　　今天爸爸带我去学钢琴，有好多小朋友。我一开始有点怕，可不知怎么，我一坐下来就会弹，比别的小朋友都厉害，老师问我是不是学过，不过我一点儿也不记得学过琴。但老师说，我比那些学过的小朋友弹得还要好，可以直接进高级班了。爸爸夸我是小天才，下课以后就带我去吃甜品了。我可喜欢爸爸了！

2027-09-01

今天我要上小学了。我不想去，但爸爸说学校里有很多小朋友，可以跟我一起玩。可是我发现其他的小朋友都是和爸爸妈妈一起来的。可是为什么我妈妈没有来呢？电视里的小朋友也有妈妈。我问过爸爸，可是他从来不告诉我妈妈在哪里。有一次我问他，他瞪眼说我没有妈妈。每个小朋友都有妈妈，为什么我没有呢？我想问爸爸，可是他好像一听到我问他就不高兴，我就不敢问了。其实没有妈妈也没什么了不起的，我有爸爸就好了。

2027-09-06

今天是礼拜天，爸爸带我去了一个地方，那里有很多很多立起来的大石头，爸爸说每个人将来都会睡在那些石头下面。我很奇怪，睡在那里多无聊呀！爸爸带我去中间的一块石头前面，说妈妈就躺在下面。我看到了妈妈的照片，她比其他小朋友的妈妈都要美，我好高兴，我让爸爸把妈妈叫起来和我说话，爸爸哭了，他说妈妈不会和我说话，但是她永远陪着我，一直陪着我。我不懂，但是爸爸哭了，我心里很难受，所以我也哭了。

2027-09-20

今天上第一节英语课。老师教我们唱字母歌，我跟着唱着唱着，突然嘴里就冒出了一句英语："My name is Jessica, what's your name?"老师问我是不是在幼儿园学过，可是我一点儿也不记得，我都不记得自己上没上过幼儿园，五岁以前的事情我都不记得了。不过老师说，我的英语很标准，要推荐我去参加少儿英语比赛，我可开心了。老师还说，既然我已经有英文名字了，以后就叫我Jessica吧。回家以后我问爸爸，他说你是小天才嘛。可是我不懂，我明明什么都不记得了，怎么是天才呢？

2028-03-12

今天爸爸又给我过生日了。我们去海边坐了豪华游艇，又去吃了好多好吃的，爸爸还给我买了一个电视上那种会说话会走路的机器洋娃娃。我太爱爸爸了！可惜妈妈不能和我们在一起。我想去去年的那个地方看妈妈，但是爸爸说，妈妈的心灵一直和我们在一起，不用专门去看她了。我又问爸爸，妈妈叫什么名字，爸爸说没有名字。我说怎么会没有名字呢，你叫凌东，我叫凌柔柔，妈妈一定也有名字呀。最后爸爸只好告诉我，妈妈叫"素素"，这名字真好听。

* * *

2032-04-05

今天是清明节假期，我骗爸爸说去找莉莉玩，其实是偷偷去看妈妈了。上一次看妈妈已经是五年前的事了，但我还记得很清楚，爸爸以后再也没有带我来过，他一定是太难过了，不想触景生情。不过我现在也长大了，可以自己来了。我是一定要来看妈妈的，我有好多话想跟她说呢。可是到了墓地我就傻眼了，这里比我记得的大多了，到处都是墓碑，我可怎么找呢？我转了一圈又一圈，差点就要放弃了，可最后我忽然看到了一张照片，就是记忆中妈妈的脸！一定是妈妈在天有灵，指引我找到她的。我看

着她的脸，她好年轻啊，最多二十来岁的样子，很美很美，而且
长得有几分像我。

那块墓碑上刻着"沈素素之墓"，立碑的是妈妈的父母，也
就是我的外公外婆。妈妈是什么时候去世的呢？墓碑上没有刻，
真奇怪。但是这块墓地感觉很旧，周围的墓碑上刻着的下葬时间
都是三四十年前的了。妈妈不可能那么早去世吧，要不然怎么会
有我呢，她究竟是什么时候走的呢？

晚上回家，爸爸还在工作室里对着他的电脑捣鼓股票什么
的，我想问他妈妈的事，但想问了他一定不高兴，还是算了。

2032-04-07

今天晚上，我趁爸爸出门买东西，把家里的照片都翻了一
遍，想找到妈妈的照片，但是什么都没找到。我还发现了一件奇
怪的事，我四五岁以后的照片很多，但是以前的，小婴儿的照片
完全没有，更不用说和妈妈的合影了。为什么会这样呢？这几
年，我一直在想五岁以前的事，一开始什么也想不起来。但慢慢
地有一些影子，我记得当时好像住在外国，每天讲英语，好像有
另一个名字叫Jessica，还有另外的朋友，但是具体的都记不清楚
了。我是谁呢？是从哪里来的？我躲在被窝里问自己，忽然觉得
好害怕。

2032-04-13

今天在路上碰到一对出来旅游的老夫妻向我问路，人很慈爱
可亲，我忽然间有一种奇怪的感觉："他们好像爸爸妈妈呀！"
可是我马上就被自己吓到了。那个丈夫个子不高，脸圆圆的，头

也秃了，和爸爸长得完全不一样，怎么会像我的爸爸呢？但是我闭上眼睛，似乎真的能够想起另外有一对夫妻是我的父母……我被这种感觉吓坏了。

2032-05-16

我把我的苦恼告诉了莉莉。她想了一下，说："我明白了！你爸爸根本不是你的亲生爸爸。"我猛然就明白了。对呀，这样一切才能说通。我本来另外有爸爸妈妈，住在外国，可是不知道为什么四五岁的时候被现在的爸爸收养了，所以根本就没有以前的照片，而且我从小会钢琴和英语，肯定是以前的家里教的。那个沈素素应该也不是我的亲生妈妈，谁知道呢，也许根本就是他随便找了一块墓碑骗我的。我的亲生父母，你们还活着吗？如果活着又在哪里呢？你们知道我在异国他乡，跟着另一个爸爸一起生活吗？

2032-05-19

我发现自己是世界上最傻的傻瓜。今天我终于忍不住，冲进爸爸的工作室问："爸爸，我是不是你的女儿，我的亲生父母在哪里？"爸爸一开始很生气，听我说了一阵以后反而笑了起来。他说我和莉莉都是看电视太入迷了，才根据电视剧里的情节编出来这些幻想。他说我们以前的确住在美国，我小名也叫Jessica，但是四岁的时候发了一场高烧，所以以前的事都不记得了。我说："那你为什么没有我的照片？"他说："怎么没有呢？"就打开电脑，里面真的有我婴儿时的照片。爸爸说，当时拍了很多照片，但是搬家的时候丢了几本相册，所以很多不见了。但电脑里还存着不少，里面还有爸爸、妈妈和我的全家福。我看到妈妈抱着我，幸福地依偎在爸爸身边。爸爸还说，如果她不是你妈妈，你们怎么会长得这么像呢？我想也是，再说爸爸对我这么好，我怎么会不是他的女儿呢？爸爸还说，当年妈妈是生病去世的，死的时候我还很小，说着又哽咽了，我忙让他不要说了。我真是一个大傻瓜！

* * *

2035-04-07

今天发生了一件很奇妙的事。

中学里来了一个新老师，二十八九岁，打扮得很洋气。她不教我课，但在办公室里见到我，竟然脱口而出："Jessica！"然后好像想到什么，马上笑着说："Sorry，我认错人了，我还以为你是……不可能的。"我的心跳了一下，说："真巧，我的英文名也叫Jessica。"她听了很惊奇。

我们聊了起来，原来这个老师叫Elle，是从洛杉矶来的英语外教，不过是华人。Elle说，她说的那个Jessica是她小时候的玩伴，比她还要大一岁，她们一起长大，但是她十五岁那年Jessica搬家走了，那是十来年前的事了。那个Jessica显然不可能是我。

我问Elle："那老师为什么会叫我Jessica呢？"

她说："因为你们实在太像了，你和我记忆中的她简直一模一样。不过你至少比她小十二三岁，肯定不会是她了。"但我还是很奇怪，虽然不可能是老师的朋友，但这么凑巧也是太难得了。我问Elle老师有没有Jessica以前的照片，Elle老师说电脑里有，明天拿给我看看。

2035-04-08

我生病了，高烧发到快四十摄氏度，一整天都没有去上学。去医院看了，医生也说不清楚是什么病，只让我退烧静养。可能明天也去不了学校了。我好想再和Elle见面呀，我还没看到Jessica的照片呢。

2035-04-24

一病就是两个多礼拜。爸爸让我不要上学了，我问他我得的是不是绝症，他说是能治好的，但是时间要很长，可能下学期才能回去。但我还是好害怕，我觉得他说话吞吞吐吐的，也许他在骗我，也许我要死了。

2035-06-16

前一段时间都是在瞎担心。我的病已经好了，至少最近一个多月都感觉没问题了。我问爸爸是不是可以回去上学，爸爸说我已经休学两个月，回去也跟不上了。他要带我去澳大利亚旅游散心，下学期换一个更好的精英学校。听到去澳大利亚我很高兴，但是我舍不得以前的同学和老师，莉莉啊，明明啊，还有Elle老师，我刚认识她，但感觉好像和她特别投缘。我说下学期还是要回学校，落下的功课我可以补上。爸爸答应我去找老师问问，但是我觉得他是在敷衍我。

* * *

2035-09-11

#隐藏模式#我想我得把这段日记隐藏起来，我……我不知道该相信谁。

刚从澳大利亚回来，今天就收到了Elle的信息！她通过班级的网络群找到了我，听说了我的情况，问我身体怎么样了。我告诉她已经没人碍了。然后她发给我几张照片，Elle和那个Jessica的。她们在一片草坪上拍的，两人都笑得很灿烂。Elle一点儿没夸张，那个Jessica长得和我简直一模一样！

草坪后面有一座尖顶教堂，看上去说不出的熟悉，忽然间，一个名字在我心里响起——"St. Michael"。我问她背后的教堂是不是叫St. Michael，Elle吓了一跳，说："上帝啊，你怎么知道的？"

我不知道我是怎么知道的，但我知道这不能用巧合来解释了。我和那个Jessica一定有某种很深的关系，也许她是我的姐姐？还是我的亲生母亲？可是好像都不对。我想去问爸爸是怎么回事，但此时心里浮起一个念头：我为什么会得了一场大病又忽然好了？是不是因为他不想让我和Elle见面，偷偷给我吃了什么药呢？可为什么他会知道Elle的事？我从来没有告诉他啊。对了，因为他偷看了我的日记！对，他一直在偷看我的日记！三年前那次，就是因为莉莉告诉我，爸爸不是我的亲生父亲，他知道我会去问他，才拿出那些照片打消我的怀疑。可仔细想想，如果爸爸早有准备，伪造一些数码照片轻而易举。如果爸爸一直在骗我的话……想到这个我简直要疯了！

2035-09-12

#隐藏模式#我一晚上都没合眼，直到天蒙蒙亮才睡着，不过没到九点就又醒了。

下午我和Elle继续在网络上聊天，她问我："你知不知道你爸爸是谁？"可我不知道怎么回答，爸爸就是爸爸嘛。

"我是说，你知道他的工作吗？"

但是爸爸从来不去上班。我知道他在工作室里有一台大电脑，每天在上面不知道忙什么。屏幕上各种数据和图表不断跳动，他说他是在进行股票和外汇的交易。爸爸真蛮厉害的，靠这个就能养活我们两个。自我记事以来，我们家从来没有为钱发愁过。

我把情况约略告诉Elle，她又问我，有没有爸爸的照片。这当然很多了，我打开手机，调出来一堆爸爸的照片，大部分是我和他的合影。发了几张给Elle，她立刻回了一个巨大的惊奇表情。

"怎么了？"

"我见过你爸爸，他就是……就是Jessica的爸爸！"她用语音说。

我感到一阵晕眩，喘不过气来："这怎么可能？"

Elle告诉我，Jessica的爸爸那时大概四十岁，还有几分帅气。他似乎是在一个生物学研究所里工作，不过和周围邻居往来很少。她也是被Jessica带到家里玩，才撞上过一两次。

虽然Elle拿不出当时Jessica爸爸的照片，但从她的描述中，我已经信了八九成。问题是Jessica和我到底是什么关系？她真是我的姐姐？但即使姐妹俩，长这么像的也不常见。何况她要是我姐姐，我们怎么会起一样的名字呢？

Elle又问了我一些关于爸爸的问题，但我都答不上来什么，我这才惊觉，对自己生命中最重要的人竟然了解得如此之少。他是哪里人，每天具体在干什么，怎么生的我，我都不了解。

Elle又问我："你确定他是你的亲生父亲吗？老实讲，我觉得你们几乎没什么相似的地方。"

我的心又咯噔一下，这正是我多年前怀疑的事情。我仿佛是做了一个恐怖的噩梦醒来，发现一切正常，舒舒服服地过了几年，但最后发现其实这才是梦，而噩梦反而是现实！天哪，这到底是怎么回事？我又该怎么办呢？

最后，Elle出了一个主意，让我设法弄到爸爸的几根头发，这样就可以进行DNA的检测，弄清楚我们有没有血缘关系了。

2035-09-15

#隐藏模式#爸爸是彻底不想让我回去上学了，他告诉我，要带我去巴黎住几年。巴黎！以前听到这个消息我会高兴得发疯吧。但是现在，我只觉得心里一阵阵发冷。爸爸为什么要逃离这里？他是不是怕我发现什么？还是他想带我去国外做什么可怕的事情？如果到了根本没有人知道我的巴黎，他就是杀了我再分尸，也不会给人发现……呸呸，不至于的。

说起来，爸爸虽然是中国人（应该是吧？），但好像在国内没有任何亲戚，和周围的人往来也很少。他是逃犯吗？还是间谍？还是变态杀人狂……我不能再想了，再想我真的会疯掉。

不过我顺利地在枕头上拿到了他的头发，我要拿去给Elle，很快就可以知道答案了。我已经预感到，这个答案是我不想知道的。

2035-09-27

#隐藏模式#等了好像一个世纪那么久，DNA检测报告终于出来了，Elle帮我去拿的，用手机拍照传给我，结论证明了我最可怕的怀疑：爸爸和我没有任何血缘关系！我躲在厕所里偷偷地哭了一场。我太难过了，已经竭力压低声音，但还是给爸爸看到了，问我怎么了，我说是舍不得这里的朋友，好不容易才掩饰过去。

Elle说，已经找了一个私家侦探在查爸爸的底细。但让我一定要忍住，不要打草惊蛇。可是爸爸下个月就要带我去法国了，如果到时候什么也查不出来该怎么办呢？

2035-10-09

#隐藏模式#今天，Elle终于约了我见面，说有重要的话要跟我说。

我们在一家咖啡馆里坐定，Elle拿出一沓厚厚的资料，表情凝重地递给我。我看到最上面是一个叫作凌勇的人的简历，这和爸爸有什么关系？Elle似乎看出了我的疑惑，解释说：

"凌勇就是凌东，你的——爸爸，或者说是养父吧。他改过名，中间又在好几个国家住过，非常难追查。不过他还是留下了蛛丝马迹，让侦探查到了他的身份。

"从头说起吧，他本名叫凌勇，出生于二十世纪七十年代，

1991年进入燕京大学生命科学院读书，1995年去美国宾夕法尼亚大学留学，攻读生物学博士，2001年取得博士学位。后来在墨西哥国立大学从事博士后研究，研究方向是加勒比海一种水母的DNA编码……"

我翻着手头完全看不懂的资料，似乎都是那个叫凌勇的人的论文，大部分是外文。这是我爸爸吗？但是听起来……是一个完全陌生的人。

可是很快，另一个我熟悉的人名出现了。

"在燕京大学读书期间，他认识了一个叫沈素素的女生——对，就是你的'妈妈'——他们很快陷入了热恋，并且在毕业后就订婚了。"

这么说，爸爸有一点没有说谎，沈素素的确是他的爱人。但她是我妈妈吗？也许我是沈素素和其他人生的？但那时候离我出生还有将近二十年呢，这中间发生了什么？

Elle继续说下去："沈素素并没有和凌勇一起出国，而是留在国内读书。当时是二十世纪九十年代，互联网、手机等等还没有兴起，两个人联络不便，对他们的感情有很大影响。具体发生了什么，已经过去了三十多年，很难弄清楚了。只知道沈素素被一个富家公子追求，感情也起了变化，最后决定和凌勇分手。凌勇赶回国想要挽回，有人听到他们吵架，凌勇回了美国。没过多久，沈素素突然失踪了。"

我想到了什么，低呼了一声，Elle继续说："沈素素的失踪，嫌疑很快集中在了凌勇身上，查看出入境记录发现，在沈素素失踪那段时间里，他竟然秘密回到了国内，但很快又出国了。警察怀疑是他因爱生恨，绑架了沈素素，沈素素很可能已经遭到了杀害。"

"不，不管怎么说，爸爸不会杀人的！"我脱口而出。

"但愿不会吧，"Elle叹了口气说，"不过警方虽然怀疑他，但他在国外，难以传讯，也没有确凿的证据可以引渡，最后不了了之。凌勇大概也是做贼心虚，后来很多年一直没有回国。沈素素也一直在失踪状态，三年后，有旅游者在市郊的山林里发现了一具骸骨，七零八落的，已经遭到了……肢解，甚至头骨也不见了。好了，不说恶心的细节了……附近一些残存的衣服，确认是沈素素的。后来，从DNA也证实了死者就是沈素素，她果然在三年前就被害了。"

我仿佛掉进了冰窟中，无法抑制地颤抖起来："你不会说是爸爸……把她给……给……"

"不知道，一直也查不到确凿证据。沈素素的父母当然悲痛万分，将这些骸骨收拾起来火化，然后给葬了，就是你看到的那块墓地。奇怪的倒是凌勇，几年后，有人看到他带着一个七八岁的小女孩，说是从国内接来的女儿。"

"这就是Jessica？"我已经猜到了七八分。

但我竟然猜错了。"不，那是2005年左右，当时Jessica当时还没有出生，这孩子叫Karla，我想方设法找到了一张她仅有的照片，就是这个，看，她和Jessica，还有你，一模一样！"

我看着一张和自己小时候几乎一样的脸，再次感到了窒息："这……这到底是……"

Elle说："柔柔，我有一个可怕的猜想，你要有心理准备。我想你和Jessica，还有Karla，你们都是沈素素的克隆体。克隆技术早已经出现，克隆人虽然一直被禁止，但对凌东这样懂行的生物学家来说，实现起来并不难。"

"克隆人……"我只是从科幻电影里了解一点儿这个概念，"你是说爸爸——凌勇——凌东——搞到了沈素素身上的细胞，用它复制出了我们？他为什么要这么做啊？！"

"这很明显了。他对沈素素有变态的情感，因为沈素素背叛了他，他杀了沈素素，可又舍不得她，于是利用她的细胞克隆出了和她长得一模一样的孩子。"

我的脑子一团混乱，努力让自己理清头绪："等等，如果这样，克隆一个就好了，为什么先后有三个人呢？"

Elle的脸色变得更难看，她压低了声音说："这就是我特别要告诉你的，柔柔，你的处境非常危险！之前的Karla和Jessica先后都失踪了，而且都是十六岁前后失踪的。同时凌东转去了另一个国家，以前认识Karla和Jessica的人当然认为她们和凌东一起走了。但是凌东根本就没有带着她们！在她们身上发生了什么事，只有凌东知道。"

我打了个寒战："那他说要带我去法国，难道……难道是要……"

"不能排除这种可能性。"

"那我该怎么办？报警？"

Elle想了想，无奈地摇摇头："找警察没有用，目前我说的一切都是猜测，没有实际证据。那些警察不会相信这么离奇的事……不过那个家，你是不能待下去了。这样吧，你先跟我走，你应该持有美国护照，我可以带你去美国找我的朋友，保证凌东找不到你。"

但我又犹豫起来，这一切目前只是Elle的一面之词，也许爸爸根本是冤枉的呢？也许另有内情呢？譬如，如果我是克隆人，为什么又会有一些似乎属于Jessica的记忆呢？难道像一些科幻电影里演的那样，克隆人之间可以心灵相通吗？

"我……我还要想一想。"我说，"事情还有很多疑点，我要先搞清楚。"

Elle没有再逼我："那你要自己小心，做好准备。如果发生了什么情况记得第一时间联系我。"

2035-10-10

熟悉的家已经变得越来越阴森可怖，但我还要强打精神，装作若无其事的样子和爸爸——不，凌东周旋下去。今天平常做饭的阿姨告假了，白天他一直在工作室里忙碌，吃晚饭的时候我提议出去吃，人多的地方我更有安全感。

我们去了附近的一家馆子，但刚坐下就听到隔壁桌的一对男女在吵架。好不容易听明白，是那个女生因为异地恋而见异思迁，要和男生分手。男生愤怒地甩了女生一记耳光，女生哭着跑了。

我心中一动，这不正是当年凌东和沈素素恋情的翻版吗？凌东正是因为这个杀害了沈素素。我想也许可以试探他一下，所以故意说："爸，你看这女的多不像话，欺骗人家的一片真心，简直该死。"

话音刚落，凌东就猛砸了一下桌子："该死，真该死！为什么我没有——"他没有说下去，可是眼睛红了，声音也在发抖，显然被刺激到了。这证实了Elle的怀疑：他对沈素素的确怀着刻骨的仇恨！为了毁灭她，他什么事都干得出来。

　　我心中惊怒交加，但也害怕他狂性大发，立刻行凶，只能勉强挂上笑容："爸，别人的事你那么激动干吗，来，我们先干杯！"

　　凌东叹了口气，和我干了一杯。我刻意讨好他，聊了些以前父女间的事，以前每年怎么过生日啊，一起去那里玩啊，我对他搞的恶作剧啊。其实想想，我们之间真的有很多温馨往事，可是今天聊起，却是各怀心事，物是人非了。

　　凌东似乎一直没有从刚才的情绪里恢复过来，看上去心情很恶劣，拼命地喝酒，要了一杯又一杯的酒。最后出门的时候已经有八分醉意，我们打了车回家，凌东一进房门就倒在沙发上睡着了，鼾声如雷。

　　我想Elle说的话基本已经证实，再在这个家里待下去只能增添危险。于是我给Elle发了一条信息，然后上楼拿了护照、现金和一些换洗衣物，想要溜走。但经过工作室门口的时候，却发现门虚掩着，里面的电脑还在运转。我不由停下了脚步：凌东每天在这间屋子里到底干什么呢？真的只是在炒股吗？这里到底隐藏着什么秘密？

　　我往客厅看了一眼，凌东应该还在沉醉中，鼾声清晰可闻，看来得睡到明天早上了。我大着胆子进了工作室，查看他的电脑，但此时电脑处于锁定状态，屏幕上出现了一个对话框，要求输入密码。我哪知道他的密码，试了几个"lingyong""susu""Jessica"都不行，只有作罢。又查看桌上，一角的确放着一些金融、股票类的书，但似乎并没有翻动的迹象，摊在面前的反而是一堆打印的英文论文，我翻了一下，好像都是关于生物学的。我几乎看不懂什么，但有一个奇怪的词汇在所有论文中都不断出现——Turritopsis dohrnii。

我好奇地打开手机，扫描了这个词，查看翻译，跳出来一个中文单词"灯塔水母"，还附有简略的介绍："灯塔水母是水母的一种，大小只有4~5毫米，它在性成熟后会重新回到水螅型状态，并且可以不断重复这一过程……"

我不明白这是说什么，只看懂了这的确是一种水母。这么说，难道这些论文都是关于一种水母的？我想起来了，Elle昨天说过，凌东以前是研究水母的，还真对得上号。但是都过去这么多年了，他也不再是生物学家，为什么还在看这方面的论文？

我又翻看那些论文，只能看出是关于这种水母身体构造和基因序列方面的研究，但看不出所以然来，其他方面更是找不到任何线索。我打算放弃了，可这时候目光又扫到了那个输入密码的方框。我起了一个念头，坐在电脑前，直接输入了一串"Turritopsis dohrnii"，不过再次提示密码错误，我想哪有这么巧的事，刚想走，但又想到一个念头，便把所有字母改成大写并取消空格输入——"TURRITOPSISDOHRNII"。

电脑竟无声无息地解锁了！

我激动地凑了上去，看到了凌东很多年一直在搞的那个软件，我看不太懂那是什么，但显然不是股票之类的东西。我翻来覆去看了半天，发现似乎是对一些有机分子的结构和化学反应进行模拟，好像也和灯塔水母有关，但具体的一点儿也不懂了。

我把这个程序最小化，又在他电脑里搜寻起来，这一回我很快发现了目标：四个文件夹"S""K""J""R"。

这些天来，那些名字一直在我脑海盘旋，我立刻猜出了这些缩写的含义：S——素素、K——Karla、J——Jessica、R……当然就是柔柔。

眼看真相就在眼前，我的心跳得飞快，手都在发抖。我先点开"S"，果然出现了很多照片和视频，都是近四十年前沈素素和凌东恋爱时拍的。我一时看不明白那么多，又点开"K"，里面是一个小女孩从小到大的生活，她穿着完全不同的衣服，梳着完全不同的发型，在另一个国家生活，却和我长得一模一样，那就是Karla。Jessica也是一样，只是又在Karla之后好几年了。

"我们真的是克隆人吗？"我梦呓般地想，像是拼命挣扎，却抓不到一根救命稻草的溺水者。

我颤抖着点开一个视频，是七八岁的Jessica在和凌东一起过生日，和我小时候很像，只不过是近二十年前的事了。另一个视频，是Jessica在一场儿童演出中表演舞蹈，还有一个视频是他们一起去钓鱼……

我不想再看这些日常生活的片段，刚想关掉，忽然发现最后有一组容量非常大的视频，似乎有些不同。我打开了一个时间标注为2024年1月8日的视频，看到了极其恐怖的一幕：

那好像是一个类似实验室的地方，十六岁的Jessica赤裸着身体，仰天倒在床上，似乎已经昏迷不醒。凌东拿着一个硕大的针管朝她走去，将其中的液体打入她体内。

Jessica中间醒了过来，挣扎了几下，含糊嚷了几句，但被凌东死死按住，让她无法反抗。被注射完之后，女孩身体蜷缩成一团，再次陷入沉睡。凌东随后离去，视频长期处于静止状态。我点开日期是第二天的下一个视频，看到Jessica仍然处于沉睡状态，只是皮肤上长出了一些类似疹子的东西。我跳到几个视频之后，发现那些疹子已经变成了奇怪的黏膜，把Jessica的身体一层层包裹起来。

几天以后变化就越来越明显了，Jessica已经没有了人形，被一层层膜包裹住，仿佛变成了一个"蛋"或者"茧"，再也看不见头脸。凌东每天来观察一下，大约一个月后，正好是3月12日，这个茧裂开了，浓稠的血浆和天知道是什么的糊糊从里面流出来，一个小脑袋也伸了出来。凌东听到响动，走进镜头，将茧撕开，抱出了一个浑身血污的孩子，看上去只有四五岁。

"素素，"我听到凌东说，声音不知道是悲伤还是喜悦，"你果然又重生了。这一次，叫你什么好呢？就按以前我们一起养过的猫咪的名字，叫你柔柔吧……"

素素……柔柔？

我感到无法呼吸，呆呆地不知站了多久，目光无意识地又落到桌上摊开的论文上，"Turritopsis dohrnii"一词再次映入眼帘。

"性成熟后会重新回到水螅型状态，并且可以不断重复这一过程……"

我终于明白了这句话的意思，灯塔水母可以不断地从成年态返回幼年态，一次次地循环，永生不死。

我明白了一切。

我根本不是什么克隆人。

我就是沈素素，就是Karla，就是Jessica。

凌东为了惩罚沈素素，把她——也就是我——变成了一只灯塔水母！他通过注射药物，让素素一遍遍地从十六七岁的近成年状态重新被打回到四五岁，从而永远无法脱离他的掌心。每一次轮回，我都会丧失记忆，把他当成最亲的亲人，任他左右。直到最后被绑起来才明白真相，但一切都来不及了。

我活着，却永远无法变成一个大人；我死了，却又被重新带到这个世界上来，和一个丧心病狂的恶魔生活在一起。

这是凌东对"我"背叛他的惩罚，世界上最可怕的惩罚。

我颤抖得几乎无法站立，一步步向后退去，却发现自己撞到了一个人身上。我回过头，发现自己正对着凌东阴沉的脸。

"你……你怎么会在这里……"凌东心虚地说，看了一眼还在播放着视频的电脑屏幕，表情一下子扭曲得宛如魔鬼。

"啊——"我大叫起来，用力推开他，向外跑去。

"柔柔，你听我说！"凌东一把抓住我，不让我走，我随手抓起桌子上的一个加湿器，砸在他脑袋上。凌东应声倒地，但他没有像电影里那样昏过去，却还在挣扎着爬起。

我大步冲出房门，不顾一切地向外跑去。拐过路口，就看到了Elle的车，她在那里已经等了很久。我上了车，Elle发动了车辆，想去机场，但我拉住了她。

"去警察局！"我说，"我找到证据了，我要让这个恶棍为自己所做的一切付出代价！"

2035-10-12

昨天，我和Elle报了警，但是当警察赶到的时候，凌东已经及时销毁了所有的犯罪资料，那些本来就在他的电脑里，彻底删除后谁也找不到。凌东还尝试把一切说成是我问题少女的异想天开，他差点也成功了。警察都不相信我说的离奇故事。

但有两点确凿的事实，凌东说什么也没用：第一，他就是当年的凌勇，沈素素之死的嫌犯；第二，我和他肯定没有血缘关系，根本不是他的女儿。警察也起了疑心，暂时没有把我交给他，而是带我去了一个反家暴中心住下来。而且开始调查他的背景资料。凌东快完了！

2035-10-15

凌东忽然失踪了！警察说他可能来找我报复，让我当心。Elle说很快会带我回美国，相信凌东不能再找到我。但是我还是很怕，害怕有一天再次落入他的掌心。警察你们快点找到他呀！

2035-10-24

凌东死了……

他的尸体在海上被发现，已经死了很多天，大概是失踪那天就自杀了。

听到这个消息我大哭了一场，哭得撕心裂肺。一个月前，我都不会想到，他会是这个下场。如今他死了，那个恶魔从此消失，可是以前那个亲爱的爸爸，再也不会回来了。虽然那只是一个幻象，但却是我熟悉了十多年的幻象啊……

警方认为，凌东是怀着对沈素素的变态感情拐带了我这个不明来历的女孩。当然还有很多说不通的地方，不过凌东一死，再也不可能知道真相，这个案子也就结束了。

有一些嗅觉灵敏的记者还在打探内幕。不过Elle跟我说，让我不要跟任何人提灯塔水母的事，如果外界真的相信了，我不是被秘密机构抓去做科学实验，就是沦为媒体炒作的焦点，一辈子都毁了。我觉得她说得很对，其实现在我自己都开始怀疑，那天晚上看到的视频是不是真的了。

Elle说，让我和她一起回美国，重新开始。我不想花她的钱，但她说，她有很多钱，无所谓的，让我接受她的一片心意，毕竟我们从上一世就是好朋友。

我答应了，希望我的生活能有一个新的开始。

* * *

发件人：TURRITOPSISLING@Kmail.com

时间：2035年10月20日0点00分00秒

收件人：Elle.Li2010@Starmail.com

Dear Elle：

这是一封设置好按时间自动发送的邮件，当你看到这封邮件的时候，我的身体应该已经沉入海底，进入生物圈的永恒循环了。你和我，我们所有人，最终都会如此。

除了素素。

为了素素——就像你已经知道的，也就是柔柔——我必须去死。如若不然，警察很快就会发现她的身份是伪造的，然后调查我的过往。他们最终会发现真相，而素素不是成为科学家趋之若鹜的试验品，就是曝光在全世界面前，承受世人看怪物的目光，无论哪一种都会毁了她。只有我的死才能中断警方的调查。

你一定会想，这一切不都是我造成的吗，还好意思说什么"为了素素"？

但真相不是你和素素想的那样，完全不是。事情的另一半，你们一无所知。

　　三十五年前，我正在国外进行科研，憧憬着将来和心爱的姑娘过上幸福的生活。此时，素素忽然对我提出分手，我无法接受，抛下一切回国。见到素素后，她憔悴了很多，但坚持要和我分手，我们吵了好几架，也无法改变她的心意，我愤然离去，决定和她一刀两断。但刚回到美国，就接到了她母亲的电话，得知了可怕十倍的真相！原来，素素得了淋巴癌，发现的时候已经是晚期，根本无药可救了。所以她瞒着我，编造了一个理由和我分手，让我不要再想念她。这时候正好出现了一个不知内情的富二代在追求素素，但素素心里根本没有他，只是拿他作为借口。

　　我知道真相以后，心里只有一个念头，就是要救素素，无论如何要救素素。你知道癌症的原理，就是细胞发生了变异，疯狂地繁衍自身，无法停下，最后把整个人体的养分都吸光。没有可行的办法遏制这种可怕的疾病。但这时候，我有了一个疯狂的主意。

　　我正在研究灯塔水母，这种水母在性成熟后能够逆序生长，所有的细胞都发生变化，

　　身体变成一个胞囊，从里面再长出幼态的灯塔水母，重新长大。就这样不断循环，永不会自然死亡。当时我的研究正好有了突破性的进展，找到了控制灯塔水母发生逆向变化的基因。我想，也许这样的力量才能阻止癌细胞的扩散。

　　我将这些提取出来的基因植入一种逆转录病毒内，这样它们就可以把灯塔水母的基因带到人体里。我将一小瓶试剂偷偷带回国内，可当时素素已经生命垂危，昏迷不醒了，我和她连最后一句话都没说上。

　　我说服了素素的父母死马当活马医，对她进行了注射。很

快出现了柔柔在视频里看到的"结茧"现象，她变成了一个怪异的肉茧。七天后茧破开了，里面是一个看上去只有四五岁的小女孩。她看上去长得和幼年的素素一样，只是没有了素素的记忆。这就是Karla，她是素素身体重组的产物，只有大脑的核心部分基本保留下来，但也发生了退化。

至于素素身体其他部分变成的"茧"，里面还有不少人体骨骼和组织，我偷偷把它埋在荒郊野外，几年后残余的部分露出地面被发现，竟被当成了素素被肢解的尸体……这一事件也就成了一起杀人案。

当时我和素素的父母都意识到，必须隐瞒Karla的存在，否则她会成为全世界的新闻话题。我们先把Karla送到了孤儿院，再由素素父母出面收养。但是这就出现了一个问题，原来的素素活不见人，死不见尸，那个富二代追求者找不到她，竟愤然报警……我当然成了警方最怀疑的对象，好在那时候已经回到了国外，警方也无可奈何。后来，我在墨西哥继续进行灯塔水母的研究，但是在哺乳动物身上的研究再也没有成功过，所有被注射了试剂的动物在结茧后都死去了。我怀疑是当时素素的癌细胞与灯塔水母的基因有一种特殊的结合，才产生神奇的效果，只是这一点再也无法证实了……

但这几年的研究开发出了一种副产品，一种从灯塔水母体内提取的生物酶制剂，注射后能够让人体细胞富有活力，延年益寿。这种发明虽然比起灯塔水母的真正效果来讲微不足道，但是却可以直接投入商业应用。我和几个同事一起申请了专利，靠这个赚了好几千万，以后几十年里我和素素衣食无忧，主要就是靠这个发现。

　　这些年中，我暗地里跟素素的父母联系，Karla刚刚出世时虽然一无所知，但是还有一些生活和语言的能力，很快可以恢复到四五岁儿童的水平，甚至可以找回一些零碎的记忆。

　　素素的父母年纪大了，精力不济，而且Karla和素素越来越像，也引起了周围人的议论，说是私生女儿什么的，这件事让警察知道，和素素的案子联系起来，就麻烦了。所以我赚到钱后设法把Karla接到了墨西哥，由我照顾。此时的Karla对我来说，已经不是恋人的感觉，而更接近我和素素的女儿，我对她的爱发生了变化，却一点儿没有减少，我发誓要让她幸福。

　　我以为作为Karla的素素就可以这样一直生活下去，长大成人。但到了十六岁（实际上是十二岁）那年，她又一睡不醒，皮肤黏连在了一起，成了一个"茧"……这证实了我最可怕的猜想，灯塔水母的基因将一直在素素体内起作用，她只要身体一发育成熟就会返回幼年，这个循环无法破解！

　　我到了美国，重新开始了研究，设法让素素——现在是Jessica了——摆脱这种状态。十一年前，当她出现重新结茧的征兆时，我就给她注射我新研发的试剂，希望能中止这个过程，并且录下视频进行研究。这就是把柔柔吓坏的那个视频。其实我只是延缓了她返回幼年的进程，但是无法阻止，最后Jessica也不可避免地重生了，变成了柔柔……

　　Jessica的失踪和柔柔的出现给我造成了一些麻烦，我只好又回到国内。后面的事情，你们都知道了。我继续通过电脑程序模拟研究灯塔水母的基因对人体的影响，但是收效甚微。那么多年过去了，我年纪也已经太大了，脑力越来越难进行尖端的研究。我知道自己无法阻止下一次循环，只有放下一切，再一次享受和素素在一起的时光。但十二年后，等下一次循环开始，我就已经太老了，扮演她的父亲也说不通了，那时候该怎么办呢？

好在她遇到了你，这个问题也就无须我再考虑了。

Elle，我知道你是一个好心肠的女孩。如今我只有把素素托付给你。她将会在大约半年后开始新一轮的循环，重新成为一个没有记忆也没有身份的幼儿，她自己对此还一无所知。素素的父母早已去世，这一次，你是唯一可以帮助她的人，希望你能当她一直期盼的"妈妈"。我名下还有大约两千万美元的存款、房产和公司股权，在我身后都属于你，归你支配。获取方式在附件里，你可以拿这些钱充分满足自己的生活所需，请接收这份馈赠。你是一个好人，相信你也会好好照顾素素的。

我想了很久是否要告诉柔柔真相，但最后决定还是不要说了。当年素素隐瞒了她的病情，宁愿让我恨她也不愿我为她难过，想必心情也是一样的吧。何况，当她再一次沉睡之前，至少也能怀着自己会长大成人，开始正常人生的希望，而当她再一次重生之后，也会忘记这一切，和你这个"妈妈"无忧无虑地生活在一起。我想，这也是一种幸福吧。

不论以什么形式，只要她能一直幸福下去，就是最好的了。

凌勇绝笔

海
的
女
儿

1

　　法蒂玛打开飞船的舱门，艰难地爬出来，感到炽热的气浪扑向她的面颊，电子角膜上显现出当下的温度为四百八十七摄氏度。当她站起身后，发现自己站在一片怪异的橙黄色天空之下，面前是一片望不到边的平坦荒原，身后的翼式飞船斜斜歪向一边，船体冒着滚烫的青烟。她脚下的大地一片焦黄，寸草不生，地表上沟壑纵横，干裂成无数巴掌大小的碎块，像被利剑砍斫过千万次。

　　法蒂玛望着这异星般的景象，许久之后才打开中微子通讯仪："欧罗巴：我已经着陆。'曙光三号'隔热层融毁，未到达预定地点，只能紧急着陆。我目前的方位是在西太平洋，北纬9度28分51秒，东经143度41分32秒，距离目的地二百零三公里，海拔……"她停顿了片刻，露出一个苦笑，"……已经没有意义。"

　　法蒂玛抬头向黄色的天空望去，异常火红的太阳仍在喷射着毒焰。欧罗巴正随着看不见的木星运行在太阳的另一边，六个天文单位之外。刚刚发出的中微子通讯波束正飞驰在茫茫太空中，大约两个小时后，她才可能接到回复。

她呆呆地站了很久，内心被无法平复的惊骇所充满，然后她伏下身体，弯下腰，用双手撑住地面。她的大脑下达了指令，通过光子通路传到四肢，组成她身体的亿兆个纳米体高速运转起来，改变成不同的形态，自下而上，一级级建立新的组织，组成新的结构。她双手开始变长，用前趾立起，长出了灵活的肉垫和强有力的肌腱，腿部也发生了相应的变化。

几分钟后，她像豹子一样狂奔起来，风驰电掣，向着西北方的地平线跑去。同时，无数回忆涌上心头。

2

三年前。

法蒂玛站在埃菲尔铁塔最高一层观光台上，朝阳将巴黎城笼罩在一层金辉中。洁白的圣心教堂矗立在北面的蒙马特高地，南面是醒目高耸的蒙帕纳斯大厦，塞纳河的玉带蜿蜒着从南面经过铁塔，又流向东边的巴黎岛，霞光之下遥遥可以看到圣母院的古老钟楼，一群鸽子在罗浮宫上空自由回翔。

塔上除了她，没有其他人，只有她一个站在城市的最高处。法蒂玛望着这一切，心醉神迷。

一条丑陋的深海蠕虫打破了她的遐想，它悠然在朝霞中露出身影，摇摆着几十只桨足，优哉游哉地移动着笨拙的身体从空气中游来，视若无睹地穿过交叉的钢条和铆钉，对下面这座美丽的都市毫无察觉。

法蒂玛在心里叹了一口气，关掉了电子角膜上的三维画面。光影都消失了，周围又沉入亘古以来的黑暗深渊中。蠕虫悠然游走。她抱膝缩成一团，让自己被水托起，漂浮在无尽黑暗里。

法蒂玛喜欢世界的高处，各种各样的高处，她的储存芯片中收藏了珠穆朗玛峰、艾尔斯巨岩、上海未来大厦，乃至彩虹空间站的三维视景，许多都是日出或艳阳高照的景象。但每当这些美景消失，黑沉沉的现实又压在她头顶。这里不是什么高处，而是地球上最深的地方，整个太平洋，不，整个人类世界都在自己上面……

"法蒂玛！法蒂玛！"正当她胡思乱想时，内嵌耳机中传来站长莫妮卡·库伦的呼叫。

"怎么了，嬷嬷？"她懒洋洋地问，她喜欢把莫妮卡叫作嬷嬷。

"深海电梯坏了，大概又是机械故障。在海拔以下七千三百米的位置，维弗利先生和一名访客在电梯里，已经发出求救信号。"

法蒂玛怒气顿生："这部电梯用了快二十年了，说了多少次了，上头一直不换，每次都指望我去修！难道你们养我就是为了让我修电梯？"

"法蒂玛！"

"对不起。"她控制住了自己，"我这就过去。"

法蒂玛舒展开身体，她长长的鱼尾轻盈地摆动着，让她从海谷中最幽深的地方浮出来，袅袅游向远处那条垂直的光带。

3

法蒂玛心急如焚地奔跑着，半小时后已经驰过了五十公里。她毫不感到疲累，在她胸口的冷聚变能源可以让她这样跑一百年以上。

一片醒目的黑色焦痕出现在远处的荒原上，上面还有一些细小的突起。等她走近，才看到那是几根还没有化尽的黑色骨头，暴露在空气中，向她提示出这片痕迹本来的形体。

法蒂玛目测了一下，那东西长将近四十米，或许是一头蓝鲸，但一般的蓝鲸体形也没有那么巨大，或许是某个新的亚种，它躲藏在大洋深处，从来不为人所知晓，如果早几年被发现的话，必将令世界震惊。但如今，这一切已经没有意义，这个物种尚未被发现就已经从世界上消失，正如其他所有物种一样。在这个温度高达五百摄氏度，已经没有一滴液态水的星球上，没有任何生命可以存活。

法蒂玛又望向太阳，万物之主仍在肆虐着阳光。当然，肆虐的不只是阳光，从太阳表面喷射出的高温等离子气团，已经弥散到了地球轨道上。两个月前，疯狂的带电粒子流和上千度的高温在几小时内就吹散了地球大气层，并让海洋蒸发殆尽。现在，这个星球是一个金星般的炽热火狱。

这场大毁灭在人类文明的鼎盛期发生，人类自认为已经掌握了改天换地的力量，却并没有相当的防护措施，甚至没有这样的意识。计算机模拟中的一个小数点几位后的微小误差，导致了一连串的蝴蝶效应：一枚核弹撞击彗星时爆炸的效果和预计差异很大，彗星未能像预期的那样被送到围绕水星的轨道上，给殖民地的人们带来改造水星需要的水源，反而在水星引力影响下改变轨道，掠过水星，坠向太阳表面。人们虽然懊恼，却以为这不过是损失了一颗彗星的资源，所以没有再管它。但事情却沿着墨菲定律的方向发展：这时正是太阳活动的极大期，彗星坠落的方位更是太阳黑子活动的核心区域。冲击破坏了太阳内部结构，效应被千万倍地放大，在太阳光球层上造成了一道七十万公里长，数千公里宽的伤口，释放出了太阳内部的高能辐射，导致比平常大上千倍的耀斑爆发，当然这个伤口本身存在的时间并不长，只有百十个地球日而已，很快就会愈合。在太阳长达五十亿年的漫长生命中，只是一场微不足道的小伤风。

但是人类的整个世界，却在毫无防备的情况下，毁于万物之父的一声喷嚏。就像歌谣中所唱的那样："一根铁钉钉错了，导致了一个帝国的灭亡。"而今灭亡的不仅是帝国，而且是全人类，包括她所爱的那些人。

哦，嬷嬷，法蒂玛痛苦地想，脑海中浮现出嬷嬷慈爱的面容。或许我不该离开您的，更不该最后对您说那些话……

她继续加快了脚步。

4

法蒂玛到达了深海电梯被困之处。电梯本身是球形的耐压舱，被悬挂在上不着天下不着地的渊薮之中。透过舷窗，她看到电梯里有两个人正在焦急地张望着，一个是副站长维弗利，另一个是一个陌生的年轻人，又高又瘦，脸色苍白，但看上去很英俊。

法蒂玛把脸贴在了窗口上。年轻人看到从黑暗中的海水中，一个鱼尾少女身影显现，惊奇得差点让下巴掉下来。法蒂玛早已见怪不怪，她伏在窗口，和维弗利打了个招呼，做了个"放心"的手势，就绕到电梯背后，打开舱盖，钻进动力舱，这里也充满了海水，以便和外界的压力平衡。她找到线路板，对着仪表，开始进行检修。她的手指变成千百条灵活的纤维，钻进冷聚变反应器的深处。

借着舱体本身的传振，法蒂玛听到电梯中的两个人在说话："别着急，米诺先生，这只是小故障，电梯很快就会重新启动的。"

"维弗利先生，那个女孩是谁？怎么好像……好像美人鱼一样？"是那个年轻人的声音。

"她叫法蒂玛，是个纳米机械人。"维弗利说，声音很轻，显然是不想传到法蒂玛耳里，但法蒂玛灵敏的耳朵仍然能听到。

"机械人？可是我以为机械人在地球上早就被禁止了。"年轻人问。

"当然是禁止的，但事情总有例外。"维弗利低声说，"你从欧罗巴来，大概不太清楚。你记得二十年前的亚特兰大核爆吗？法蒂玛就是在那时候出生的，还在娘胎里就受到了辐射，先天畸形，没有四肢，内脏功能也不全，根本活不过几天。她父母又是贫民，没钱进行克隆或者基因修补，把她扔给福利机构就不管了。那时候是新太平洋战争时期，军方在试验一种纳米体组合成的机器人，但是人工智能不够聪明，需要人脑的指挥，所以他们就把那孩子要来，把她的大脑移植了过去。"

"这……太残忍了吧？"

"可如果不这样，法蒂玛也根本活不下来。本来这是一个大工程，有上百个残疾婴儿的大脑被移植，可惜除了法蒂玛都没成功。后来战争结束，这个计划也被废止了，法蒂玛被库伦博士带到了深极站，二十年来一直生活在这里，现在她负责深极站的许多外部作业，她的机器身体不怕水底的压强，可以在站外灵活工作，对我们很有用。"

"不可思议，她竟然能在海底不借助任何设备自由活动。"

"因为她的身体本质上只是一部可以变形的机器嘛，不过嵌入了一个人类的大脑……"

听到这样不尊重她的议论，法蒂玛非常生气，将手底的拉杆狠狠一扳。

　　冷聚变装置重新启动，下方的水体向两边分开，电梯如同一块空中的石头那样坠了下去，里面正说得高兴的两个人瞬时失重，几乎飘了起来。

　　"法蒂玛！怎么回事？"维弗利惊惶地叫了出来。

　　"抱歉，"从通话器中传来法蒂玛顽皮的声音，"加速度调得太快了，不过我只是一部机器，可没那么灵活！"

　　她的头出现在窗口上方，一头金发在水中向上飘扬着，向他们露出胜利的笑容。那个米诺用炽热的目光望着她。看着他深邃的蓝眼睛，法蒂玛忽然感到了心中莫名的悸动。

5

　　洋底的坡度平缓而稳定地下降着，法蒂玛跑了一百公里左右，大约下降了两公里，目前她已经在原来的海平面下六公里处，但还是看不到一滴水。这时候她隐隐看到了地平线上的群山，事实上，对面的高度和这里差不多，但却因为板块挤压而陡峭地挺出在上万米深的马里亚纳海沟。法蒂玛极目望去，似乎看到了一抹蓝色的痕迹，也许那里还有一片剩下的海水？

　　但她很快明白，那只是自己一厢情愿的幻觉。在现在的温度和压强下不可能有液态水存在，刚才在近地轨道上的目测也证实了这一点。虽然她的眼睛是一部精密的电子仪器，但她仍然有着人类软弱的大脑。

　　来自欧罗巴的回复到了，一个熟悉的声音："法蒂玛？我是米诺。"

　　法蒂玛猛然站住了，在离开欧罗巴后，她还是第一次听到米诺的声音，她忽然想哭。

　　米诺继续说下去："法蒂玛，从你传回来的资料看，西太平洋区域已经彻底毁灭，有人幸存的概率微乎其微。但我们曾经收到过亚洲东部的求救信号，也许在地下深处的矿井中，找到幸存者的概率更大。紧急理事会希望你尽快去那边进行搜索。"

法蒂玛很怀疑这一点，当太阳爆发时，虽然强烈的辐射光在八分钟内就抵达地球，但真正导致大毁灭的太阳暴风在三天后才袭来。应该说人类有一定的时间防御。但是面对这样恐怖的灾难，有没有防御区别不大。地球在等离子气团的桑拿浴中穿行了一个多月。最初欧罗巴的确收到过来自地球一些角落的中微子波束，但几天后就归于沉寂，可能是通信仪器被毁坏了，但法蒂玛知道，那些仪器虽说脆弱，总还比人体结实一点儿。

在地球之外，更接近太阳的水星和金星两大殖民地毁灭得自然比地球还要彻底，月球和地球一样无法幸免。火星平均单位表面积接受到的热量大约是地球的一半，受创比地球小，但封闭的生态循环系统却远比地球脆弱，火星上几个主要殖民地遭到毁灭性打击，二十万居民大部分在酷热中死去，剩下的几千人也奄奄一息。在火星轨道之外，除了一些小太空站和探测飞船，只有欧罗巴一个大殖民地。欧罗巴由于远离太阳，除了部分冰层融化外，较少受到太阳表面喷发的影响，但致命问题是无法自足，必须依赖地球或火星的补给，但如今的情况下，这一切都异常艰难。

"当然，"米诺继续说，"最重要的是你的安全，法蒂玛，我们不能再失去你了。"

法蒂玛有许多话想告诉米诺，但又不知说什么，最后只是说："如果可能的话，我会去的。但现在我缺少交通工具。除了走没有别的办法登上大陆。深极站是我的家，我无论如何要先回来看看，何况即使没有人……或许……'原母'还能活下来，你知道的。"

是的，原母，她想，毕竟它们已经活了三十七亿年以上，什么样的灾难没有见过呢？她心底又升腾起了新的希望。

6

　　法蒂玛第一次听说"原母"的时候，是和米诺一起在海底漫步，当然，她像人鱼一样自在地漂行着，而米诺身穿笨拙的深海潜水服，依靠背后的喷射推进器前进，还不时走歪了方向。

　　他们走了大约五百米，然后到了深极点，那是深海峭壁下崎岖不平的一小块地方，还不到一百平方米，米诺用探照灯照亮，看到硅藻泥海底中立着一块方尖形石碑，上面刻着"世界最深点：-11034米"的字样。

　　"这就是地球上最深的地方，"法蒂玛说，"你看到了，所谓挑战者海渊，就是海底的一个大坑，其实一点儿意思也没有。嬷嬷说，刚开发海底旅游的时候，有些游客万里迢迢赶来，都会大失所望，待不上半小时就想走了，现在大家都去外星旅游，基本没人来了。"

　　米诺摊开手脚，让自己缓缓沉到海底，陶醉地闭上眼睛："但这里给我一种奇妙的感觉，我好像感到地球在跟我说话。"

　　"地球跟你说话？在这里？"法蒂玛哑然失笑，"米诺先生，你不会得了深海幻觉症吧？"

"一点儿也没有，我非常清醒。"

"你说你是个生物学家，"法蒂玛笑道，"可说话却像个多愁善感的诗人。"

米诺也笑了："或许是我们外空间人对地球的那种乡愁吧，从小就觉得自己是在无根的漂泊中，想要找到根基所在……我来地球已经有些日子了，去过许多历史名城和风景区，不过只有在这里，我才真正感到自己是在故乡，自己的根基在这里。"

"可这里不是世界上最不像地球的地方吗？"法蒂玛忍不住大声抱怨，"没有城市和乡村，没有森林和草原，甚至没有海洋——我是说在海滩上看到的那种蔚蓝色的海洋。除了有水之外，这里看上去简直就像是月球的环形山！"

"不错。但是，你知道吗，地球生命就是从这里起源的，这也是我感到亲切的地方。"米诺说，一只没有眼睛的怪虾一拱一拱地从他眼前游过，米诺想去摸它，怪虾大概感到了水流的变动，迅速游走了。

"这里？在深极点？"法蒂玛闻所未闻。

"不一定，但肯定是在深海中。那是大概四十亿年前的事了，在地球形成后几亿年，整个世界被原始海洋覆盖，大气中几乎没有氧气，火山活动剧烈，气温远比现在高，来自初生太阳的辐射穿透海洋，催生了复杂的大分子结构。海洋就如同一锅炖了几亿年的肉汤，充满了丰富的原生质。终于，在某个时刻，因为不到亿亿分之一可能的巧合，在大海的深渊里，产生了一个能够利用周围的原料复制自己的分子，猜猜它是什么？"

"第一个细胞？"

"嗯，应该比细胞还早，"米诺谈兴大发，"最初应该还没有细胞膜，所以只是一个可复制的大分子。但这是生命的诞生，地球历史上最重大的事件，没有之一。自从第一个生命诞生后，我们可以想象，在相对很短的时间内，生命分子通过不断复制自己改造了整个地球，充塞了海洋的每个角落。这是第一个进化的奇点，不是吗？随后，因为遗传变异和环境的压力，生命开始缓慢地进化。"

"我知道，最后产生了人类嘛。"

"是的，不过还没那么简单。在地球历史早期，小行星的撞击远比现在频繁，生命在开始不久后就屡遭灭绝之厄。它们只有躲在海底才能获得安全，灾难过后又重新繁殖下去。这样的兴亡轮回可能在几亿年中发生过上百次，但生命挺了下来，在深海的沟壑里。后来又出现了新的变化，一部分原始生命进化出了光合作用，能够释放氧气，渐渐改变了整个地球大气的成分。原来的生命是不需要氧气的，氧气对它们来说是可怕的毒气。因此原始生命开始大批灭绝，幸存者进化为呼吸氧气的生命，它们就是人类和绝大多数现存生物的祖先。但是仍然有一部分最原始的生命在深海之下保存了下来。它们生活在海底火山的热泉附近，比细菌和真核生物更古老，被称为古菌，其中许多是嗜热菌类。"

"嗜热？"

"是的，它们的生存需要的温度高得难以置信，常常有一百二十摄氏度以上。"

法蒂坞听得入神了："它们在这里吗？在深极点？"

"很可能，它们需要高热，通常在海底的热泉喷口附近，而在板块边缘地带的热泉尤其多。事实上，我来深极站就是寻找这

一带的热泉，如果能找到一种理论上最古老的古菌——我称之为
'原母'——或许就可以解开生命起源问题中的许多谜团。只是
我们对海底的了解实在太少了。"

　　法蒂玛望向四周，微光中的海底峭壁巍然肃立，在她眼中，
一切似乎变得不同了。这乏味的海渊变成了一个她从不知道的神
秘渊薮，在亿万年的时光中，守护着生命原初的秘密。

　　"我知道附近的不少热泉，"她柔声说，"我会带你
去的。"

7

法蒂玛离开了平原区域，进入了崎岖的"山区"，一座座犬牙交错的岩石山峰高高低低地矗立起来，有的甚至高达数千米，这是太平洋板块和菲律宾板块亿万年的冲撞挤压造成的结果。虽然拥有超凡的身体，但法蒂玛也只能艰难地通行。在陌生的环境下，她渐渐认出了一些熟悉的地貌。以前她曾经在漆黑的海渊中畅游，仅凭超声波定位，就可以轻松游过这些海峰之间的空隙，如今她却不得不在上面翻山越岭。

在灾变中，许多海底山峰发生了形变，有的崩塌了，有的表面明显已经熔解。这里是地壳最薄的区域之一，法蒂玛不禁恐惧地想到，如果温度再高一点点，达到岩石的熔点，或许整个太平洋地壳都会融化，大地将被岩浆覆盖。

法蒂玛沿着一条深壑，向海沟的深处走去。有好几次，她都以为自己看到了深极站的蛋形外壳在反射阳光，但那只是她的错觉。

但最后她到了，首先是看到了落到大洋底部的海上移动平台以及深海电梯，大概是因为发生了爆炸的缘故，都已面目全非，变成了一堆奇形怪状的废铁。然后她看到了深极站，一颗小小的珍珠，几乎完好无损地矗立在群峰的包围中，银色的合金外壳熠熠发光，仿佛丝毫无损。法蒂玛的一颗心提了起来，她知道深极站有坚韧无比的耐压金属外壁，将内部和周围隔绝开来，更有完善的温度调节设备，或许里面的人还活着，嬷嬷、老乔治、劳拉、中村……或许他们还在那里。

"嬷嬷，我回来了！"法蒂玛叫着，向着深极站俯冲下去。

但没有人答应，她也无法从往常的入口进入，控制气闸的电子元件肯定已经在高温中熔毁了。她围绕着深极站走着，发现面前有一摊亮晶晶的东西。她认出来那是观光厅的超强化玻璃，它们能抵御海底的巨大压强，但是熔点不高，在高温中都融化了，整个观光厅只剩下一个东倒西歪的金属架。法蒂玛心里一沉，觉得自己几乎无法呼吸。她知道这意味着什么：炽热的高温气体早已侵袭了整个深海站，无人能够幸免。

她定了定神，跨过地下辨认不出的碎片，一步步走了进去，在光线照不到的地方打开手上的光源，照亮了四面的幽暗。在深极站的生活和科研区，大部分金属构架和器械都还一如旧貌，但塑料、玻璃和纸制物品已面目全非或荡然无存。她看不到任何人，在应该有人的位置，只有一些黑色灰烬和颗粒，她想起了那头鲸鱼烧剩的骨架，心里一阵抽搐。

最后，法蒂玛推开了莫妮卡居室的门，外面的客厅保存得还相对完好，大理石的桌椅并无损坏，仿佛嬷嬷还坐在桌前一样。桌上放着几只陶瓷小猫，那是法蒂玛小时候的玩伴。童年的记忆涌上心头，她一步步走向里面的卧室。金属门从里面被锁死了，当法蒂玛终于设法推开门之后，厚厚的飞灰随着热风迎面扑来，撒得法蒂玛满身都是。

等法蒂玛终于有勇气望向房中时，她看到房间里散落着各种物品，但莫妮卡喜欢的木制家具和衣服都化为了灰烬，或许已和她本人的骨灰混在一起，无法分开。房间的金属壁上却仿佛多了一些东西。她慢慢走进房间，看到那是刻在墙壁上的一行行字迹。

8

　　"法蒂玛，这段日子你和那个外面来的米诺走得太近了。"那天，莫妮卡把她叫到卧室，委婉地说。

　　法蒂玛顿时涨红了脸："嬷嬷，我十八岁了，我有交朋友的权利！"

　　"我不是想干涉你，不过……"莫妮卡叹了口气，"你和别的女孩不一样，你知道的。"

　　"以前你不是那么说的！每次我觉得自己和别人不一样的时候，你会说我是一个百分之百的女孩子！你给我买芭比娃娃，让我看《小妇人》和安徒生童话，现在你告诉我说，我是个怪胎？"

　　"我是希望你快乐，孩子，但你并不像其他人……你知道你的身体……"

　　"我恨透了这具可恶的机器，"法蒂玛抗议说，"这不是我的身体！将来我会有一个真正的身体的！我可以用脑细胞克隆一个，或者移植到其他的身体上去，到时候，我就可以变成一个真正的女孩子了！"

莫妮卡盯着她看了半天，然后叹了口气："那就等到时机成熟了再说，好吗？"后来，她们之间一直回避这个话题。

几天后的傍晚，法蒂玛和米诺驾着深潜艇，缓缓穿行在海沟北部的峰峦间，他们都一副倦容，今天他们毫无发现。米诺看到法蒂玛一副失望的样子，安慰她说："没关系，这段日子你已经带我找到了好几个热泉，让我发现了三种新的古菌，这已经是很大的收获了。"

"但是你说过，里面没有你想找的那种——原母？"

"那是理论推演中最原始的一种古菌，足以填平几大进化分支之间的缺失环节。存活的条件应该也最为特殊，或许早已经从地球上消失了，又或许会在别的海域，比如东太平洋海隆或者大西洋中脊。"

法蒂玛觉得自己的心沉了下去："所以……你要离开这里吗？"

"不，不会那么快，毕竟这一带还有很多地方没有勘探到，我会再待个把月，再去西南面勘探一下，然后……不管怎么说，这段时间很感谢你帮我，法蒂玛。"

"你多好啊，可以想去哪里就去哪里。但是我只能待在这里。"法蒂玛幽幽地说。

"为什么？库伦博士不让你走？"

"不是嬷嬷，是这副身体，该死的纳米机械体。政府觉得我是个难以控制的怪物，怕我会危害他们，所以没有给我合法身份，不让我离开这里。当然，他们没有明说，找出了一些冠冕堂皇的理由，比如脑机接口还不稳定，可能出问题什么的。"

"也许有道理，上次你说过，参加实验的其他几十个婴儿都因为脑机间无法协调而夭折，只有你活下来了。"

"我不知道，我只知道再困在这里我就要疯了！但是军方不肯放过我。他们说，十八岁以前我都得待在这里，一切等我成年以后再说。我想到时候，他们也许还有什么别的借口呢。"法蒂玛说着就怒气冲冲。

米诺想了想："我对政治问题不太了解，不过，如果你愿意的话，我可以问问库伦博士，能不能让你跟我去海底别的地方继续勘探，这样的话，你也没有踏上陆地，应该不算违反了规定。"

法蒂玛的目光中放出惊喜的光彩："真的吗？我当然愿意了！可是不会给你添麻烦吧？"

"当然不会，我非常需要你这样有海底生活经验和工作能力的助手——咦？"

这时候，深潜艇中远红外线热成像仪上的绿灯闪烁了起来，表示探测到了一个出奇高热的目标，在一个深深的岩洞里。

他们又惊又喜，法蒂玛让米诺留在深潜艇中，自己从一条大裂缝里潜进去，不久就在岩洞深处看到了一根翻滚的黑色烟柱。那是夹带矿物质的海水喷泉，温度高达一百三十摄氏度。法蒂玛顺利采集了一些样本到携带的高热釜中，半小时后，他们就在显微镜下看到一群前所未见的半月形微生物在充满硫化物颗粒的金属汤中蠕动着，嬉游着，分裂着……

那就是米诺一直在寻找的"原母"，后来，他们把那个洞穴称为"生命之洞"。

9

"法蒂玛，库伦博士的事我很难过。"米诺在通讯仪里呼叫了她，"你还好吗？"

"我没事，"法蒂玛干涩地说，"我会再去附近看看的，也许会有什么发现。我想先去生命之洞，希望有所发现。"

她离开了只剩下一层灰烬的房间，离开了深极站。一小时后，她到达了生命之洞，洞穴在她头顶几十米的高处。以往海水从低处渗透进地层，被下面的地热加热后沿着岩石缝隙上升，带着各种矿物质从上面喷出，形成洞中的喷泉，但现在一滴海水也看不见，只有黑沉沉的石头山。

法蒂玛让自己的手掌变成吸盘状，吸附着岩石，攀了上去，爬进了山洞。她用光源照着四周，幽暗的岩洞深处散落着黑红色的硫化物，间以银色的金属颗粒，但是最里面的裂缝是一个空洞，热泉早已不复存在，法蒂玛随手抓起一把粉末，握紧了拳头，听到它们在自己手心吱吱作响，然后松手，任它们飘撒在地上。这里早已没有了生命的痕迹，没有水，什么也不可能存在。

原母，地球的生命之母，经历了亿万年的无数灾难，最终也无法熬过这场人类带来的浩劫。

法蒂玛黯然站了很久。自从发现原母后，她来这里勘探过十多次，每次都是和米诺一起，这里也留下了她和米诺之间一串串美好的回忆，至少对她而言。但现在……

"法蒂玛，"这时候，米诺的回复来了，"你怎么样？有什么发现吗？"

"洞里也什么都没有。"她干巴巴地说，"原母肯定都灭绝了，这里没有，其他地方也没有。"

米诺没有回答，要半个小时之后他才可能听到她的信息，然后再过半小时，他的回复才能传到她耳中。但即使他知道了，又能说什么呢？

她神情恍惚地走到洞口，无意识地跨出去，让自己坠下悬崖，摔得完全变了形，然后她的身体又在自我保护的指令下慢慢恢复原状。法蒂玛躺在那里，懒得动弹，她在电子角膜中调出了各种虚拟画面，巴黎、雅典、北京、纽约……一个个伟大的人类都市都已陨灭，化为尘土。地球上已没有任何生灵存在，最后的人类残余在火星和欧罗巴上苟延残喘，看来也不可能撑多久。

一道泪水从她眼角淌过，落到地上。

不，法蒂玛知道自己不会流泪。她的大脑虽渴望哭泣，但机械身体没有这样的功能。

她迷茫地坐起身来，望着地上的水点，一时不知道是怎么了，最后，她才发现一滴滴水是从天穹上的云团中出现，又落在地上。

下雨了。

10

　　"原母"的基因序列被探明后，诸多特征无可辩驳地证明它是地球上现存最古老的生物。它在进化的阶梯上至少在三十七亿年前就和其他一切生物的共同祖先分道扬镳，此后极少变化。它不太可能一直单独生活在深极点附近，因为这里的形成也不过一亿多年。或许是从别的地方迁移来的，或许在广袤海洋的深处还有许多原母的同类有待被发现。

　　生命起源中缺失环节的发现引起了新闻界和民众很大的兴趣，作为原母的发现者之一，法蒂玛虽然没有学历，却和米诺一同分享了这一荣誉。在舆论界的压力下，不顾军方的禁令和嬷嬷的挽留，法蒂玛和米诺一起离开了深极站，如愿以偿地到了巴黎，又去了纽约和东京，见识了她梦寐以求的外部世界。

　　最初，法蒂玛的美少女形象很受人们欢迎。但很快有消息灵通的记者传出消息，说她是一个深海探测机器人，并非人类。军方旧日的计划曝光，引起了民众的巨大恐慌。除了法蒂玛本身的超人力量和存活能力令人畏惧外，更是谣言纷起，有人说法蒂玛身上内置了一枚核聚变炸弹，可以毁灭一座城市。也有人说，组成她身体的纳米体将会失控，吞噬整个世界。这些谣言带来的恐慌远远超过了先前的科学发现，铺天盖地的谩骂诅咒接踵而来，说她是"人形杀人机器"。法蒂玛的一点点荣誉，很快变成了无止休的污名。

法蒂玛毕竟只是一个十八岁的女孩，她精神崩溃，彻夜难眠，这时候她才明白嬷嬷不让她离开深极站的良苦用心。是米诺安慰和保护了她，让她免受了许多骚扰。在法蒂玛的强烈要求下，米诺为她安排了移植克隆身体的手术，现在法蒂玛把获取新生的全部希望都寄托在这上面。但当她兴奋地打电话告诉嬷嬷这件事时，嬷嬷却说：

"法蒂玛，你……不能去进行大脑移植。"

"为什么？"

"我……向你隐瞒了真相，"嬷嬷的声音低沉起来，"但现在必须告诉你了，当初你之所以能活下来，是因为我改变了人机连接方式，直接将纳米体深深植入你脑部深处，它们取代了神经胶质细胞，模拟了人类的脑结构，你的大脑至少一半是由纳米体构成的，无法再移植到普通人类的身体里去。"

法蒂玛惊呆了："你为什么要这么做？"

"军方本来计划培养出人机结合的特种战士，但以往的尝试都失败了，我冒险一试，反而获得了意外的成功。你活下来了，虽然身体像成人，却像婴儿一样无知无助。我女儿在战争中被炸死了，我照顾了你很长时间，越来越喜欢你，最后把你当成了自己的女儿。我知道，他们知道我成功后，肯定会拿你去做各种试验，甚至会切开你的大脑进行研究……所以在报告里隐瞒了真相，误导他们认为这是无法复制的偶然……后来，当计划被废止后，我带你离开了军队，去了深极站，你就在那里长大。"

"这么说，我根本就不是人类？连……连大脑都不是？"

"你当然是，孩子。"莫妮卡无力地说，"你是一个很好很好的女孩，只是具体来说，我是说……"

"你说谎！我恨你！为什么要让我活下来！我再也不想见到你！"法蒂玛尖叫着，将电话在手里捏成碎片。

她不得不取消了手术，不敢告诉米诺原委，米诺也没有问为什么，过了几天后，他对她说："我要把一些原母的样本送回欧罗巴，你有没有兴趣一起去？那里只有一个很小的殖民地，但你可以看到木星升起时横亘半个天空的样子，带着气势磅礴的条纹和大红斑，以及一连串珍珠般的卫星，美极了。任何去过的人都忘不了，我想你或许可以去散散心。"

"好啊。"她轻声说，心中一阵酸楚的甜蜜。她知道自己永远也不可能和米诺在一起了，因为她不可能变成真正的人类，但至少现在米诺还在她身边。

到欧罗巴的旅程是法蒂玛最开心的一个月，因为她每天都可以和米诺朝夕相处，无所不谈。但法蒂玛的喜悦在下飞船的那一刹那终结。飞船和基地对接后，她走出飞船，就看到舷窗外木星的炫目光芒之下，一个热情如火的红发少女向米诺跑来，和他紧紧相拥在一起。米诺拉着少女的手，说是他的未婚妻米莉亚，介绍给她认识。那时候，法蒂玛强笑着，忽然想起了一篇读过的安徒生童话。

"他怎么会爱我呢？就算脱去了鱼尾，我也不是人呢！"她苦笑着对自己说。

　　一个月后，法蒂玛不顾米诺的挽留，孑然返回地球。当她越过小行星带时，那颗彗星撞击了太阳。

11

雨淅淅沥沥下了起来，很快从小雨转为瓢泼大雨，最后竟如瀑布般倾泻。水不仅从天上落下，也从四面八方的高地奔流下来，成为大地上最初的江河。法蒂玛站立着，看着脚下干涸的海谷再次被水所覆盖和充塞，看到浑浊的泥浆没过自己的脚背和膝盖，沿着双腿，漫过膝盖，上升到自己的头顶。她心中被惊喜所充满，合拢双腿，让它们连在一起，长出鱼尾，在海水中舒展着身体，那种熟悉的感觉又回来了。

大雨下了整整六十个昼夜，这是四十亿年来最大的一场雨。

随着等离子气团的消散，温度降低，萦绕着地球的水蒸气再度凝结为液态水，返回地球表面。在太阳灾变中，已经有很大一部分水体在蒸发后被驱散到星际空间，法蒂玛不知道有多少，但是剩下的水仍然足以填平低洼的大洋盆地，古老的诸海洋开始复生。

但生命却没有随着海水一起回来。几天后，法蒂玛离开了海沟，在大洋深处游弋着，寻找着可能残留的生命。但却连一只磷虾，一片海藻都没有见到。即使那些躲藏在深海岩石底下的古菌，也都已无影无踪。

地球返回到了生命出现之前，被太阳过分加热的其他后果逐渐显现出来：火山活动比以前剧烈了百倍，天空中布满了火山灰的黑云，水气和火山喷发出的二氧化碳等气体逐渐形成了新的大气层，但是几乎没有氧气。即使有什么高等生命能够在太阳灾变中幸存下来，也无法熬过以后的时光。

法蒂玛和米诺一直保持着联系。米诺告诉她："现在太阳系剩下的人类已经不多，不到一千人，大部分人没有可循环生态系统的支持，只能消耗现有资源。他们撑不了几个月的。而地球也不再适合人类生存。即使像欧罗巴这样有自己生态系统的殖民地，许多必需的设备也需要地球的工业配件，无法自己生产，而这些配件中一些重要部分必然已经在高温中融化了，因此……"

他顿了一下，法蒂玛明白他的言外之意：人类的灭绝只是时间问题。

"欧罗巴还能撑两三年，在这段时间里，我们欧罗巴上的人类只有一件事情可以做：在欧罗巴的冰下海洋中，也有类似海底热泉一样的地质构造，或许在那里我们可以让原母重新繁衍。也许亿万年之后，生命的花朵会再次从这块移植的根茎上长出来的。

"你的飞船还在吗？回欧罗巴吧，我们几个最后的人类应该在一起，至少彼此不再孤单。再说，我和米莉亚也很牵挂你。"

法蒂玛静静地躺在深极点的石碑下，聆听着宇宙深处那个人传来的声音。她不知道怎么回答，答案已经在她心里写下，却难以说出口。

最后她听到自己的声音说："不，米诺，我不会再离开地球，这里才是我的家，我会在地球上继续搜索幸存者。祝你和米莉亚……能够幸福。"

尾声

法蒂玛在茫茫大海上仰望着天空。天上仍然阴云密布，大海上波涛起伏，却没有一点儿生命的迹象。

两年过去了。在过去的两年中，她走遍亚洲和美洲，遍访那些昔日大都市的废墟，以一种从未想过的方式实现了环球旅行的夙愿。但她一无所获。在地下数千米的矿井中，她发现了几具保存相对完好，还没有变成焦炭的尸体，仅此而已。那些人或许熬过了头几天的酷热，但无法熬过大气层的消失。

法蒂玛自己的大脑供氧是皮肤电解水得到的，使用的是冷聚变能。一系列复杂的纳米聚合体在她体内将皮肤摄入的元素合成各种有机物，作为滋养她大脑的养分。在满目疮痍的地球上，她仍然保持健康，长命百岁毫无问题，也许能活两百岁，如果她的大脑允许的话。法蒂玛禁不住想，如果人类都拥有她的身体，那么完全可以熬过这次劫难。但人类却出于对机械人的恐惧，立法拒斥这项技术，几十年来只有她这样一个怪胎出现。

愚蠢而自大的人类，无时无刻不在犯着可笑的错误，却总能获得上帝的原谅。只是到了最后，上帝的耐心用完了。

法蒂玛最后望了一眼天空，她告别了海面，摇曳着鱼尾，向海底深处潜了下去。

七天前，她收到了久违的米诺的信息，最近几个月，她和欧罗巴之间的通信几乎中断了。她很想念米诺，不知道在欧罗巴发生了什么。但米诺的信息也只有断断续续的几句话，听得出他已经相当虚弱：

"坏消息……播种的原母全部死亡了……欧罗巴的海水成分……它们无法存活……生态崩溃……食品供应中断……米莉亚昨天已经死了……我也……"

"米诺，你怎么样？米诺？米诺！"

她焦急地呼叫着，但几个小时过去了，然后是十几个小时，然后是几十个小时，她始终没有收到回复。

两个星球之间的联系永久中断了，再度被深不可测的空间分开，正如过去的几十亿年和未来的无数岁月一样。

法蒂玛越潜越深，已经能够看到海底的深谷了。海水包围着她，虽然没有了生物，但还是地球的大海，如此温暖、舒适，充满熟悉的气息，如同母亲的子宫。而欧罗巴的海水是潮汐作用形成的，寒冷粗粝，如同流动的冰，完全没有这种美好的质感，法蒂玛一点儿也不奇怪，原母没有办法在那里存活下去。她记得自己在欧罗巴最后的那几天，当她尝试在数百公里深的冰水中下潜时，忽然被一种极度陌生的恐惧抓住。她忽然明白，这才是真正冷酷的深渊，而深极点只是母亲的怀抱。在那一刻，她无比想念太平洋的水流，想念嬷嬷的慈爱，老乔治的憨厚，中村的认真，甚至维弗利的刻薄……

　　于是她决定返回地球，也许她会面临更多更大的压力，但一切总会平息，她会在深极站平静地生活下去，和嬷嬷他们相依为命。这个决定与米诺和米莉亚无关，而是她终于找到了自己真正属于的地方。

　　只是当她返回时，一切已经面目全非。

　　法蒂玛降到了海沟底部，然后游向生命之洞。她进到洞的最里面，看到一缕浓浓的黑色烟柱从一条缝隙中冒出，在水中飘荡着。法蒂玛测量了温度，一百四十六摄氏度，即使原母也无法忍受的高温。但对她来说，一切刚刚好。她向冒着黑烟的裂隙潜了下去，一种从未有过的亢奋充满了她全身。

　　"米诺，这个世界还有希望。"她说，虽然怀疑在六个天文单位之外是否会有米诺或其他人类听到这一信息，但她还是想说，事情因此才具有意义，"我会重新赋予这个星球以生命。"

　　在她说话时，她看到自己的皮肤开始裂开和脱落，露出了一层层的精密组织，它们都是由纳米体构成的，而它们也渐渐熔化在这富含大量金属元素的黑浆中。

　　"你知道吗？嬷嬷在临终前，在房间的金属墙壁上用激光刀刻下了给我的遗言，告诉了我这副身体中的许多技术细节，她知道我一定会回来的。我想她希望我能在剧变后的地球上活下来。

　　"组成我的纳米体，某种意义上也是一种细胞，和古菌很类似，有简单的可复制分子结构。不需要氧气，而是依靠热能进行活动，只需汲取硅、水和若干金属就能复制自己。如果说有什么不同，那就是：它们是硅基的。这其实更有利，地壳中四分之一都是硅，海底更是到处都是硅藻泥。

　　"在绝大多数情况下，它们保持活性，执行命令，但不会进行自我复制，否则我早已被癌细胞所吞没，世界也早已被侵蚀干净。但在孕育它们的培养基中，由于热能的催化，它们才能高速繁殖，因为那恰恰也是富含营养物质、一百几十摄氏度的高压汤。"

法蒂玛感到自己周身的纳米体都被激活了，它们扭动着，跳跃着，快乐地和身边的同伴告别，解除了一切联系，跃入周围欢腾的水分子之中，在那里，它们得到了远大于那点冷聚变能的无尽热源，还有丰富的食物可以享用。

"我发出了最后的指令：分解自己。这是一个很难掌握的指令，但我学会了。一旦分解，我永远无法复原，我不可能把自己的身体重聚起来。这些微小的纳米体将在炽热的黑泉中活下去，并从周围的矿物质中汲取养分，一代代繁殖自己。暂时它们不可能离开这个环境，否则会因为温度降低而丧失活性。在未来几百几千年里，它们都将活在这儿，被囚禁在深海热泉中。但这种复制会逐渐发生错误，大部分错误是有害的，但总有一部分变异的纳米体会适应更温和的环境，在外部生存下来。这只是时间问题，而进化，最不缺的就是时间。"

法蒂玛感到意识渐渐模糊，她的身体已经无法正常运作，大脑供氧也越来越慢了。这个大脑——古老原母最后的后裔将会在几分钟内因为缺氧死去。但她必须说完这件事。

"我不知道这在什么时候会发生，但只要地球继续存在下去，这必将会在某个时间点发生，那将是地球的第二奇点。随后最多只需几千年，这些纳米体的变异后裔将充满大海，随后发展出各种千奇百怪的形式，被进化的伟力重新组合起来，变成新的多细胞生物。它们将在亿万年后登上陆地，重新开始向智慧巅峰的漫长进军。

"而我，以及你和所有人，我们灭绝的人类将永远活下去，和它们一起活下去。纵然这些亿万年后的遥远生命已经不可能再记得我们，或这个史前地球的任何信息，但它们是人类的造物，我们将和它们同在，直到永远。或许这一切早已发生过了，谁知道呢？……

"我曾经憎恨过这个身体，憎恨过制造它的嬷嬷，憎恨过全世界，也恨过你……但现在不了。生命的出现已经是一种恩典，我们都需要感恩。

"我爱你，米诺。我也爱嬷嬷，爱人类，生命以及整个世界。这份爱将和新的生命一起活下去，直到亿万年之后。"

在大海深渊中的洞穴里，法蒂玛的身体翻滚着，像肉一样被煮烂，变得面部全非。但她并没有感到死亡，而是感到如波函数般发散的愉悦。在她不成形的脸上泛起最后一丝微笑，而那微笑就凝固在了那里，直到残存的头颅也在黑烟中化尽。

新生的生命在周围欢歌着，它们的舞蹈宛如江河，宛如潮汐，宛如日出日落，生生不息。

时
间
之
王

1

　　我在十六岁的春天醒来，太阳在窗外的枝叶间闪耀，斑斓的阳光落在我的脸上；跳下床，推开房门，我在十一年后的塞纳河畔度过了上午的时光，巴黎梧桐的落叶在秋风中纷飞；下午，我重返二十一岁的大学体育场，在篮球场上洗雪曾被外系大败的耻辱；一个漂亮的扣篮之后，我跳回到十岁时的海西医院，和琪琪一边吃病号饭，一边看六点半开演的动画片。

　　当然，这只是时间的一种顺序，还有无穷无尽的其他顺序。我可以从一个夜晚到另一个夜晚无尽徜徉，长得仿佛根本不会再有白昼；我可以飞快地越过一个又一个或喜或悲的生日，看着自己从一个幼童迅速变成脸上皱纹初现的中年人，又或者倒过来，从成人退回到一个孩子；我也可以站在海西医院的天台上，让傍晚的太阳一直停留在地平线上，只要我愿意，它就不会再落下。

　　我可以凭借记忆的引领，在自己人生的一切时间中自由穿行。

　　我是时间之王。

　　十岁的时候，琪琪曾对我说："文文，我想活下去，我想长大，可是我……我没有时间了。"

　　我曾千百次回到那个时刻，千百次望着她的眼神，听着她的声音。那时候，她什么都不懂，我也什么都不懂，但是我们又好像懂得一切，一切的一切。

　　那时候，我什么也说不出来，只有泪水无声地滴落。但现在，我可以对她说："你会好好地活下去，长大成人，你会有美丽的一生，我知道。"

2

在成为时间之王前，我是一个植物人。

你或许以为植物人就是全然不省人事，你错了，我不知道其他人是怎样的，但我能隐约感到自己躺在某个地方，身边不时有人经过，摆弄我的身体，甚至和我说话，我听不清他们在说什么，也不知道自己究竟怎么了，但千真万确，我知道自己还活着，奄奄一息，身上插了很多根管子。

在半睡半醒中不知过了多久，才慢慢有一些零星的记忆浮现，我渐渐想起来在自己身上究竟发生了什么：一次简单的意外，彻底毁灭了我的人生。

那件事的前因后果在我脑海中萦绕，变得越来越清晰完整：那天早上，写字楼的电梯坏了，我不得不去爬楼梯，到十九楼的公司上班。差一点儿就爬到的时候，一个冒失汉子却推开安全门冲了下来，累得半死的我来不及躲开，竟被他撞了个满怀，我还没明白是怎么回事，就仰天飞起，片刻后，后脑勺重重磕在下面的台阶上，在昏迷前，我甚至听到了自己头骨碎裂的声音。

似睡似醒的梦魇中，我没有别的念头，只是一遍遍回忆着事故发生的那一刻，直到整个过程清晰得不能再清晰：灯坏了的楼梯间里，墙面脱落，台阶阴森，扶手上都是灰尘，我大汗淋漓，气喘吁吁地爬着楼，正当我还差两级台阶就爬上十九楼的时候，一个高大的身影推开门，向下疾跑。

我本能地避开，身子还是被那人撞得靠在墙边，他嘟囔了一声"sorry"之类，就下去了，只留下我呆呆地站在那里，心中被惊愕所塞满。

我听到自己的呼吸，我感到自己的心跳。我抬起自己的手，又抬起自己的脚，毫发无损。很明显，我并没有被撞飞，而是好端端地站在那里。

这不是回忆。

不再是了。

我在脑子的一片混乱中一步步走上楼，拐过走廊，看到了熟悉的人影在熟悉的办公室内外出出进进，我呆呆地站在门口，直到一个同事拍拍我的肩膀："小许，你怎么了？"

"我……王哥，今天是……"我回忆起来，"是2014年10月11日？"

"废话！"他轻轻打了我一拳，"待会儿姚总他们要来签合同，你不会忘了吧？"

我点点头，明白过来，之前那种迷离恍惚之感一定是我爬楼太累了产生的幻觉，其实什么事也没发生过。

我在办公室度过了一个忙碌的上午，最后几乎把那种怪异的感觉忘了个干净。但我中午正要起身吃饭时，又想起那个冒失鬼撞向我的样子，多危险啊！我想，如果被他撞上了，我说不定真的会从楼梯上摔下去，也许要住院很长时间。就像十岁时那样。

我一时陷入了二十年前的记忆，周围仿佛暗了下来，光线昏沉的病房里，四五个吊瓶挂在我头顶的铁架上，刺鼻的药水味在周围弥漫，远处传来不知哪个老人的呻吟声。父母去办住院手续了，我一个人躺在床上，一边打吊针，一边默默哭泣。我知道自己得了重病，不能再上学，不能见到要好的同学们，也许还会死，我哭啊哭，一把鼻涕一把眼泪。

泪眼蒙眬中，我看到一个穿着病号服，戴着白色绒帽的小女孩从门口经过，她手里抱着一只熊猫布偶，在我的门前停下脚步，向里望来，夕阳斜照，在她身上披上金辉。

我终于感到了不对，环顾四周，堆积如山的文件和周围同事的身影都不见了，我不在其他任何地方，就在这间黄昏的病房里，在小女孩面前。

回忆再度变成了现实。

我知道这是什么时候：1994年10月，我第一次见到琪琪。

3

　　1994年对我来说是一个不祥的年份，十岁的我刚上小学四年级。开学不久，上体育课时，我在跑步中突然晕了过去，被紧急送往医院，发现是急性溶血性贫血，住院了好几个月，又休学了一年。那是我一生的梦魇，但琪琪却是这段时光中唯一的光亮。

　　琪琪是急性白血病，当时也是十岁，住院已经有一个多月了，但那时身体还好，经常在走廊里玩，病人们都很喜欢她。当时在海西医院的血液科病房里，只有我和她两个年龄相仿的孩子，我们很快就玩到了一起。那种在生死边缘缔结的情谊，不是一般的朋友可以比的。我们只相处了三四个月，但我后来常常想起她，胜过许多认识了一辈子的亲戚。

　　女孩打量着我："你是新来的吗？是你在哭吗？"

　　"你是……"我呻吟般地说，"……琪琪？"

　　"你怎么知道我的名字？"琪琪说，又笑了，"是护士阿姨告诉你的吧？"

　　她走进房间，把熊猫放在我手上："别哭了，这是盼盼，你要不要和它玩？"

"真的是你？"我脑子里一团混乱，语无伦次，"你还活着？不，我回来了？现在是1994年……我……"

琪琪站在那里看着我，目光好奇而友善。真的是她，我想，在1994年，这时候她还好端端地活着，虽然因为生病而掉头发，但还能和我玩耍嬉戏，而在半年后，她就会……

另一段新的记忆在脑海闪现，那是我得知琪琪去世的那一天。那段记忆仿佛是一个被打开的电脑视窗，占据了整个画面，周围的一切再度改变，我发现自己站在早已拆迁的老房子的客厅里，眼前的妈妈刚刚放下电话的听筒。

她转向我，吞吞吐吐地说："那个……文文，你听妈妈说……"

我说不出话，眼前的妈妈看上去年轻了很多，我早已记不清她年轻时的样子了，但此刻年轻的妈妈却活生生地站在我面前。

妈妈并没有觉察到我的异样，她叹息着："徐医生说……殷琪——琪琪已经去世了，就在前天……文文，你怎么了？"

我不住地后退，毫无疑问，这是在1995年3月。那天我想移植自己的骨髓给琪琪，我想也许能救她，于是缠着妈妈，她不得已给医院打了个电话，结果却得知琪琪已经过世。

世界在我面前崩溃，我大喊一声，跟跟跄跄地跑出了房门，不顾身后妈妈的叫喊。千万片破碎的回忆在我脑海中盘旋飞舞，变成了一个大旋涡，将我吞没。下一步，我就跑进2004年北京的春日，跑进2011年巴黎的深秋，跑进1998年冬天的雪仗，或者2005年夏天的旅行……

我生命中每一个能够记起的时刻，都复活了。

从那时起，只要我能够记起某个时刻，我就能返回到那一年，那一天，那一秒，让它重新变成现在。

我可以主宰时间。

4

　　这不是一个普通的穿越故事，虽然最初我以为是。

　　我能够召唤自己记得的任何一个时刻，让它在当下变成现实，我能够改变已经发生过的历史，但这一切无法永远延续下去。

　　在发现和确认了自己的异能之后，我踌躇满志地回到了2000年的中考，那天，数学最后一道大题上犯下的低级错误，把我从触手可及的市重点打发到了差强人意的区中，也改变了接下来十多年的命运。我要从这一天重新来过，改写自己的人生，我答了一份完美的试题，潇洒地走出考场，畅想着未来。但我忽然想到死去已经五年的琪琪，如果她还活着，她也会长大成人，和我一起中考，高考，出国……

　　记忆重新淹没了我，下一秒钟，稀稀拉拉的鞭炮声在远处响起，药水味在我周围弥漫，我站在了一间病房里。

　　我手里拿着一本《七龙珠》的漫画。琪琪躺在我面前，手上打着吊针，她刚刚从无菌病房出来，嘴唇发白，看上去非常虚弱。琪琪的母亲还在外面跟医生说话。

傻傻的我好像在说着关于漫画的什么事情，但琪琪轻轻推开那本漫画，说："文文，我要死了。"

我记得，这是我们第一次谈到死。琪琪平时像同龄小女孩一样无忧无虑，但她对自己的命运其实非常敏感，只是从来不说。

但今天，她对我吐露了内心的秘密："大人不跟我说，可是……我知道。我想活下去，我想长大，可是我没有时间……

"你说，人死了以后会去哪里？"

"我……我不知道。"

琪琪虚弱地笑了一下："我很快就会知道了。"

巨大的悲怆几乎将我击倒，我不敢看她，目光望向窗外，夜色中升起的焰火旋起旋灭，更远处是一片黑暗，如同世界创生之前的混沌。现在是1994年12月31日，新年，我们两个小病号在医院里度过了新年。五六年后的中考还遥遥无期，我重塑人生的努力，因此也毫无意义。

"你会长大的，变成大人，当一个科学家，或者宇航员……真好……"

"我……长大后什么也不是。"我告诉她，二十年后，我只是一个为生活奔波的底层白领，一事无成。

琪琪不知道我在说什么，我抹了抹眼睛，走出病房，走进了十年后的大学图书馆。走过来一群靓丽的女大学生，而我坐在图书馆深处的角落里，陷入了沉思。

这里的游戏规则是这样的：我无法停留在生命中任何一个时候太长时间，最多只可以有一天半天。每一次记忆袭来，都会将我送往另一个时空，之前所做的一切，便会统统归零。

多次练习后，我学会了在一段时间内不被回忆捕获，但也仅仅是一天半天。无论多么苦苦支撑，记忆总会重新将我抓住，特别是在半梦半醒时，它会悄悄溜上心头，将我抓住和带走，带向另一年，另一天。

我渐渐接受了这个事实。反正无论我怎么改变，琪琪也不会活过1995年的春天。但如今，我永远可以回去看她，可以重温那些哀婉而又美好的日子。

5

在无数次重返过去中，我做过许多事。不仅是重温自己的生活，我还进行了以前没有机会的旅行，认识了许多没有机会结识的人物，甚至查出了许多疑案的真相⋯⋯

但我什么也改变不了，无论我做什么，在下一次穿梭后又会消失，我也无法到达2014年10月11日之后的时空，告诉人们一切。我想或许我已经死了。也许神给每个人的恩赐，就是让他们在死后，可以在自己曾拥有的时光里继续活下去，去发现那些昔日没来得及发现的事，也尝试弥补那些自己曾经犯下的错误。

但有一天，我有了一个惊人的发现。

我回到了2001年5月的一个傍晚，像在记忆中一样，我推着自行车，背着书包，经过初中校门外的小巷口，我听到一个女孩的惊叫，向巷子里看去，看到两个赤膊的流氓围着一个女生，正在索要钱财。

我走到巷子里，一个满脸疙瘩的流氓转过身，不耐烦地呵斥："看你妈看啊，滚一边去！"

　　在第一次人生中，我没有勇气上前，而是畏缩地躲开了。马上就要中考了，我不想惹上麻烦。我知道这些小流氓会要一点儿钱，最多吃点儿豆腐，但不会干太出格的事，我这么安慰自己。但我在心底，一直悔恨自己的懦弱。也因为这件事，我在复习时心神不宁，考试也给考砸了。

　　如今我无所畏惧，大步走进巷里，两个流氓威胁地抡起啤酒瓶，但我抄起一根路边放的扫把，挥舞着冲过去。女孩又尖叫了起来，巷口也仿佛有人经过，两个家伙对视了一眼，抛下一句："你有种，给老子等着！"说完狠狠瞪了我一眼，从后面走了。

　　我本来已经做好了被打伤七八次，最后再打倒这两个家伙的决心。但没有想到这么容易就解决了。我不禁想，如果当年自己肯奋勇向前，就不会有后来的懊悔。

　　"你没事吧？"我对女孩说。她穿着我们学校的蓝色校服，应该是我们学校的学生，但她一直低着头，我看不清她的模样。

　　女孩摇了摇头，低声说："没事。"

　　"以后小心点。"我说，忽然间意兴阑珊，我不知道这么做有什么意义，只要离开这个时空，这一切就会抹去。

　　我转身走开，女孩却从背后叫住了我："哎，我还没谢谢你呢！"

　　"没关系，我早想教训他们了。"

　　"同学，你叫什么名字？"女孩追上来问。

　　"我？告诉你也没用。"我苦笑了一下，"我叫许……卢文。"爸妈两年前离婚，我跟着妈妈姓许，户口本上的名字也从卢文改成了许文，但我毕竟习惯了原来的名字，此时就随口说了。

"卢……文……"女孩的声音有点变了，"你是……卢文？"

预感到什么似的，我停下了脚步，诧异地和她四目相对，果然看到了一张已经长大，但似曾相识的面容，我听到她说："我是殷琪啊。"

6

琪琪还活着，一直活着。

我脑子一乱，记忆扑面而来，不由得又回到1995年的那一天，在妈妈跟我宣布琪琪的死讯的时候，我在她眼眸中看到了一丝慌乱。

"你骗我，琪琪没有死！"

"文文，你要相信妈妈……"妈妈还试图解释。但我只恨为什么没有早看穿这个骗局。妈妈显然根本不想让我去捐献什么骨髓，所以假装打电话，其实扯了个谎。

妈妈坐倒在沙发上，喃喃说着些"我还不是为了你"之类的话。我忽然无比恨她。因为她的谎言，我和琪琪近在咫尺，却再也没有相认过。

然而我更恨我自己，如果当年我不是怯懦地躲开了，在2001年就能够和琪琪重逢，以后的人生或许会完全不同。

我转身跃回到2001年，再次在小巷里打退那两个流氓，再度和琪琪相见。她告诉我，五年前，她的一个表姐和她配型成功，最终让她痊愈，重返学校。但她休学了两年，所以比我低了一级。她也曾寻找过我，但我进中学以后就改了名，别人只知道许文，当然不知道卢文是谁。

我们都很激动，有讲不完的话。可惜琪琪得先回家，我们约好了，晚上再找机会见面。

那天晚上，琪琪又溜了出来，我在楼下等她。我们大着胆子去海边公园散步，时不时含羞带怯地对望一眼，傻傻地一笑。我们说起了以前的许多事，说到最后，我们的眼眶都红了。

"我一直记得你的那句话。"我说，"你说，你想活下去，想要长大，可我还一直以为……"

"以为我死了啊？"琪琪白了我一眼，"不，虽然还有复发的可能，但我会努力活下去的。去年我看《泰坦尼克号》的时候就想，我一定要像Rose一样，活到长满了白头发，身边围绕着一群孙子孙女呢。"她站在桥头，伸展着手臂，做出《泰坦尼克号》里的经典动作。

"Rose没有死，"我说，"Jack也没有死，Rose和Jack都活得好好的。"

这是一个大胆的比喻，但琪琪没有提出异议，仿佛从在医院相遇的那一刻起，我们就无法再分离。

7

那天晚上我送了琪琪回家，却没有了第二天。我无法一直待在同一个时空，无论我多么渴望。当我醒来时，发现躺在2008年的床上，那天，我同居了两年的女友不告而别，还取走了我所有的存款。2001年的重逢自然不复存在。

但现在，我有了一个新的目标，在接下去的十多年中，寻找琪琪的人生轨迹。

或许是曾经死里逃生的缘故，琪琪学习非常努力，她的成绩比我优秀，考上了我没有考上的市重点，在高中阶段，我们不在一个学校。大学时，她和我都在上海，但也在不同的学校。不过有一次老乡会，我们见过一面，彼此通报过姓名，但人声嘈杂，我根本没听清楚她的名字，而对她来说，我只是普通的老乡"许文"。那时候已经是2005年，十年不见，谁也认不出对方了。我们说过几句话，但没机会再和她见面。

琪琪后来谈过一次很长的恋爱，但以男友的出轨而告终（后来我暴打过那家伙好几次），2010年，她去了法国留学。第二年，我也在巴黎培训了四个月。我们曾在巴黎的街头擦肩而过，但却彼此都懵懂不知。

我们曾彼此错过那么多次，那么多次。

如今，我在不同的时空和她重逢：海西中学门口的小吃街，上海的地铁里，巴黎塞纳河的桥头。我看着她出院，和她一起迎接过千禧年的到来，还一起观看过北京奥运会的开幕式。每一次我们都激动万分，说起这些年的悲喜往事，当然，她不会知道前一次的邂逅，永远不会。

但我还有什么不满呢？这是本来从未发生过的故事，而命运待我如此宽厚，让无法撼动的过去一次次暂时为我融化，我可以一次次走向她，看到她惊奇或喜悦的眸子中自己的影子。

但我仍然渴盼更多。我见过琪琪千百次，从十岁到三十岁，不同时期的她，羊角辫的小姑娘，麻花辫的少女，齐耳短发的女大学生，长发披肩的女郎……我见过她一次次的欣慰或伤心，快乐或忧郁。但一切已经凝固在时光深处，不会再有新的开始，新的未来。

我问自己，我是时间之王，还是时间的囚徒？被追回的时间是任我自由翱翔的天空，还是禁锢我的牢笼？

时光悠长无际，岁月无可计数。我在时间中做王，永无止境。

直到有一天，我到了一个之前从未想起过的日期，事情才有新的变化。

那是2011年11月，我从巴黎回国前几天。那天我本来想去著名的拉雪兹公墓一游，但因为下雨而打消了念头。

但这次，我决定弥补这个遗憾。从腓力·奥古斯特站出了地铁，在细雨中走进墓冢林立的拉雪兹公墓，穿行在一座座坟茔之间，周围都是年深日久的青铜雕像和十字架。这里埋葬着许多显赫的文化名人，巴尔扎克、肖邦、王尔德……他们的生命曾熊熊燃烧，如今在死亡中仍然发出光亮。

我在一座不太起眼的黑色大理石墓前停下脚步，看到平放的墓碑上刻着一行有些暗淡的法文字句"À la recherche du temps perdu"，"寻回失去的时光"。我看了一下侧面刻着的墓主的名字，不出所料：马塞尔·普鲁斯特。

我其实没有读过他的书，但忽然间，因为这个标题，我被无法抑制的悲怆所压倒，痛哭出声。我找回了失去的时光吗？似乎有，但其实根本没有。时光凝固在那里，我可以随意翻阅，但是仍然没有希望，没有未来，没有——爱。

我坐倒在墓前，泪水混进雨水，落去无踪。过了许久，身后传来轻微的脚步声，周围的雨还在不住地落下，我头顶上却没有了雨。

我抬头，看到头顶有一把红伞。"Voulez-vous un coup de main？"一个略带外国口音的女子的声音说，问我是否需要帮助。

我回过头，看到了琪琪的面容，她竟也在这里。她友善地看着我，正如第一次相遇时那样，但对她来说，我是一个彻头彻尾的陌生人。

"你是殷琪。"我喃喃地说。

她的眼睛惊奇地睁大了。

"我是卢文，"我说，又加了一句，"……也是时间之王。"

8

　　我告诉了琪琪一切，在无数次穿梭中，这还是第一次。

　　"你肯定不会相信，对吧？"我自嘲地说，"每一个我到过的世界，每一个我见过的你，在我离开之后就会烟消云散，你会回到正常的生活之中，忘记了发生过的——不，不曾发生的一切。"

　　"我相信你，"琪琪却说，"刚才听你说了过去十多年我的事，你知道得比我自己还清楚，这不可能是假的。"

　　"你真的相信我？"

　　琪琪点点头："我相信。但是卢文，你想要什么？"

　　"我厌倦了永远活在过去，又什么也不能改变。我想重新开始，但我没法做到。"

　　"不一定。"琪琪说。

　　现在是我疑惑地看着她："那……该怎么做？"

　　"我不知道。但这一切的背后有一个原因，你可以在自己的人生经历中不断穿梭，总是因为某个原因。找到那个原因，你就能找到答案。"

"我早就想过这个问题，但根本没法找到原因。"我告诉她，无论我怎么在记忆中穿行，我最多只能到达2014年10月11日，在事故发生前的一刹那，原因和这次事故一定有关系，但是有什么关系？我没法知道。

但琪琪摇了摇头："也许不是这样，可能你当局者迷，但我觉得，还有一个更早的记忆，你一直没有唤醒过。"

"你说的是我幼年的时候？那时候的记忆太模糊，我也没法回去。"

"不是那个，我是说，在第一次回到事故现场之前，你在哪里，还记得吗？"

我一下子呆住了。虽然几乎谈不上具体的记忆，但那种梦魔般的状态我仍然有感觉，我不想回到那个状态，但那似乎是解开整个谜团的钥匙。

然而那也有很大的风险，那时候我几乎没有意识，如果回到了那个状态，我也许会丧失神志，还有可能继续穿梭吗？

琪琪看出了我的担心："也许跳跃到那个时候太危险了，算了。其实卢文，我不介意一次次遇到你，虽然我什么都不记得，但我感到，那也是我自己的经历。"

我还在脑海中寻找着沉睡的记忆，那种朦朦胧胧的感觉。它的确没有远离我，似乎在一切世界的下面，在我意识的深处，它一直在那里存在着，等待着我归来。

我想要回去，但又不敢。那或许意味着，我再也无法回到此时此刻，和眼前的人在一起了⋯⋯

"你怎么了？"琪琪看到我的异样，上前摸了摸我的额头。

蓦然间，我的热情全然迸发，我抱住了她，笨拙地寻找她的嘴唇，但却被她推开。

"对不起……"我手足无措。

"你身上都湿透了，"她似乎并没有生气，"我租的房子在附近，去我家里烤一会儿火吧。"

9

在琪琪的壁炉边，我告诉了她许多事情。在迷离的时空中，我曾经挽回过父母的婚姻，发现过悬案的真相，甚至预言了2008年的地震，拯救了千万人的性命……但一切努力又都化为乌有，归于虚无。

泪水从我脸颊落下，琪琪走到我身边，为我擦去泪水。我抱紧了她，仿佛一松手她就会离去。自然而然地，我们拥抱着走进卧室，走进生命中最美好的秘密花园。一次又一次，我们从偷来的时光中汲取至高的欢乐，期冀让这一刻永驻。

直到深夜我仍然不敢入睡，生怕被记忆再一次带走。琪琪在我身边睡着了，睡得像个孩子。我看着她，忽然想起多年前的一个冬夜，我们一起在电视房里看夜里播的《倚天屠龙记》，但前面的广告太多，琪琪忍不住睡着了，头枕在我的肩膀上……

《刀剑如梦》的片头曲传入耳中，琪琪蒙眬中睁开了眼睛："开始了没有……"

"嗯，刚开始。"我告诉她。

　　十岁的琪琪坐了起来，全神贯注地望着电视机。十七年后的相逢从未发生过。我站起身，走向窗边，下定了决心。

　　我回想着那种微妙之感，让自己沉入自己的内部，任整个世界在身边土崩瓦解，化为混沌。半睡半醒中，情形似乎又倒转过来，我好像从深深的海底浮上水面。光影朦胧中，越来越响的仪表滴答和人语声传入我的耳朵。

　　我醒来了。

10

他们说，事故后我睡了整整七年。

从第二年开始，医院给我用了一种正在试验中的电场治疗仪，通过生物电流刺激记忆中枢的神经元，希望让我恢复意识。不料却产生了不可思议的效果。

他们说，人的大脑中有无尽的储存空间，每个人的脑海中都有心理学家所谓的绝对记忆，保存着他当时所看到、听到和感到的一切，但常人只能提取出一个朦胧的印象。这是为了保护人对现实的感知不被过多的记忆所干扰。但这种仪器却可以激活一切记忆，让它们完全呈现出来，就像回到了彼时彼地一样。

可以乱真的记忆欺骗了我的意识，让我误以为自己回到了过去。当我试图和记忆场景互动时，就产生了一种远比一般的梦更清晰的梦境。我不断激活不同的记忆，便产生一个个梦境，但每个都无法长期维持。因为我沉溺于记忆所营造的幻梦中，拒绝接受现实的感官信号，医生也就无法将我唤醒。并且我的脑部对电流已经产生了依赖性，如果中止刺激，可能会让大脑更快死亡。

所以，除非我自己选择醒来，重新和感官信号建立联系，否则会永远被囚禁在记忆里。

而随着时间的推移，梦境中的幻想成分也越来越重，它们按照我的念头巧妙地篡改了现实，让我以为发现了自己想要的结果。

真正的殷琪在1995年已死去了，我只是太渴望她能够活下去，才会利用记忆来制造新的梦境。中学时被抢劫的女孩，不是琪琪；我在老乡会上见过的无名女孩，不是琪琪；我在巴黎曾经遇见的一个中国姑娘，也不是琪琪。她们甚至不是同一个人。我的潜意识选择了记忆边缘的几个人影，将她们合为一体。这个故事其实破绽百出，太多的巧合，太多的偶遇，但梦中的我却一点儿也没有察觉。

他们带我去看了琪琪的墓地，墓碑上有她的照片和"1984—1995"的字样，还有她十岁时的照片，一切无可置疑。

但在这一点上，我不相信他们。我亲眼看到了琪琪，小时候的她，长大了的她，我曾凝望她清冷的双眸，也曾将她炽热的身体紧紧拥抱，这种感觉不可能是假的。如果说这竟是梦境，那么眼前的一切同样可以是。

琪琪一定曾回到我的生命中，寻找过我，是她让我找到了她，并且将我送回到这个世界。在那里发生过的一切都有内在的意义，在这个世界上，琪琪死于1995年，但是在另一个世界——不，在这个世界的根基之处——琪琪一直活在那里，从未离开过我，我们一起长大成人，看潮涨潮落，云卷云舒。

如今，我再也不能够跳回到2014年之前，意识既然已经恢复，再使用治疗仪也就无效了，但无论如何，我日渐一日康复，现在的我找到了新的开始，新的未来，毕竟我只有三十岁，还不算老。

我会和琪琪一起活下去，直到岁月的尽头。

那时，生命的神秘会对我们打开，而所有的时间都会重新回来。

相
亲
记

她就坐在我对面，如瀑的长发映衬着洁白的脸蛋，微低着头，嘴角露出腼腆的微笑。她不时抬起眼皮看我一眼，当我的视线偶尔和这对明眸碰在一起，她双颊会泛起一片羞涩的晕红。

看到她，我对老妈的怒火顿时无影无踪，但更快又被深深的自卑所取代。我知道这必然是一场毫无希望的约会，甚至比之前的更没有希望。

故事老得掉牙：老爸给我打电话，说我妈病了，高烧起不来床，催我回来看她。当我回家的时候，却看到她老人家红光满面地来开门。我立刻明白是怎么回事，气得扭头要走。老妈一把拽住我，好说歹说，硬把我留下。我像个木偶一样，被爸妈按住梳洗打扮一番之后，就被带来了这地方，参加我的第三十二次相亲。

但这次还真是和以前不同。从餐厅的规格就可以看出，此刻我们正在未来大厦顶层，一千二百米高的旋转餐厅里，俯视着脚下这座灯火辉煌的大都市，面前各摆着一份法式鹅肝煎羊排和二〇四二年的红酒。这里是女方订的，通过刚才的寒暄，我知道了她叫秦娜，父亲是有声望的律师，母亲是大学教师，而她本人也刚刚获得名牌大学的文学硕士学位，毫无疑问处于社会的顶端。这和我寒酸的普通家庭出身已经拉开了距离，我不禁好奇地想，是什么让这位美女同意和我这样其貌不扬的大龄青年相亲的。

但仔细想想，这也不奇怪，高学历兼出众的美貌，高不成低不就，让她加入了剩女一族，年近三十，想必她父母和我爸妈一样着急，双方家长病急乱投医，我们就这样坐在了彼此对面。或许，或许我有机会和她发展……

不，不可能，这是不可能的。因为与生俱来的缺陷，这一切最终和之前的三十一次相亲不会有什么区别，投入太多只会伤害自己。我无奈地提醒自己。

因为我是一个F级基因者，这是烙在我每一个细胞最深处，无法摆脱的贱民标志。

我身高一米八二，体重七十公斤，身体健康，长得也不赖。虽然谈不上聪明绝顶，好歹也拿了一张大学毕业文凭和建筑师资格证，在公司里也做出了一点儿业绩。从各方面看，我都是一个不错的小伙子，除了在最重要的那一方面：构成我之为我最根本的要素，有不可或缺的缺陷。虽然在平时它对我毫无影响，但是在今天这样的场合，却仿佛有一个声音，在我耳边强制提醒我这些我不愿想起的知识：

人类以及几乎所有动植物的基因主要由脱氧核糖核酸，即DNA构成，基本结构是两条相互缠绕的分子链条，每条链条都由腺嘌呤、鸟嘌呤、胞嘧啶和胸腺嘧啶四种不同碱基组成，其中腺嘌呤和胸腺嘧啶，鸟嘌呤和胞嘧啶分别通过氢键结合，构成碱基对，这些不同的碱基对，就是DNA双螺旋链条的最基本组成单位。生物遗传的秘密，就在这些碱基对长达三十亿位的排列之中，它们决定了生物发育的一切性状和细节。

早在半世纪之前的二十一世纪初期，人类就基本完成了人的基因组测序，测定了人类遗传基因中的全部碱基对，此后很快进一步应用于个体，只要花一小笔钱，每个人都可以巨细无遗地知道自己的全部基因序列。但这些序列并非都有用，其中大部分是无用的信息，是进化史产生的冗余，当时还无法确切知道是哪些基因控制哪些性状。这些密码在之后的几十年中被——破译。借助软件分析这些数据，可以很容易地看出一个人在正常发育情况下的容貌、肤色、身高、健康程度、容易得哪些疾病，甚至有没有心理变态倾向等等。

人的遗传基因有优劣之分，这是甚至在DNA被发现之前就早已知道的。但这个时代的进步在于，人类能够精确地量化把握每个人的基因，并通过电脑程序加以评估。不幸的是，虽然我现在健健康康，没病没灾，但基因在正态分布曲线上却属于最差的百分之十五，在评级上是F级。基本上在相亲时，只要我亮出自己的基因评估表，这场约会就泡汤了。

"对了，林先生，你平常都喜欢做什么呢？"我正心不在焉，秦娜娇怯怯地问。

既然已经不抱什么希望，我就把老妈谆谆教导的那套说辞都抛诸脑后，既不说自己喜欢读书或者听古典音乐，更不说打高尔夫球之类的，想说什么说什么。我毫无优雅仪态地将红酒一口干掉，轻松地一笑，说："我这人没什么追求，就喜欢玩VR游戏，比如《太空大战》。"

"哦？是哪个太空站？"秦娜眼睛一亮，似乎颇感兴趣。

看来我们还真是两个世界的人，我想。"不，不是太空站，"我说，"是《太空大战》，一款流行的虚拟实战游戏。"

"我知道，"秦娜却打断我，"我是问你，游戏里你打到哪个站了？是小行星站，还是木星站，或者天王星站？"

我有些吃惊地看着她："哦，是海王星站，你也玩这个？"

"海王星站？"秦娜眉飞色舞地说，"我记得那里的巨章鱼特别难打，对不对？"

"是啊，"我说，"每次斩了它一只触手又长出另一只来了，怎么杀也杀不死，真烦。"

"这有个窍门，你可以同时放电离炮和冰冻波束，"秦娜说，"不过具体操作有点复杂……回头有机会咱们切磋一下。"

就这样，我们居然聊到了投机的话题。秦娜也是一个虚拟实战游戏的爱好者，《太空大战》已经打到了奥尔特云站，把那些外星战舰打得落花流水。说到高兴之处，不由得口若悬河，手舞足蹈，比比画画，一扫刚才的腼腆羞怯。

而我们在其他方面，共同爱好也不少，比如我们都爱野营和登山，还有都喜欢看何慈康的小说，甚至都喜欢养德国牧羊犬……天，她真是我一直梦想中的女孩！

但是……

但是时间飞快流逝，谈话也渐渐进入正轨，上的什么大学，在哪里工作，将来有什么计划，等等，虽然这些方面我自信还可以一说，但我知道，最终还得拿出那张表格来，当然，就算不拿出来结果也是一样，甚至更糟。

和其他人一样，从小我就做了基因评估，以制订最佳保健方案，对可能的遗传病防患于未然。一个人的基因属于个人隐私，你有权保守秘密。国家明文规定，任何学校和单位绝不能因为这一点而歧视你，所以在求学和就业时我倒并没有受什么阻碍。但是私人关系就是另一回事了，在恋爱中，对方当然可以要求知道你的基因。

由于法律和伦理上的严峻问题，各国都严禁用人为手段进行基因改造和优化生育，因此即使有先进的基因技术，人类的传宗接代还是以传统方式进行。只不过现在的人们已经知道了自己的后代可能是什么样子的——当然都由男女双方的基因决定。

对A级和B级基因者来说，这是很大的优势，他们会主动公开自己的基因，就像公孔雀炫耀自己的美丽尾羽，这也迫使其他人出示自己的基因。C、D级基因者处于中流，他们公开基因也没有太大的压力，最后只剩下最下面的E、F和G级，说不说也就没什么区别了，你不愿告诉对方，人家自然更知道你是劣质基因者。

当然，这事我可以拖到第二次或者第三次约会再说，但是那又有什么区别？拖得越长，痛苦越大，还不如早死早投胎。

"对了，这是我的基因评估结果，也许你可以参考一下……"我下定决心，找了个间隙拿出了一张电子表格，递给秦娜。

秦娜有些意外地看了我一眼，但仍然把表格接了过去，扫了一眼，随口说："挺不错啊。"又还给我。

挺不错？我有些意外，怎么会不错？我接过表格，打开来看了一眼，自己也吓了一跳，评级一栏上赫然是C级！这……难道不是我的结果？

表格是老妈在出门时塞给我的，平常一直都是她保管，我也没多看，但想不到她居然胆大到偷换了一份！难怪她今天有些话欲言又止。我好奇地检视着，上面密密麻麻有很多数据，我看不太懂，但作为一个F级基因者，我比一般人总多了解一些，这张表格是一种特制的智能电子纸张，存储了我全部的三十亿对碱基数据，还能够针对特殊的疾病和性状进行查询，上面千真万确是我的名字和身份，这究竟是怎么回事？每个人的DNA都是独一无二的，在政府部门有备案，表格上的资料也来自政府的数据库，很难伪造。难道是以前搞错了不成？

　　我查找了几个专门的单词，但是没有找到结果，看到的遗传病问题一般也就是糖尿病、癌症等常见遗传病问题的警告，可能性并不高，属于正常范围。我蓦然明白了老妈玩的是什么把戏：很简单，基因评级是民间自发进行的，政府不鼓励也不干预，因此同时往往并存着几种测评方式，这些都是合法的。老妈不知到哪里找了一家小公司，用社会主流已经淘汰的旧方法评估了一遍，按照旧评估法，我的基因并不差。事实上，我小时候从未觉得自己的基因有什么问题。但我上大学那年，对基因的研究取得了新进展，特别是在本来认为的垃圾DNA中发现了若干和智力相关的重要基因片段，就是这种新的评估法，把我从普通人打成了等而下之的另类。

　　研究发现，在我的DNA编码上有一个隐匿的突变，会影响神经元突触小泡的发育，这个缺陷不会导致后代变成白痴或低能儿，但有一半的可能会抑制智力发展，使之止步于中等。当然，大部分人都智商平平，这没什么，但明知基因里有抑制智力的因素，就是另一回事了。这种基因是显性遗传，很可能影响我的后代。虽然可以通过教育和后天培养弥补改善，但先天的劣势无法回避。

　　"你怎么了？看什么呢？"秦娜一双妙目奇怪地盯着我。

我苦笑了一下，老妈钻了法律的空子，多半是怕我不配合才不跟我说，不过这有什么用？要知道，夫妇在婚前也要进行基因配对，咨询专门医师的意见，看彼此的基因组合是否可能产生基因有问题的后裔。瞒得了初一，瞒不了十五。

当然，只要能瞒得了初一也不错，至少我和秦娜可以交往一阵呢，也许她会爱上我，不计较这些，至少能让我好好恋爱一场，我真的，真的不想放弃和秦娜这样的好姑娘发展的机会。

我叹了一口气，勇敢地凝视着秦娜美丽的眼睛："对不起，这张表格开错了，我其实……其实是F级基因。"

我最终还是过不了自己这一关，把事实一五一十地告诉了秦娜。我庆幸老妈没看到这一幕，要不然非把我臭骂一顿不可。

"……就是这样，"我最后说，"所以，我之前的相亲都失败了，今天，我也不抱希望。如果你不……那个……我也能理解……"

秦娜没有拂袖而去，却给了我一个灿烂的微笑："没关系。"

"没关系？"我的心狂跳起来，难道她真的不嫌弃我吗？

"你看。"秦娜也从随身的包里拿出一张基因评估表格，递给我。我接过来，一个触目惊心的大"G"映入眼帘，我瞠目结舌，说不出话来。

"我是G级基因。"秦娜静静地说，"属于最差的5%，还不如你呢，之前我也相亲过好多次了，可每次都是失败。"

"可是这怎么可能？你明明应该是……"一般来说，社会上层的基因都不会差，特别是秦娜这种经过好几代人的优化组合的，从容貌上看就应该属于最优了。怎会是G级？

"我爸爸是A级，妈妈是B级，"秦娜黯然地说，"但很不巧，他们的一些不良基因都汇集在我身上，又发生了几点突变，对我自己并没有影响，但是评估结果就一落千丈了。医生说，这种情况不到万分之一的概率，可是却偏偏落在我的身上。"

"原来如此。"我恍然大悟，知道为什么这样优秀的女孩要来跟我相亲，原来我们是同病相怜。

"你知道我为什么玩《太空之战》那么拿手？"秦娜自嘲地说，"是因为我每次都把游戏里的怪兽想象成那些该死的相亲者，他们只要看一眼我的评估表就会走开，就像躲瘟神一样！当然也有些说不在乎的，但我看得出他们只是想占我便宜，根本没有结婚的打算……真想劈死那些混蛋男人！但是你，你不一样，你很诚实，我们各方面也很合拍……如果你愿意和我交往的话……"她的脸红了，没有说下去。

我放下那张表格，把手放在秦娜手上，秦娜的手微微一抖，却没有躲开，脸更红了。我感受着她纤纤手掌的温暖和绵软，心神激荡，千万句情意绵绵的表白已经涌到了我的嘴边……

我闭上眼睛，深深吸了一口气，终于下定了决心，站起身，握住秦娜的手，干巴巴地说："很高兴认识你，今天就到这里吧，希望下次有机会再见。"

秦娜诧异地盯着我，眼睛瞪得大大的，似乎我说的是外星语。过了几秒钟，她才反应过来，一张脸忽然变得煞白，随手拿起身边的红酒，全都泼在我脸上，不顾周围人惊讶的目光，大步离去。

我颓然坐倒，无力去擦拭脸上的酒水。我悲哀地想，也许自己做了一生中最错误的决定。

　　但我别无选择。在这个时代，基因的分层已经日益明显，优秀的基因总是和优秀的基因结合，而劣质的基因只能找劣质的基因，科学家预测，这最终会导致人类的两极分化，也许再过几代或几十代人，人类将分化成两个物种。一个智慧、美丽、高大、强健，一个愚拙、丑陋、矮小、孱弱……

　　而我绝不希望自己的后代停留在F级，更不愿跌入G级，不，我至少要找到E级以上的对象，这样才有可能让子女跻身中等基因者，然后再一步步进入上等基因。这是一场跨越世代，甚至可能跨越千年的大竞争，我的子孙们必须逆流而上，也许要经历几个世纪，才能加入到最优秀基因者的行列。为此我别无选择，哪怕伤害秦娜这样美丽善良的好姑娘。

　　不知不觉中，我的泪水夺眶而出，混入了脸上的酒水，淌过面颊，滴到地上。

留下她的记忆

凌晨一点，大雨如注。

浑身早已湿透的叶琳站在三百层的未来大厦楼顶边缘，狂风夹杂着冻雨，如冰刀一般划过叶琳的肌肤，令她不停地战栗。从一千一百米的高处俯视着脚下这座夜雨中仍然灯火辉煌的不夜城，正如她光辉绚烂的人生，令芸芸众生抬首仰视，但谁知琼楼玉宇，高处不胜寒？

脚下的都市中，千百条无法分辨细节的街道如一根根金光闪闪的细线，将整座城市编织成一张金色的大网。是的，一张网，一张欲望和名利之网，将这座城市中三千万浮世男女牢牢地裹在里面，她当然也是其中之一，而且是被裹得最为牢固的一个，曾自以为得到了人间幸福，却丝毫没有注意到身后命运的蜘蛛已经开始收网。

好在，一切就快要结束了。很快，她将获得永久的自由和平静。

叶琳深深吸了口气，向前走了一步，当然，前面是空的，无路可走。

于是她掉了下去，像雨点一样，坠向灯火通明的城市，却也是坠向死亡的深渊。

侦缉队队长江勇摘下头盔，长出了一口气："你们大半夜把我找来，就是为了这个？是谁发现的？"

"是我，头儿，"一个长发姑娘说，她是队里刚分来的新人刘宁宁，眼睛红肿，显然是刚刚哭过，"死者摔得血肉模糊，不知道身份，DNA检测也没那么快出结果，我第一个读取了死者的记忆，证明是……是著名影星叶琳，就立刻向上级报告。"

"怪不得局里让我叫你来处理，"江勇打了个哈欠，"大明星叶琳居然死了，估计记者们很快会蜂拥而至，明天大概就会上所有新闻的头条了……不过这事看来并不复杂，从记忆来看应该是自杀，你们按程序办就可以了。"

"但死者是全国著名的演艺明星，影响很大，局里怕出岔子，指定要您这个专家复核。"一名刑警说。

"大名人也好，普通人也好，在我这儿都一样，"江勇冷哼着说，"我对自杀者一贯不同情。"

"不，这是谋杀，赤裸裸的谋杀！"刘宁宁忽然悲愤地喊了出来。

江勇皱了皱眉头："小刘，我知道你一向是叶琳的粉丝，但案子终归是案子，不要把个人感情带进来。"

"可是……唉，您继续读取记忆就知道了。"刘宁宁擦了擦眼泪说。

江勇也产生了兴趣，他又戴上了感应头盔，记忆黑匣子中的信息又如潮水般涌来。

记忆黑匣子是二十一世纪脑科学、信息技术和纳米技术等多学科研究的结晶，这是一种比针尖还小的生物芯片，隐藏在人脑中的海马体里，传感器分布于身体各处，平时处于休眠状态。但在人遭遇极大危险或濒临死亡时，一旦它检测到人脑中各项指标开始严重偏离正常值，会进行自动报警并通过分子扫描瞬时抓取海马体中储存的短期记忆信息，事后通过复杂的记忆解码，可以恢复死者死前一两分钟左右的记忆，对于案件侦查、事故调查和保险理赔等事务的作用无可比拟。

这种芯片虽然价格高昂，但并不需要开颅手术，只须将一种分子大小的纳米机器注射进体内，就可自动在相关部位组装，不痛不痒。所以许多名人和富豪都安装了这种黑匣子，不仅便利处理死后事务，更可以有效阻止企图谋害他们的潜在罪犯。自从记忆黑匣子问世以来，凶杀案的犯罪率急剧下降，伴随着破案率的迅速飙升。而感应头盔源自虚拟游戏装备，不仅能最大限度地恢复当时的视听感觉，而且还能够通过人造生物电场作用于特定脑区，传递死者临死前的感受和回忆。佩戴者会感到自己好像在死者体内，通过她的眼睛去看，耳朵去听，身临其境。

……叶琳在坠落中，似乎自己也变成了一滴雨滴。但她比雨滴坠落得更快，疾风吹着大雨，反激在她脸上，大厦的一扇扇或明或暗的窗户飞快地从她身边闪过，窗内的场景一闪而逝，像是一串串记忆的碎片。

江勇从心底感到了恐惧，绝望，以及深深的怨恨。

许多人死前都会经历一个"回光返照"的阶段，无数记忆从脑海深处上升到意识表层，完成最后的告别演出。叶琳也不例外，在下坠中，千万记忆的碎片飞舞着，闪现着，如同万花筒一样纷繁杂乱，变化万千。记忆黑匣子中，最令人感到奇妙的就是这种临死追忆，戴上感应头盔的记忆读取者，会感到连时间都变慢了。虽然一幕幕场景朦胧破碎，但是投射在其上的死者的情绪感受却能有效地传递其中的内涵和意义，让人深深地进入死者的人生。为此，被解码的濒死记忆，如果经过合法途径出售，就成了一种令人心醉神迷的奇特商品。

江勇看到了叶琳少女时代母亲的葬礼，看到她怎样和酗酒的父亲生活在贫贱中，流着眼泪在镜子前发誓，一定要以自己出众的美貌改变命运；然后有一天，在大街上，星探拦住了她，江勇感受到了叶琳当时的心跳。

片场上，极具天分的叶琳迅速融入了自己的表演，时而在古代宫廷中和后妃钩心斗角，时而是现代都市中的娉婷丽人，时而又在外星球的丛林中演绎浪漫传奇……她成功了，站在一个个电影节的领奖台上，成了家喻户晓的明星。她摆脱了贫困，在全世界飞来飞去，和各界名流觥筹交错，言笑晏晏……

然后那个男人出现了。最初他只是一个小摄影师，在拍电影时含羞带怯地借故接近叶琳；某天，他鼓起勇气递给她一封情书，她拆也没拆就扔进了垃圾桶。但男人并没有因此放弃，他一直在她身边，努力上进，体贴而周到地照顾她，她也渐渐注意到了他，终于一次偶然的酒醉后，二人燃起了爱火……

江勇读过叶琳的基本资料，他知道那个男人就是著名导演薛凯，叶琳的前夫。这些经历和她的访谈传记中提到的差不多，但其中有许多栩栩如生的细节，却是文字中没有的。毫无疑问，这些解码的私密记忆如果上市，会被人立刻抢购一空。

叶琳仍然在似乎无止无休的坠落中，从上千米高的大厦顶上坠下，加上大风和空气阻力，需要好几十秒的时间，有充分的时间让那些重要的回忆一一展现。甜蜜的记忆一闪即逝，剩下的只有深深的痛苦和怨恨。

江勇看到叶琳不顾公司的反对决定息影，披上了白色的婚纱，和薛凯一起出现在盛大的礼堂中，这时候，薛凯已经是颇有名气的导演；叶琳不久怀孕，沉浸在幸福的预期中，然而不幸接踵而来：她在电脑里看到了薛凯和其他女人亲密的合影……一幕幕争吵从他眼前划过，她的震惊、愤怒和绝望也在他的心中翻滚着，然后薛凯搂着另一个女人走进她的家门，和她摊牌，一番推搡后，她滚下楼梯，下身血流如注，薛凯吓得跑了……

这个人渣，江勇心里暗暗骂道。

孩子流掉了，薛凯似乎怕了，在她面前发誓和情人一刀两断，在医院衣不解带地照顾她，叶琳终于原谅了他。然而半年后，残酷的真相浮现，薛凯忽然消失，好几天不见踪影，很快有消息说他和情人出现在另一座城市。叶琳去银行查账，发现三千多万的夫妇共同财产已经不翼而飞，她当场晕倒。

法律诉讼毫无结果，直到离婚钱也没有讨回来。事情被披露到媒体上，薛凯更反咬一口，说叶琳污蔑他。网上匿名抛出了当年叶琳拍的几张私密照，各种流言也随即而起，说她是这个高官的情妇，那个富商的玩物，八卦报纸上不断刊登不利于她的谣言，威胁和谩骂接踵而来，本来谈好的协议也被撕毁，虽然知道是薛凯搞鬼，但她毫无办法，话语权全在对方手里，她几乎要疯了……

水泥地面已经近在眼前，一瞬间的恐惧绝望后，就是永久的黑暗，记忆到此结束。

江勇摘下感应头盔，长长出了一口气，纵然见惯了人间悲剧，在读取这样凄楚的记忆后，也很难不被打动。那些令人心碎的场面似乎还萦绕在他眼前，挥之不去，他理解了刘宁宁，心里似乎有一团怒火在燃烧。

"真没想到叶琳的生活是这样的，"江勇长叹一声，"以前常看到她的负面新闻，只觉得她生活奢侈糜烂，没什么好感，想不到背后还有这些不为外人知道的曲折。"

"还不是薛凯那个渣男害的！"刘宁宁愤愤地说，"叶琳等于是被他杀的，为什么这种畜生不去死！"

"可惜他也没有犯法，法律制裁不了这种行径。"江勇叹息。

"人在做，天在看，我倒要看看他有什么好下场！"刘宁宁恨声说。

叶琳的死轰动了全国乃至全世界。她的记忆黑匣子当然成了媒体关心的焦点。叶琳父母双亡，离异又无子女，财产的继承人是她的姑妈，她很快宣布拍卖记忆黑匣子。许多记忆制品公司蜂拥而至，最后，黑匣子以一千五百万的高价被卖给一家大公司，随即上市发行。任何人只要在付费后戴上感应头盔，都可以下载读取叶琳的濒死记忆。

就这样，叶琳在世时被种种流言包裹的真相浮出水面，薛凯的种种丑行被公诸天下，无论他怎么解释反驳，但记忆胜于雄辩，他很快被公众愤怒的口水淹没，成了人人喊打的过街老鼠。多家公司和他及他的女友解约，朋友大都和他划清界限，许多影迷上门抗议，还有人给他寄死亡威胁，他甚至不敢在公共场合露面。一次在街头被人认出，被民众围住质问甚至追打，被打了个半死，这种风潮持续了半年。

半年后，潦倒的薛凯厚着脸皮出来参加一个娱乐节目，其他嘉宾对他都敬而远之，主持人还好几次拿他开涮，好在观众中一个十五岁的女孩说是他的忠实粉丝，请他签名，让他挽回一点儿面子。薛凯正在笑着签名的时候，女孩却从怀里掏出了一把匕首，当众捅进了他的腹部。然后，她在目瞪口呆的主持人和全国直播面前，把薛凯捅成了一个血人……

薛凯当众死去，后来，小姑娘被判了十六年徒刑，但舆论普遍同情她，甚至有不少人认为，杀死一个人渣，她根本无罪。

又过了几个月，叶琳的周年忌日到了。身为资深影迷的刘宁宁白天和朋友去给叶琳扫了墓，晚上又独自去了叶琳自杀的现场。

凌晨一点，刘宁宁推开未来大厦屋顶的门，一股大风迎面而来，冷得令人颤抖。刘宁宁想着叶琳当日的感受，向她跳楼的地方走去，今天倒是没有下雨，一轮弯月挂在天边，月光下的霓虹都市光怪陆离。

刘宁宁忽然看到，楼顶边缘站着一个朦胧的人影，她吓了一跳，差点惊呼出来，仔细一看，那人竟是江勇。

"头儿，你怎么在这里？"刘宁宁惊讶地说，"你不会是想不开吧？"

"没事，只是看到你在'生活圈'里说打算来这里，也想来看看。"江勇淡淡地说。

"嗯，转眼一年了。薛凯也得到了报应，希望叶琳姐能够安息。"

"我不知道读取过几百份濒死记忆，但以这份最为惊心动魄，到现在一闭上眼睛，还好像和叶琳一样，在空中坠落。"江勇望着远方的天际喟叹着。

"头儿，平常看你总板着一张脸，真想不到你也这么懂感情。"刘宁宁感慨。

"怎么，在你眼里我是个铁面无私，只会查案的机器人吗？"江勇苦笑着说，"不，即使为了查案，也必须懂得人的感情不是吗？否则很多事情会看不清楚，比如这起案子。"

"您看清楚什么了？"

"小刘，记得一年前你说过，这是一起谋杀案吗？你是对的。"

"是啊，虽然叶琳姐姐是自杀的，但其实是被薛凯害死的。"刘宁宁叹道。

"不，恰恰相反，这是一起精心策划的谋杀案，但薛凯却是被害者。"江勇说。

"这是……什么意思？"刘宁宁瞪大了眼睛。

"我是说，叶琳是用自己的死来向背叛她的薛凯复仇，一切都是设计好的。"

"什么？"

江勇笑了笑："叶琳已经算好了自己死后的记忆黑匣子会被广泛传播，因此有意安排和调动了自己的记忆，甚至从未来大厦跳下去都是计划好的，因为这座楼最高，这样才能在漫长的坠落中给人强烈的心理冲击。在她掉下高楼时，是特意回想和薛凯有关的那些事件，唤起内心的强烈仇恨。这些记忆会被亿万人读取，他们可不是像看电影那样置身事外，而同样会在内心体验到叶琳的强烈情感，从某种意义上说，叶琳是用自己情感倾向感染了每一个人，那个一时冲动杀人的女孩子就是受感染者。"

"可难道她的记忆不是真的？"

"当然是真的，但不是全部的真实，"江勇悠然说，"在薛凯死后，我也读到了他的濒死记忆，其中颇有和叶琳不相吻合之处，才让我对整件事产生了怀疑。这些天我搜集了许多资料，一桩桩去伪存真，发现叶琳自己也不是那么无辜：比如她当初拍戏可不仅仅是星探发现那么简单，实际上是她和剧组许多人上床才争取到的机会，此后也长期和那些人保持着不正当关系；她也曾为了自己的事业对竞争对手下黑手，甚至在圈内干过拉皮条的勾当。"

"但她至少没有对不起薛凯，她是那么爱他！"刘宁宁打断了他。

"是的，她的确真心爱薛凯。但人性是复杂的，她也向薛凯隐瞒了很多不光彩的事，薛凯知道后怒火中烧，觉得受到了欺骗，加上叶琳的性格善妒霸道，把财政大权都抓在自己手里，也导致了夫妇感情的破裂……当然，薛凯那些做法肯定太过分了，但罪不至死。"

"这么说……"刘宁宁若有所思，"叶琳是出于仇恨，以自己的死为代价，将薛凯拖下深渊？薛凯其实是被叶琳害死的？"

"不，真正害死薛凯的另有其人。"

"还有谁？难道是那个女孩？"

"小刘，"江勇转过身，凝视着她的眼睛说，"最后把薛凯送上不归路的人，是你。"

"头儿，你……你开什么玩笑？"刘宁宁脸色一下子变得惨白。

"过度的愤恨一开始也蒙蔽了我，但自从发现疑点后，我又重新读取了几次叶琳的记忆。结果发现她的记忆数据被篡改过，被删除了最后一段内容，也就是叶琳落地后到断气之前那短短几秒，篡改者做得很高明，但仍然留下了蛛丝马迹。你知道叶琳被删除的记忆是什么吗？"

刘宁宁咬着下唇，没有说话。

"有刚才说的让叶琳自己良心不安的事，和薛凯关系中更多不为人知的细节，生活中一些幸福的场面，童年的回忆，以及死前最后一刻深深的懊悔。叶琳犯了一个错误，她以为自己足够仇恨薛凯，可以用自己的死亡来向他复仇。但她错了，死亡使得一切都变得没有意义，包括复仇本身。她苦苦建立的人为意识最后崩溃了，在临死之前，她已经不恨薛凯了……如果人们看到的是她完整的记忆，对整件事的看法会理智得多。

"但第一个读到她记忆的人是你，你是她的忠实粉丝，因为伤心叶琳的死，也为了维护她的形象，你删去了她临死记忆中一些不利的内容。你不该这么做的，小刘。"

"我……"刘宁宁嘴唇颤抖着，想辩解什么，但终于放弃了，"是，是我干的。不管叶琳自己有什么问题，我只知道薛凯这个人渣该死！我只是把这个事实更清楚地呈现出来。"

江勇痛惜地摇摇头："你错了，部分的真实等于虚假，每个人的记忆和情绪都是主观的，会令人陷入其中而不自知，只有人与人的看法不同，才造成了客观。你无权把自己的看法加给他人。你对薛凯的死或许没有法律上的责任，但你身为警务人员，篡改证物，必须接受法律制裁，走吧。"

在被江勇带回警局的路上，刘宁宁一直没有说话。但走进审讯室前，她忽然回头，疑惑地说："头儿，我能不能再问你一个问题？我实在想不通，你是怎么恢复那些数据的？我自信已经把它们全部删去，技术上无懈可击。"

"我没有恢复那些数据，只找到了删除的痕迹，除了你，没有人知道被删去的回忆是什么。"

"那你是怎么知道那些内容的？"

"那些被删除的记忆？猜也能猜得到，不是吗……"江勇叹了一口气，"没有人会在死前最后一刻还抱着仇恨不放，他们总会想起自己童年最早的记忆，想起父母慈爱的容颜，想起那些幸福和快乐的瞬间……那些对生命中美好事物的爱，总会比仇恨更有力，这才是生命的意义。叶琳在临死前的一刻终于知道了，对她来说来得太晚，但总比没有好。"

跃迁少女

你站在一座半球形大厅里，周围许多人在来来去去。但在你眼中没有他们，只有大厅中央一道铅灰色的门。一切建筑和装置仿佛都围绕着这道门，门有近四米高，二米宽，门上没有任何纹饰，中间是诡异深邃的黑暗，仿佛是吸收一切光线的黑洞。

你即将走入那道门。

你知道门的后面不是大厅的另一边，当然也不是黑洞，而是50光年外一颗新发现的行星——石星。在行星地表下埋藏着一种特异晶石，是常温下的超导体，每一克的价值都超过黄金十倍。你要去那里勘探和开采这些晶石，丰厚的收入可以改变你贫寒的命运，让你数年后就能过上体面舒适的生活，也许可以在都市的郊区买上一栋豪华的智能别墅。

你没有太高的学历，也没有过人的技能，除了年轻，一无所有。如此高薪的工作居然没有太多人竞争就落到你手上，只有一个理由：异星生涯自然风险不小，但最主要的危险在眼前几米开外。你签下的合约小心地避开了那个数字，但你当然不会不知道。

89.67%。

你不太清楚技术细节，但你知道，当你走进去之后，有89.67%的可能（常常被略加安慰地说成是90%），你会在瞬间到达那颗50光年外的行星，另外10.33%的情况下，你则会被抛到冷酷太空的某个角落，从此无影无踪。你仔细掂量过这两个数字：九比一，换来比常人高十倍的收入，这个险值得冒。但现在，你即将走入那扇门，却感到了害怕。10.33%，数字不大，但不可能忽略不计。这次同去的十几个人里，很可能有一个人永远无法到达目的地，而那个人，或许就是你。

你越来越接近那道门，心跳越来越快，背上开始冒汗，呼吸也急促起来。

"你没事吧？"在你背后，一个好听的声音说。

你回头，看到身后一双明亮动人的眼睛，忽然之间有一种呼吸不过来的感觉。

"不用紧张，会没事的。"那双亮眼睛的主人说。

"你……你也是去开采晶石的？"你问，这项工作一般都是由男人来做，很少有女人，更不用说这么好看的女孩子。

"不，"女孩说，"我是跃迁者。"

"跃迁者？"你想起一些传说，心不禁一跳。

女孩爽朗地笑了："说着好听罢了，其实就是去玩的。"

你很好奇，但没有太多时间交谈，那扇大门就在你面前，工作人员在示意你进去。你不想在女孩子面前露怯，勉强挤出一个笑容："那我……我先进去了。"

"在那边见。"女孩说。

黑暗就在眼前，你觉得腿有点发软，这恐惧反而给了你勇气，你回头问："如果……如果我们都能平安到达那边，你……

你能告诉我跃迁者的事吗？"

女孩凝视了你片刻，然后笑了："好呀。"

这话给了你勇气，你毅然迈进黑暗，感到一阵恍惚，身子仿佛在融化，那一瞬间你又后悔了，你相信出了什么岔子，自己再也不可能到达那个遥远的世界。

但世界重新在你身边显形，身体也轻了一半——一个重力小得多的星球。你看到比地球上灿烂百倍的银河隔着玻璃穹顶在眼前闪耀，欢迎你的平安抵达。

你回过头，看到那个女孩在对你微笑。

这次传送，有两个人没有到达目的地，好在不是你，也不是她。

你们在石星的星空下共进晚餐——按地球时间来算。事实上，你们吃的只是生态循环系统中藻类生物制成的饼干，但你在银河的清辉下吃得津津有味。女孩坐在你对面，告诉你关于跃迁者的那些事迹。

太空时代以来，人类的超光速飞船访问了超过一千个星系，并把传送门安放在那里的行星、卫星和太空站上。由于飞船最快只能达到光速的99%，如果一个人要乘飞船遍游所有有人居住的行星，按地球时间算需要千年时光，在飞船上也要度过一百多年。即便只去某个较近的星系，往返往往也需要数十年光阴。一旦上路，就和自己熟悉的世界永别，这让许多人望而却步。

但传送门可以克服时间的鸿沟，女孩说。从她口中，你得知了传送门的原理：任何宏观物体本质上都是德布罗意波，传送门的方式是将波长近乎无限拉长，你的身体顿时会被量子化，成为概率云，发散到整个宇宙中，并在目的地的另一道门那里坍缩，中间不需要任何时间。因此你可以在刹那间抵达另一颗星星，偷偷玩上几小时后回来，家里人也许还没睡醒。

"但是只有90%的人能成功。"你说。

女孩点了点头："所以很少有人能够成为跃迁者。"

既然瞬时传送的原理是根据量子力学，量子不确定性也决定了你的身体出现在另一道门那里的概率不会是100%，技术的极限也只能做到89.67%，人们自我安慰地四舍五入为90%。另外10.33%的情况下，你的身体会消散在宇宙的各个角落，化为乌有。一往一返，平安归来的可能只有大约81%。冒险通过传送门的人不是为了丰厚的利益，就是有迫不得已的需要。每个殖民星球的早期都是这样建立起来的，但没有正常人仅为了去看看外面的宇宙冒这么大的风险。

除了"跃迁者"，一个充满好奇而不甘寂寞的人群，绝大部分是年轻人。他们任性地从一颗星星跃向另一颗星星，尽情领略宇宙的浩瀚与奇妙。尽管每年平均有六七成人永远消失，但他们的精彩生涯在寰宇网络上广泛传播，又吸引了许多人的加入。

"我见过占据半个天空的红巨星，"女孩比画着说，"在夜空绽放的玫瑰星云，远古的外星城市遗址，还有在气态行星的天空中飞翔的鲸群……当然，你在三维视频和书籍里也能看到这些，但和一个世界呈现在你面前的感觉根本没法比。"

"你去过多少星系？"你好奇地问。

"不多，加上这个也才六个。"

你粗略计算了一下，这至少需要穿过六七次传送门，她最多有50%的概率能幸存下来，现在还安然无恙，真是幸运。

"我还要去魔山星、珍珠星团、沸海星系，还有王冠黑洞……"女孩列举着那些平时在VR游戏里才能看到的宇宙名胜。

"可这太危险了，"你脱口而出，"你会死的！"

"不会的，"女孩说，带着奇异的自信，"跃迁者永不会死去。"

"这怎么可能？"

女孩欲言又止，脸上出现了淡淡的悲哀："如果你自己成为跃迁者，就会明白。"

跃迁者女孩在这颗星球上并没有待太长时间。这是一颗光秃秃的岩石行星，没有大气、水分和任何生命，除了特殊的矿藏外，毫无吸引人的地方，二天以后她就离开了。那时，你正在行星的另一边进行入职培训，只接到她发的一条信息。

"我走了，有机会来找我玩。"

你知道在哪里可以找到她，她告诉了你她的个人网络站点。10%的耗散对于信息来说是完全可以接受的，因此你可以在寰宇网络上实时查到她的行踪，如果她愿意公布。但你没有去找她，你觉得她多半是中了邪，你并不愿意冒着送命的危险，更不愿意毁了自己的人生计划。但很多天你都想着那个跃迁者女孩，想着她奇妙的生活和冒险。

经过短期的培训，你投入了工作，你的工作在地下数十公里，甚至连这颗星球上唯一可算得美丽的东西——星空——都看不见。你生活在棺材般狭小的地下采掘机里，像果子里的虫子一样在行星的岩层中缓慢挪动，吃着闻到气味就想吐的藻类饼干。你唯一的娱乐是上网，打开她的网站，久久看着二维视频中另一种你难以梦想的生活：眺望着缀有绚丽光环的王冠黑洞从地平线上升起，攀上高达三万米的垂直冰崖去采摘珍稀的冰凌花，在红色的行走草原上骑着七足鳞马飞奔……在浩瀚的宇宙面前，你梦想中的那栋豪华智能别墅渐渐失色了。

你没有再和她联系，本来也只是萍水相逢。但你一直关注着她的旅程。两年中，跃迁女孩走过十多个星系，在每个地方稍微停留一下，打几天工，就可以赚到前往下一个世界的旅费。你默默地为她计算概率，从她离开石星算起，经过那么多星系，存活的概率还不到25%，但她一直安然无恙。有时你会怀疑，也许她是对的，跃迁者真的不会死去？

但你也看到了其他跃迁者的消息，每年总有数百人在传送门里消失，再也无法到达下一个目的地，其中不乏知名的人物。她随时可能成为下一个，随时。每当她进行传送时，你都要为她捏一把汗，生怕她从你的星空中陨落。

两年的合同期到了。你的同事有的决定再留下来多攒两年的钱，更多人打算带着攒到的一小笔财富回地球去过好日子。你也再一次站在了那道门前，最多再冒一次10%的危险，回到地球上，你就可以拥有那栋别墅和未来的舒适生活了。

但那时你鬼使神差地打开网络终端，看到了她新发布的状态，她说很快就要去海神星，一颗距离地球700光年、充满神秘生命的海洋行星。她说，她会在那里看到水晶花的盛开，聆听海莺鱼的歌唱。

你想象着那个资料很少的遥远世界，突然爆发的热情让你冲向柜台，在工作人员的惊诧中，将自己的目的地改为海神星，然后走进传送门的黑暗。这一次，你并没有犹豫和怀疑，不知怎么，你相信自己一定会到达那里，和她相见。

几小时后，你站在海神星的海滩上，凝望着漂浮着奇异的青玉色花朵的海洋，远处，长着翅膀的奇妙鱼类从水底飞出，发出振荡的歌声求偶。你已经很久没有站在如此广阔壮美的世界中了，你渴望着奔跑和呼喊，渴望拥抱这一切，但你更渴望另一个人，你转头望向身边的跃迁者女孩。

跃迁者女孩一见面就认出了你，但她以为只是因为巧合你们才会在这里重逢。她告诉你那些奇异世界的见闻，你其实早已在她的站点看到了，但却安静地听她讲述。

"这个世界真漂亮。"最后她说，"我打算在这里多住一段日子。"

"你还要去别的世界吗？"你问。

"当然，我的梦想是走遍人类开拓的整个宇宙。"女孩张开手臂，如同要拥抱大海。

"可是你真的不怕在传送中消失掉？"

女孩点点头。"为什么？"你问，但女孩没有回答。

你再三询问，她犹疑了很久，说出了一个词："量子永生。"

从外在的角度看，她解释说，当人进入传送门后，就成为一团概率云，处于量子叠加态，发散在宇宙中，同时又在数百光年外的星球上出现。只有观察者能够让概率云进行波函数坍缩。彼处的传送门事实上起了强观察者的作用，为概率云的坍缩赋予了定位，让旅行者重新出现。当然，旅行者也有可能坍缩在宇宙的另一边，传送门对此概不负责。

然而，旅行者自己也是强观察者，他不可能观察到自己整个消失掉，否则观察本身就会不复存在，造成不可能出现的因果悖论。因此从旅行者的角度看，他总是会100%地出现在目的地。无论是一百次还是一千次通过传送门，都不会有什么危险。

"但出事的人还是很多啊，从地球到石星那次，不就有两个人没有传送成功吗？"你还是不明白。

跃迁者的面容变得肃穆，她凑近了你，低声说："在我们的世界里，他们死去了；但在他们自己的世界里，他们还活着。"

每一次传送，跃迁者女孩说，宇宙都至少会分成两个平行宇宙——传送成功的宇宙和失败的宇宙。观察者会进入哪个宇宙是纯概率性的，你看到传送者再也没有出现，他在你的宇宙中消失了，但在他自己的宇宙中却成功到达了目的地。

"这也太疯狂了……"你喃喃地说，"可如果是真的，为什么我从来没有听人提过？"

她严肃地叹了口气："你想想，如果所有人都知道，会有多么严重的后果？"

你也想到了后果。如果人类对穿过传送门再没有顾虑，大部分人都会想轻松地去异星游历，结果是在每一个人自己的世界里，周围的人会不断地死去，不是一个两个，而是百千万亿人，很快整个世界——不，所有的世界——就会崩溃。你打了个寒战。

"记得我跟你说过的外星人遗址吗？我们也发现了许多传送门的残骸，可能就是因为他们公布了量子永生的秘密才会消失的。"

你抬头望着深邃的宇宙，想到宇宙之外，还有无数宇宙，每个人都孤独地活在自己的宇宙里，看着周围的人一个个死去，一种深深的恐惧攫住了你，你拉住了跃迁女孩的手。

她的手微颤了一下，却没有松开。

你们在海神星上游玩了两个月。你们一同在珠链般的岛屿上漫步，也一起扬帆出海，环游行星，你们见过漫天飞舞的金色鸟鱼，见过浮岛般的巨龟，也见过让大海发出奇光异彩的浮游生物群。你们用深潜器潜入五万米的海底峡谷之底，绝对的黑暗给了你勇气，让你说出了两年来对她的思恋，然后你摸索到她的唇，你吻了她，她也回吻了你。

"我爱你。"你喃喃地说出古老的誓言。

"可是跃迁者是孤独的，"女孩在你耳边如泣如诉地说，"我们不能爱别人，或迟或早，他们总会离开我们的宇宙，永远离别。"

"为什么？只要对方不进行跃迁，就不会离开你们。你们总可以回到他们身边。"

"是的，在我们的宇宙里他们一直在，但是在他们的宇宙里，我们却总会在某一天消逝。"

你想象到了这种可能性：某一天跃迁者离开你，飞向另一个星球。在她的宇宙里，她会回来和你重逢。但你却被随机分配到了另一种概率里，她成了你宇宙中的消失者。你不寒而栗。

"所以，我们总有一天会离别的，"女孩推开你说，"忘了我吧。"

"不，"你坚定地摇头，"我已经想清楚了，我也要成为一个跃迁者，和你一起去周游世界。"

"即使是跃迁者，也不一定能坍缩在同一个世界啊，"她叹息，但又似乎想起了什么，"除非……"

"什么？"

她说："据说只要两个人同时穿过传送门，一直观察到彼此的存在，就能每次都进入同一个宇宙，一个人存在，另一个人也在，可这只是据说而已。"

但你已经快乐地抱住了她。

再次通过传送门时，你们紧紧相拥，凝视着对方的眼睛，能听到彼此的心跳。你们彼此最深最深地感知着对方的存在，女孩说，必须保持观察的连续性。当黑暗降临时，你深切地感受到了她一直和你在一起。

你们成功了，一起到达了火焰星云，然后游历了渡鸦星系，然后是环形太空城……你们在数百光年内的许多星系中幸福地游荡，其他跃迁者甚至称你们为比翼鸟。最后，你们决定一起回到地球，在故乡举行婚礼。在传送门前，你抱起她，她搂住你的脖颈儿，你们再一次穿过传送门的黑暗，一起。

你安然无恙地回到了熟悉的半球形大厅里，心中憧憬着未来，脸上还带着幸福的微笑。

你的怀中却空空如也。

从那一刻起，她在你的世界里消失了，永远。传送站和政府告诉你，你的未婚妻不幸成为那10%的一员，对于跃迁者来说这也是难免的结局。你告诉他们量子永生的原理，让他们想办法找她回来，他们却告诉你这只是跃迁者自我安慰的臆想。你吃力地啃起那些物理学的艰涩著作，却发现书里也没有定论。

只有一种方法能知道答案了。

你再次通过传送门，跃向一个又一个异星世界。你抱着万一的希冀，或许她被传送到了其他的世界，或许她还在原来的星球。她的网络站点再也没有更新过，但你总不肯放弃希望。

二十次、五十次、一百次……你被发散到宇宙中又一次次坍缩，一次次浴火重生。按照概率你早该死得不能再死，但你总是安然无恙，当然，这不可能是巧合。你明白了量子永生是绝对正确的，但每个人只能在自己的宇宙里永生，在每一个宇宙中只有一个奇迹。再相爱的人也是孤独的，在这里，只有你自己。

你常常想起她，在另一个宇宙里你们一起到达了地球，举行婚礼，也许现在已经生下了可爱的孩子，他拉着母亲奔跑起来，发出快乐的大叫声，她一边笑一边回头看你……多少次梦里你见到她和另一个自己，但总是如雾里看花，朦朦胧胧。你知道你们在不同的宇宙里渐行渐远，今后再也无法重逢。

你继续漫游所有的星星，为了完成她的梦想。十五年后，你走遍了所有的人类殖民地，总共一千一百二十七个，你成为跃迁者之王，媒体报道的传奇人物，被誉为有史以来最伟大的旅行家，名满天下，永垂史册。然而你明白，这只不过是在你的宇宙里发生的事，在其他亿万个宇宙里，你已经死去了很久很久，早已被整个宇宙遗忘。或许她也是一样，在自己的宇宙里完成了梦想，但却已和你永别。

你彻底明白了跃迁者的孤独。你有过新的情愫，但你放下了，从每一个可能产生感情的人身边逃走，孤独地生活在自己的宇宙里。仿佛这宇宙因为孤独，就能重新找回她的宇宙来陪伴。

你一次次弥散到全宇宙里，一次次和万物为一，拥抱一切，也就是拥抱着她。

很多年后，你已经是一个富有而衰弱的老人，在自己的别墅里，你斥巨资安了一道简易传送门，每天对着门里的黑暗入睡。你可以随意抵达任何一个星系，得到亿万群众的欢迎，但却再没了旅行的欲望。你只静静地坐在书桌前，翻阅着一本本据说充满智慧的古书，从老子到爱因斯坦，从佛陀到霍金，想要弄明白存在与虚无的奥秘。

在半梦半醒间，你千百次回到那悲剧的一刻，想知道那时候发生了什么。在你的宇宙里，她弥散到了宇宙中，没有和你一起坍缩。但那个她一定是坍缩到了某个地方，然而是哪里呢？当然，也许在某个黑洞里，也许在宇宙的另一边，哪里都有可能，甚至可能在地球的中心。反正你都不知道。

你不知道？

忽然之间，你醍醐灌顶，明白了一件三十年前就该明白的事。

当年穿过传送门的时候，在一种情况下，她和你一起在目的地坍缩，而另一种情况下，她以量子态弥散在宇宙中，再也没坍缩。前一种是生，后一种是死。

但还有第三种可能：她会在宇宙中的某一个角落坍缩，但你不知道是在哪里。你从未目睹过她的坍缩，因此对于你来说这仍然是量子叠加态。

但对她自己来说又如何？在绝大多数地方，在绝大多数情况下，她的坍缩就意味着死亡，意味着观察者的消失。她的意识在自己的观察下会掠过这些可能性，选择亿亿万万中无一的、生存的可能。而只要有一丝可能，她就会在那里。

宇宙无限浩渺，又一片死寂。但在这无限的死亡之海中，仍然有若干她能够存在的孤岛，也就是说——

在你的宇宙里，她也仍然活着。

也许她会出现在银河的另一端，一颗人类从未涉足的行星，一个完全陌生的文明里，甚至可能超越时间和空间，在宇宙星辰的背后……

此时，此刻，她仍在那里。

你跳起来，冲向传送门，在那里输入了一个错误的目的地，一个永远也不可能到达的地方。这意味着你的波函数无法被另一道传送门检测到，无法再在任何一个人类世界出现。但你的意识会观察着自己，让自己重新坍缩，不管以什么方式，在宇宙的哪一个角落。

你知道自己一定是疯了，但你深深吸了一口气，走入了黑暗，闭上眼睛。紧张中，感觉自己仿佛在融化，如同第一次经过传送门那样，不，这感觉比那时候更加强烈……你的意识涣散，发散到了全宇宙中。你知道自己一定是错误的，这次你会永远消失，再也不会出现，但你感到了平静。至少，这是你和她共同的归宿，反正也没什么不好。

你化为乌有，融入虚空，哪里都不在，却又无处不在。

然后，

在你的观察中，

概率云坍缩回了某一点。

百亿光年的宇宙中，千亿星系中的某一点。

你还在呼吸。

周围也没有任何异样的感觉。

你缓缓睁开了眼睛。

女儿

1

董方至今还清楚地记得那次雨夜的欢爱。开端似乎很糟糕，恋爱三年，结婚两年，曾经羞涩甜蜜的探索已变成简单草率的例行公事。但那天晚上他还是很有点兴致的，十一点，他关灯上床，抱住沈兰已略有些丰腴的身躯。沈兰懒懒地迎接了他。他在沈兰耳边倾诉了一些情趣要求，沈兰不耐烦地拒绝了，说自己已经很累，让他快点完事好睡觉。董方争辩了几句，说你曾经答应过我如何如何，今天怎么食言？他忘了这不是讲道理的场合。果然沈兰开始反击，说你也答应过如何如何，结果又如何如何，还好意思问我。争论一起，很快从床笫转移到其他领域，从家务的分配到买房的按揭，从婚前的承诺到公婆的苛刻。最后，董方摔门出了卧室，到书房里开了一局VR游戏，去屠杀外星怪兽来宣泄愤懑。

游戏打完已经是一点多了，董方摘下VR头盔，才听到窗外惊雷炸响，大雨瓢泼。董方想起一件事，他冲进卧室，发现沈兰果然没有睡，而是捂着耳朵蜷缩在被子里，泪水浸湿了半个枕头。

董方知道她怕打雷，从小就怕，不知道她被这雷声折磨了多长时间。他心里最柔软的地方被揪了起来，立即宣告投降，把她揽入怀中，说对不起，别怕别怕。沈兰哭着捶打着他，说都怪你，恨死你了，却又投入他的怀抱，任他紧紧拥住。紧张的肉体松弛下来，进入相互的勾连缠绕，又再度如弓弦般紧绷。雷电扫过城市上空，狂风刮进大楼之间，雨点敲打着窗玻璃，他们在爱恨交织中撞击、破碎、融合，交错攀上生命的巅峰。

他们已经很久没有这么酣畅淋漓了，之后很长时间也再没有过。所以董方确定地知道，就是那一次，他们有了妞妞。

晚上八点半，晚归的董方打开家门，看到妞妞正在沈兰的脚边玩耍，见到他，嘴角弯弯地笑了，有些笨拙地站起身，跌跌撞撞地向他走来，口中含糊不清地喊着"bababa"，像是在叫爸爸，又像是自言自语。妞妞走到他身前，伸手抓住他的衣角。董方知道她是要自己抱，于是放下公文包，抱起她，把她举得高高的，妞妞露出两排刚长出来的牙齿，发出兴奋的尖叫。

"小心点，"沈兰在一旁说，"不要摔了孩子！"董方答应了一声，又听沈兰说："诶，你有没有发现？""发现什么？"董方问。"她会走路了呀！昨天最多还走两三步呢，你看今天她走得多好！可以从房间一头走到另外一头了。"

董方放下妞妞，她马上走了起来。她的确会走了，神气活现地给他们表演，不过她的膝盖还不能弯曲，只能摇摆着身子走，滑稽得像是一只企鹅。走不了几步就摔了一跤，不过下面是地垫，摔得不重，她随即爬起来，却改变了方向，开始绕着他们转圈。

沈兰笑得前仰后合，董方敷衍地笑了笑，笑容渐渐凝固在脸上，但沈兰并未察觉。"看这孩子多聪明！"沈兰捅了捅他，"过几天就能满房间跑了。"

"差不多吧，每次不都是这样的。"董方忍不住说，但说完就后悔了。

笑容从沈兰的脸上消失，她的目光变得阴冷，董方想说点什么缓和气氛，身后却传来闷响，妞妞又踩到一个毛绒玩具上跌倒了，这回摔得重了，磕到了头皮，她立刻大哭起来。沈兰无视董方，跳起身飞奔过去，抱起妞妞，紧紧地把她搂在怀里，说："宝贝没事儿，妈妈在这里呢。"

"mamama"，妞妞含糊不清地叫着，把头埋进她的怀里。

沈兰抱着她哄了很久，又低头去亲她，瀑布般的长发垂下来，拂在妞妞脸上，逗得她咯咯直笑。董方就像被一种无形的力量所排斥，站在客厅的另一角看着母女俩，昏黄的灯光照在她们身上，宛如怀抱圣子的马利亚。

2

　　他们是第一次做B超的时候知道是女孩的，医院规定不让问，却只是为增加医生的灰色收入创造了条件。他们倒没有主动提，但医生却跟他们暗示，说："有的事医院不让说，不过要知道也不是没有办法。"然后沉默了一会儿。其实董方并不是特别想现在知道答案，但此时不问反像是得罪了医生，于是塞过去一百块钱，医生没有接，他又掏了一百，医生才说："孩子像妈妈，挺好的，生男生女都一样嘛，当然如果你们不想要，也有办法。"

　　董方不认为自己重男轻女，也没有太多想过孩子是男是女有什么区别，孩子来得有点突然，自从知道后他一直晕晕乎乎的。但知道是女孩后，他还是失落了一下。他发现自己心底还是希望是个男孩，到时候父子俩可以一起开VR飞车，打外星怪兽，玩男孩和男人都感兴趣的那些游戏。他很难理解一个女孩对自己意味着什么。

　　但沈兰很开心，她没搭理医生的暗示，回家的路上，她说是女孩就好了，自己前几天就想到了一个特别好的女孩名字，叫董清宛，预示着孩子会像董小宛那么美，又暗用了"有美一人，清扬婉兮"的诗句。董方不服气地说，男孩也可以起好名字呀，比如叫……叫……董士轩？沈兰说什么乱七八糟的，还董事长呢。董方无奈地笑笑，望向车窗外，将从未存在过的儿子董士轩埋葬在心底。

至于小名，沈兰说也想好了，就叫宛宛，又别致又动听。这个小名倒是让董方心中一动，好像一个清丽柔婉的姑娘已经站在他的面前。那一刻，他不由得想起第一次见到沈兰的情景。那还是在大学的时候，也是一个雨天，他从图书馆门口路过时，看到一个穿着轻纱连衣裙的女生站在门口的柱廊下躲雨，长发轻扬，眉目间带着淡淡的忧愁，仿佛一朵雨雾中的百合花。董方忍不住驻足望去，他们目光交错了一刹那。女生的目光中似乎含着期待，却又羞怯地转过头。董方的脚像被无形的磁力吸住。他平常很少和女生搭讪，也不知道该说什么，"也许我能送她一程？"他想，但又否定了，"说不定人家在等朋友甚至男朋友来接呢？这么漂亮的女孩是不会没有男朋友的。"想到这里，他苦笑了一下，决定不去干蠢事，扭头走开了。

后来董方想，人生是多么奇妙，两个人，不，三个人的命运都在一个微不足道的瞬间被决定了。如果他当时直接走掉，后面的事，后面所有的事都会不一样。他也许会出国，也许会去南方，但不会来到这座城市，不会和这个叫沈兰的姑娘结婚，当然也不会有妞妞，不会有后来发生的一切。

智能水壶发出温柔的乐声，提示水好了。董方从缥缈的回忆中抬起头，把水倒进奶瓶，又去冲奶粉。妞妞喝的奶粉是从澳大利亚进口的，用水也是专门提纯过的纯净水，水温还要保持在

四十五摄氏度，差几摄氏度都不行。当然妞妞本身并没有特殊
要求，随便弄点什么都能对付，但是沈兰的要求很高，几乎是
偏执。

　　"好了没有？妞妞急着要喝呢！"还没冲好奶，沈兰就在房
间里叫他。董方心里一阵烦躁，就想把奶瓶砸个粉碎，但他还是
忍住了。他将牛奶摇晃均匀，拿进卧室。妞妞刚洗过澡，正和沈
兰在床上玩儿，小小的身子滚来滚去，一会儿又吸吮手指，看到
他拿着奶瓶进来，坐起身来，两眼放光，口中发出"嗯嗯"的焦
急声，董方稍微晚递过去几秒钟，她就哭了起来。沈兰慌忙把奶
瓶接过去，抱着妞妞，给她喂奶。妞妞一边喝奶，一边斜瞥着董
方，眼角还带着泪花，却仿佛透出狡黠的光。

3

妞妞是喝牛奶长大的。沈兰的奶水少得可怜，生下女儿以后，一开始还尝试母乳喂养，结果喂是喂了，可孩子整晚整晚地哭闹，夫妻俩还以为她是病了，最后才发现是根本没吃饱。所以最后，基本上都得靠奶粉养活。大概因为这个原因，沈兰对女儿也感到歉疚，在网上高价网购了国外最好的奶粉，而且每次只要可能都自己给她喂奶。

女儿的大名定了是董清宛，但小名却很快从"宛宛"变成了"妞妞"。因为他们请了一个月嫂，那女子按她老家的叫法，直接妞妞长妞妞短地叫起来了。董方爸妈当时也在他们家帮着带孩子，挺喜欢这称呼，也跟着叫"妞妞"，董方也就从众了。也许是因为"宛宛"的发音沉郁深长，适合恋人之间的柔情呼唤，却不适合叫一个小女娃，远不如"妞妞"这个俗套的称谓轻巧而上口。沈兰有些不满意，只得宣布女儿的"大小名"还是叫宛宛，"小小名"叫妞妞，宣布完之后，她自己也"妞妞，妞妞"地叫个不停，谁还管什么大小名小小名呢。

带娃的日子艰难而快乐，度日如年又转瞬即逝。妞妞会笑了，妞妞会翻身了，妞妞会坐起来了。董方和沈兰看着女儿从一条肥嘟嘟的肉虫子变成一只满地爬的小猫咪，再变成一个会说话会走路，会穿着漂亮衣服照镜子的小姑娘，几乎每天都有新的惊喜给他们。董方曾觉得自己和女儿亲不起来，但其实很快就深深爱上了这丫头。妞妞也非常黏他，看到爸爸就甜甜地笑，哭得厉害时他一抱就不哭了，有时连睡觉都要他陪，搞得沈兰一度很嫉妒。

那是他们一家的黄金时代。董方常常想，事情是从什么候起开始变得不对的？也许就是从去咖啡馆的那一天开始的。

妞妞刚过一岁时，某个客户约了董方在一间咖啡馆见面，结果却临时爽约。董方等待的时候在咖啡馆的书架上看到一本旧书也叫《妞妞》，觉得好玩，就拿下来，要了一杯咖啡边喝边看。结果，那是他这辈子看过的最后悔的一本书，那是一个作家写自己女儿的故事。那个女孩生下来得了绝症，一岁多就去世了。董方翻着翻着发现不对，心里一阵发怵，忙将书像烫手山芋一样扔在桌子上，匆匆结账走了。

回家以后，他开始改叫女儿"宛宛"，沈兰问他为什么，他支吾不答。不过叫了两天，他自己也觉得这种忌讳可笑，天底下叫妞妞的女孩不知道有多少，同名又能怎样？可没过几天，妞妞要去医院检查身体，董方忽然有一种很不好的感觉，仿佛前几天的遭遇是冥冥中的示警，拿体检报告的时候，他发现自己腿在发软。

结果自然是虚惊一场，妞妞健康得不能再健康。他放下了那点无谓的担心，也重新叫起了妞妞。他们的妞妞按部就班地成长着，一点点融进父母的生命中。以客观的标准看她不算很美，比同龄的孩子要矮几公分，头发稀少，眼睛不大，鼻子也有点塌，但是这些算什么呢？妞妞笑起来的时候可爱得难以形容，让所有人的心都化了。她身上带着那个雨夜的柔情蜜意，却洗去了男女情欲的印记。似乎董方和沈兰从一开始的相遇，就是为了这个天底下最迷人的小精灵的诞生。

妞妞喝了奶，又跟他们玩了一会儿，一会儿转到爸爸这边，一会儿又去拍拍妈妈，终于慢慢闭上了眼睛，长长的睫毛垂下来，依偎着父母睡着了。沈兰看了一会儿手机，也关了灯，闭上了眼睛，但董方不能睡，也睡不着。他在黑暗中听着沈兰的呼吸从不规律渐渐趋于均匀悠长，判断她已经进入了熟睡之后，起身抱起妞妞，下床向外走去。

他走进了卫生间，打开了灯。妞妞在灯光下睁开了眼睛，睡眼惺忪，张开小嘴叫了一声"爸爸"。

董方应了一声，给妞妞换尿布，尿布当然并不脏，洁白的奶水在她身体里停留了一会儿，就直接从下身流出，渗进了尿布。她没有拉大便，如果有的话，处理的方式会稍微复杂一点儿，会变成条状，但是脱去了水分，也没什么臭味。实际上养这个小家伙还可以更简单，比如什么东西都不喂，但沈兰坚决不干。

完事后，他把妞妞抱到沙发上，让她面朝外坐在自己的腿上，妞妞还不老实地扭着身子，咿咿呀呀地手脚乱动。董方把手伸到她后脑处，在柔嫩的头发里拨弄了两下，还带着头发的后脑勺就弹开了，露出了内部深深的电池槽。他把里面的两块电池抠出来，整个头颅几乎空了一半，一瞬间，妞妞失去了一切生命力，身子瘫软下来，倒在他身上。

　　刚开始的时候，董方给她换电池的时候手都会发软，但现在早已驾轻就熟。董方把电池拿去充电，又去储藏间拿了充好的备用电池，走到沙发前，要给妞妞换上。但一瞥间，见到她小小的身子就那么躺在那里，一动不动，就像最后那天见到的一样。董方心知不妙，挣扎着想逃开，但一瞬间，回忆还是把他拖入了痛楚的泥淖。

4

妞妞是在两岁生日前一天出的事。

爷爷奶奶要过来给妞妞过生日，所以沈兰决定把房间好好打扫一遍。本来妞妞有一个保姆看着，可不巧那天保姆请假了，董方又在公司加班，所以沈兰只好自己一边带娃，一边做家务。

一架微型无人机跟着妞妞，总是停留在她眼前一米左右的地方。无人机的大小和蜂鸟相似，上面有一个摄像头。这种蜂机主要是为了监控孩子研发的，这年头保姆都不太靠谱，父母因为太宝贝孩子，总要随时看到她才放心。当然也不仅是监控保姆，摄像头远程连接着董方在公司的电脑，董方的电脑屏幕下方有一个小窗口，随时可以查看无人机所拍摄的画面，所以隔着半个城市，董方也能随时看到女儿的笑靥，想到自己赚钱是为了让女儿明年上一个好的幼儿园，工作起来也多了几分干劲。

所以，董方和沈兰同时目睹了那一幕。

妞妞在客厅的塑料垫上玩着一种智能积木。这种新研发的玩具能自动变形组合拼接，变出千奇百怪的花样，很受幼儿的喜欢，最近妞妞可以心无旁骛地玩上一两个小时，所以沈兰也就很放心地干自己的家务。再说如果有什么危险举动，蜂机也会发出警报。她为了扫地方便，把一把椅子随手拉到了飘窗边上，飘窗的窗户也拉开通风。

过了一会儿，妞妞抬起头，看了一眼窗子，显然一个有趣的念头在她脑海里闪现，她嘻嘻一笑，爬起来，朝那边奔了过去，嘴里嘟嘟嗒嗒叫个不停。当时董方见到了这一幕，但蜂机的摄像头对准的是妞妞的脸而不是后脑勺，他无法判断妞妞要干什么，也没留心去想，他手头还有一个报表急着要完成。

妞妞以前爬不上椅子，而且飘窗边有为防备幼儿设的护栏，照理几乎不可能出事。但妞妞每一天都在成长，每一天身体都在变得更壮，她这次轻松爬上了椅子，又借助椅子翻了护栏，走到了窗边，还在继续向陌生领域探索。等到沈兰发现的时候，妞妞的一只脚已经越过了窗沿，跨坐在窗户上，和外面的世界之间不存在任何隔挡。完成了这一系列高难度动作，她很开心，朝着沈兰甜甜地笑着，嘴里叫着"妈妈！妈妈！"让沈兰看看自己的壮举。

沈兰回过头，看到了这惊心的一幕，她慌忙朝妞妞奔去，两三步就到了飘窗边，去抓妞妞的手臂。与此同时，在公司里，董方的目光移到了屏幕下方的小窗口，看清了妞妞在哪里，手一抖，手上的一杯咖啡落地，摔得粉碎。

本来这一切还有机会止步于一场虚惊，但这时候蜂机坏了事。它的智能系统终于判断出小主人处于危险状态，于是发出醒目的红光，伴着尖锐刺耳的报警声。这却起了反作用，妞妞受到了惊吓，身子一抖，本能地朝窗外躲闪，打破了脆弱的平衡。一瞬间，她小小的身体从七楼的窗口消失了。

沈兰去抓妞妞的手只差了一步，抓了个空，她发出一声撕心裂肺的尖叫，软软地倒在了窗边。

她比董方还幸运一点。董方呆滞的目光随着忠实追随妞妞俯冲下去的蜂机，看到了女儿的最后几秒钟。大楼的外墙向镜头外飞掠，地面的行人和车辆迅速变大，宛如电影特效中的惊悚场面。妞妞的瞳孔中映照出天空上的白云，她还不明白发生了什么，但显然是受到了惊吓，手脚乱动，撇了撇嘴，想要哭出声来。以前她每次只要这样一哭，就可以得到亲人们最温柔的拥抱和照料。

但这次不会了。大地迎向镜头，随着一声沉闷的撞击声，她的表情永远凝滞在了将哭未哭的那一刻。鲜红的颜色迅速充满了画面的其他部分。

董方摇摇欲坠，扶住茶几，闭上眼睛，又睁开眼睛。闭上眼睛，他看到当年的女儿；睁开眼睛，又看到眼前的妞妞。她们一模一样，难以分别。

"但妞妞已经死了，"董方想，"火化了，下葬了，我亲自埋葬的。但她的模样又一直在这里，不断地勾起我不堪的回忆。日复一日，年复一年。这是怎样残忍的生活啊？我为什么还要忍受？"

狂怒在他心头涌起，他伸手扼住了沙发上那个小女孩的脖子，一手把她提了起来。"你不是我的妞妞，"他咬牙切齿，"从来就不是，假的，骗人的！"

他可以稍用力气就捏碎她的脖子，那是她身上最脆弱的构造之一。但细嫩的脖颈儿虽没有脉搏，却还带着人体的温暖，女孩闭着眼睛，面容宛如在母亲子宫里一样恬静，如在沉睡中。没有人会忍心伤害这样柔弱的一个孩子，不论她是真是假。

力气从董方的手臂上消失了，他长叹一声，把她扔回到沙发上。他低声咒骂了两声，将电池装进女孩的后脑部，又把翻起的脑壳合上。妞妞迅速活了过来，翻过身，对着他奶声奶气地喊："爸爸，爸爸。"一直以来，这声音仿佛塞壬的歌声迷惑着他，把他诱向时间的深渊。

"你不是妞妞，"董方喃喃地说，"我再也不会上当了。"

妞妞无辜地眨了眨眼，又喊了一声："爸爸。"

5

妞妞出事以后，大部分的压力都落到了沈兰头上，毕竟妞妞是在她眼皮底下匪夷所思地坠下了高楼。她在邻居的窃窃私语中被警察带走，呆呆地仿佛还不明白发生了什么。她险些以过失致人死亡被起诉，但警方最后放弃了起诉。董方接她出来的时候，发现她披头散发，神情恍惚，憔悴得不成人形。

"董方你相信我，"她一上来就抓住他的胳膊，边哭边说，"我不是有意的，我真的真的没想到，我怎么就那么蠢呢？我想死的心都有了，爸妈一定在怪我，是不是？你是不是也在怪我？"

董方把头转向一边，干涩地说："算了，这都是命。爸妈那边，我跟他们说过了，他们回老家去了。"董方没有提到他爸高血压发作住院的事。

"那就好，那就好。"沈兰看上去松了一口气，擦了擦眼睛，"那妞妞怎么样了？她在医院吗？她摔出疤痕了吗？她这几天看不到我，有没有想我？"

董方停下了脚步，愕然地盯着自己的妻子。

"你怎么了？我脸上有什么吗？"

"你难道不知道，妞妞——"

"没事的，妞妞一定没事的，"沈兰神经质地打断了他，"她在家里等我呢！我们赶紧回去，回家！"

有一刹那，董方觉得是自己出了毛病，妞妞好好的，什么事也没有，是自己做了一场噩梦。他恍恍惚惚地跟着沈兰回到家里，渴盼着保姆把她抱出来，但是没有，哪都没有妞妞的影子。然而妞妞的尿布、衣服、玩具和图画书还散落在房间的每一个角落，她仿佛随时会从卧房或者沙发后面跳出来一样。这几天他都不敢在家里待着，一切几乎还是维持着那一天出事前的样子。沈兰一进门，一分钟没休息，就开始扫地和收拾房间，甚至开始擦洗妞妞的玩具。

董方定了定神，终于开口说："兰，你在干什么啊？妞妞已经——已经——"他无法说出那个字来。

"妞妞跟爷爷奶奶回老家了，"沈兰抬起头，对董方说，"过几天就回来了吧？"她的声音表面平静，却在微微发颤，眼神里带着绝望的希冀，像是一个即将渴死的人在哀求最后一滴水。

董方想喝止她，想怒骂她，想告诉她别再自欺欺人，但最后只是移开了目光。"对，爸妈带妞妞回老家去了，过一阵子回来。"

董方给一个当心理医生的老同学打电话，向他咨询妻子的情况。同学告诉他，沈兰只是暂时无法接受女儿的死，拒绝承认这一切，只要不刺激她，过一段时间就会好了。

董方能理解沈兰，他自己又何尝能够接受呢？但时光会戳穿一切幻象，抹平一切伤口，让每个人都面对真相。给她一点儿时间吧！

不久后，他又经过那家咖啡馆，他忽然决定进去，再去看看那本《妞妞》。那本曾令他恐惧的书这次却奇妙地给他以某种慰藉。他的妞妞走得很快，一切就是瞬间的事，她应该是什么也不知道，什么也没想，就结束了一切。对她来说就像是睡着了，不会有任何痛苦，至少比书里那个受尽病魔折磨的孩子幸运多了。

人生就是不断地死去。董方有时想，他见过自己两三岁时的照片，也听父母说过那时的情景，但他一点儿也记不起来。当时他住在南方一个小县城里，最初学会的是吴侬软语，不过四岁的时候，他就跟着父母一起搬到了北方，早就一口标准的普通话，有时候回到老家，听旁人说方言，几乎是一点儿也听不懂。

那时候的董方，那个天真稚嫩，一口南方土话的孩子，当然早已经不存在了。童年的董方，少年的董方，甚至认识沈兰之前的董方也都不存在了。如果妞妞还在世，现在也是一个六七岁的孩子，都该蹦蹦跳跳地上学去了，再不是那个走路都不稳的幼儿。所以当年的妞妞也相当于死去了，被一个又一个新的妞妞取代。如此说来，又有什么好难过的呢？

但董方知道这是诡辩，他失去的不是一个妞妞，而是许许多多个妞妞。三岁的妞妞，五岁的妞妞，十岁的妞妞……她们宛如逆着时间之流的方向跑来，风一般掠过董方和沈兰身边，脸都看不清楚，就一个接一个跑进了无法追回的过去，跑回到那个在风中坠落的孩子身上，烟消云散。董方想，生命是如此漫长，他的未来还会与一个又一个本来存在过的妞妞擦肩而过，十五岁的妞妞——不，那时候应该叫董清宛了——二十岁的董清宛，三十岁的，四十岁的。她们会带着自己的人生和事业，性格与爱恋，欢乐或忧伤，从他们本来会相遇的一个个时间点掠过，返回过去，返回那个悲剧发生的时刻，在那个瞬间，所有的她们都不存在了。

但这种痛苦仍然给他以某种安慰，仿佛有另外一个世界，而妞妞在那个世界长大成人。也许世界从那一刻开始就分成了两个，在一个世界里沈兰抓住了妞妞，所以什么都没有发生，他只是不幸掉到了另一个世界里。他和妞妞就此分别，渐行渐远，再也无法相见。但在彼此的世界里，他们都能有各自的新生活。

而不像现在这样。

妞妞还在左右扭动，董方把她的耳朵旋了半圈，她立刻就睡着了，这是他设置的快捷方式，不过从未告诉过沈兰。她无法忍受他把这个"女儿"当成玩具一样对待。

他把妞妞抱回卧室的床上，沈兰迷迷糊糊地搂住了她。妞妞每天都要换一次电池，虽然也可以直接充电，但那需要的时间会更久。换电池是最煞风景又不得不做的事，董方只有在沈兰熟睡的时候才去进行。多年来，沈兰从未醒来，他有时甚至觉得，沈兰或许是故意的，至少是潜意识里有着共谋。她不愿意面对自己其实心知肚明的真相。

董方躺在她们身边，睁着眼睛盯着头顶穿不透的黑暗，几乎整宿的无法合眼。这已不是第一次了，而且最近越来越多。每次当他失眠的时候，都会想起一个名字，一个从未存在的人的名字，却从未从他脑海消逝。

董士轩。

6

　　董方再次想到董士轩这个名字，是在妞妞走了半年以后。

　　对董方来讲，沈兰的癔病不完全是一件坏事。他至少找到一件可以做的事，帮她从自己的悲痛中走出来。他开始翻看心理学和精神病学方面的书，想出治疗妻子的方案。首先是把妞妞的东西都收起来，他告诉沈兰，这次妞妞要跟爷爷奶奶住上很长一段时间，这些东西要寄过去。沈兰没有阻止，也没有和公婆联系，要求和妞妞视频通话之类的。董方觉得同学的话是对的，沈兰在心底知道发生了什么，只是不肯接受。

　　那段时间，妞妞所有的用品和玩具都被董方封进了箱子，装了十几箱，他想扔掉，但却下不了狠心，最后放进了储藏室的角落。渐渐地，沈兰也越来越少提到妞妞，只是长时间地对着墙上挂着的几张妞妞的照片发怔。最后董方试探地把那些照片也取下来，沈兰没有说什么，董方只是有一次看到，她对着空白的墙壁悄悄抹泪。

　　他们谁也没提妞妞的死，但董方感到沈兰已经默默承认了这一点。他们的家恢复到了妞妞出生前的样子。董方想起没有妞妞时他们的生活，并不太久却已恍如隔世。董方在伤感中也有一丝释然，他们的婚姻回到了原点，也会再次出发。

他开始试着向沈兰求欢，她半推半就地应许了。此后每月偶尔那么一两次，过程也是清汤寡水，兴味平平，双方大部分时间内都沉默着，如同欲望都死掉了，只剩下了欲望的尸体。但在床上，婚姻多少恢复了它最基本朴素的意义。他们不再是新晋的父母，只是一对还没有完全老去的男人和女人，能在彼此身上收获暂时的快乐和满足。当然，董方开始想，也许还会有别的收获。

不知从什么时候起，董士轩几个字又在董方脑海中浮现。他想，也许那不只是一个名字，也是一个预示。也许他仍然可以让这孩子来到人间，抚平他们所有的伤痛。也许妞妞的一切只是他们生命的插曲，而董士轩才是真正的华彩乐章。当然不一定是男孩，也许还是个女娃，谁知道呢？女孩可以叫董诗萱。一个新的孩子能拯救他们的人生。

一个，新的，孩子。

不过生孩子的事还没正式提上日程，董方知道这事急不来，沈兰还没有做好准备，那个命中注定的孩子要等待更美好的时机才能来到他们的生命中。他精心安排了一次二人的邮轮之旅。邮轮会开到南太平洋的好几个岛国，见识异国风情。这本来是他们在婚前曾计划过的蜜月旅行，但因为囊中羞涩而放弃了。如今董方重新拾起这个计划，一下子就得到了沈兰热烈的响应。董方看到沈兰的眼中放出消失了许久的少女时代的光彩，这让他更加兴奋。他们讨论了好多天该带什么，要去哪些地方，怎么玩，怎么吃，说到高兴时笑成一团，就像两个孩子。

董方渴望着这次梦幻般的旅行。有整整两个月的时间，他们可以在南方的熏风下经过蓝得沁人心脾的海面，白天鲸豚伴游，夜里星河闪耀。他们会抵达一个个异域风情的海岸，去领略那些完全不同的生活。他们还可以在暴风雨的大海上做爱，或者在无人的白色沙滩上亲吻。生命将重新焕发光彩，翱翔天际。

出发前三天的晚上，董方为了赶工完成上面交代的项目，连轴开了好几个会。九点下班时，才发现有个长得怪异的陌生号码给他打了七八个电话，但他因静音没有听到。董方拨回去，却无法接通。他没有太在意，多半是工作上的事。他只希望不会干扰到他已经计划了几个月的旅行。

所以他毫无防备地回到家，一开门就看到一个头发半白的妇人站在自己面前，不认识又似乎在哪里见过，也许是哪里的亲戚？

"您是……"

妇人微微一笑："董先生，你不记得我了吗？"声音沙哑而富有磁性，很特别，很熟悉，很像他的祖母。

一声惊雷在董方脑中炸响。他想起来在哪里见过她了。事情已经过去了快一年，他几乎以为那是一场梦。

董方结结巴巴地开口，吐不出完整的句子："你——你是——难道……"

"爸爸！"

妇人背后响起了一个童声，声音稚嫩而响亮，更熟悉得不能再熟悉。这声音曾千百次在他梦中萦绕，让他在午夜惊醒，发现泪水打湿了枕巾。他一阵晕眩，忘却了周围的一切，如梦游般走向声音的来源。妇人自觉地闪到一边，他看到沈兰就站在那里，怀抱着一个小女孩，脸上全是泪痕，却露出他见过的最美丽的笑容。那女孩喊着"爸爸"，朝他伸出小小的手臂。

"妞妞，"他听到自己说，"妞妞！妞妞！"

董方扔下公文包，冲向母女俩，把她们揽在怀里，号啕大哭。这一刻，他感到幸福得无以言表，什么工作，什么旅行，什么董士轩，都毫无意义。妞妞回来了，旧日的幸福时光回来了，一个完整的家回来了，这就是他人生最高的意义，唯一的意义。

"但是我错了，"四年后，董方睁开眼睛想，"我大错特错。"

他到早上五六点才蒙眬睡去，等醒来时，时钟已经接近九点，好在今天是周六，不用上班。外面传来了幼儿的喧闹声，沈兰已经带妞妞起床了。董方从卧室出来，看到桌上放着吃剩下的早点，妞妞已经吃完了早餐，沈兰给她穿上了漂亮的粉红小裙子，要带她去楼下的小公园玩，她正兴奋得手舞足蹈。这一幕在董方眼中熟悉得不能再熟悉。

"妈妈，猫猫。"董方在心中念叨。

"妈妈，"妞妞指着门外说，"猫猫。"意思是她要去外面看猫猫，实际上她分不清猫和狗。沈兰哼着轻快的歌曲，把妞妞放在幼儿车上，给她系上安全带，又亲了她一下。

"嘻嘻。"

"嘻嘻。"妞妞笑出了声。

"哦哦哦哦！"

"哦哦哦哦！"妞妞高兴地叫道。

"挥手。"

妞妞抬起双臂，兴奋而笨拙地挥舞了起来。董方知道，每一个看似不经意的动作和声音，都像数学一样严格和精确。

"兰，"董方忍不住开口，"我有点儿事要跟你说。""等我回来再说吧。"沈兰蹲下来给妞妞整理着衣服，妞妞急着下去玩呢！

董方想说什么，但忍住了没开口。烦躁宛如背景噪音般袭来，他看到桌子上放了个红艳艳的苹果，随手拿起来就要往嘴里送。

沈兰忽然横冲过来，把苹果抢到手："哎呀，你这人，这是给妞妞带的，你跟女儿抢什么吃的。"

董方不禁气往上冲，脱口而出："什么女儿？谁的女儿？"

"你吃错药了？说什么呢？"沈兰头也不回，一边说一边往外走。

"你知道我说的是什么，她根本不是你的女儿，她根本不是——人。"

沈兰的眼神黯淡了一下，声音也低了下去，但仍然很坚决："现在不说这个，对我来说她就是妞妞，这就够了。"

董方终于爆发了："你他妈别骗自己了行吗？妞妞不会永远长不大，不会今天长牙明天又缩回去，不会今天会走明天又只会爬了！你和我一样清楚，这就是一台机器，一个玩偶！你还抱她下去玩……你知不知道邻居和保安背后都怎么议论我们？这种日子我受够了！"

董方的咆哮让妞妞"哇"的一声哭了出来，手臂慌张地伸展着，寻找母亲的怀抱。沈兰来不及反驳董方，忙心疼地把女孩抱起来，柔声细气地安慰着她，自己的泪水也潸潸而下，妞妞哭得更加伤心了。董方的怒火宛如被一桶凉水浇灭，还带着热气，却也燃不起来。父性的怜爱又在他心中滋长，他明知道这是一种错觉，却无法遏制，为此他更恨自己了。

沈兰抹了抹眼泪，瞪了他一眼，像躲避洪水猛兽一样抱着妞妞出了门，砰地关上门，董方听到她的脚步迅速地远去。

"怎么会变成这样的？"董方想，这一切的开端曾是奇迹般的美好。妞妞回来了，不是吗？但这一切的代价，却是如此可怕。他们被困在了早已消逝的过去，无法逃脱，就像掉进了一个扭曲时空的黑洞。

如果当初没有答应那个人，也许一切都会完全不同吧！

7

　　妞妞的骨灰下葬的时候，也是一个雨天。那时沈兰的精神还没恢复正常，他父母也在病中，董方只能一个人去操办，他都不知道自己是怎么支撑着忙完这一切的。

　　骨灰盒放进小小的石棺后，天上下起了大雨。董方站在墓前，看着自己刚贴上去的那张妞妞的照片想："这里以后就是她的家了。雨水会不会流进墓穴呢？会不会冻着妞妞呢？她听到雷声会害怕吗？她在骨灰盒里也会哭着伸手要抱吗？从今以后，再没有人来抱她，晚上也没人给她加被子，她要是想回家了怎么办呢？她能找到回家的路吗？"

　　大雨浸湿了他的衣服，泪水开始流下来，混入雨水，他渐渐地泣不成声。这时有人拍了拍他，递给他一张纸巾。董方抬头，看到了一个头发花白的妇人，打着一把伞，穿着某种灰色的工作服，面容慈和。"先生，没事吧？"对方问。董方想，她应该是墓地的工作人员。

　　"我女儿死了，"董方哽咽着说，"还不到两岁。"

　　妇人叹了口气："她一定是你们的心肝宝贝。"声音略沙哑而有磁性，让董方想起自己早已过世的祖母。

　　她把董方拉到了一间休息室里。不知怎么，董方开始对她讲起了妞妞的故事。从在妈妈的肚子里到最后跌出窗外的瞬间，有些他根本不愿意回想的事，还有些除了父母没有人会感兴趣的东西，他都说了出来。他已经憋在心里太长太长时间，却连沈兰都不能去讲。他越说越多，越说越无法自抑。妇人默默地听着，不时递给他一张纸巾。

　　倾诉了半天，董方才恢复了一点儿清明，擦了擦眼泪，不好意思地苦笑一下："对不起女士，我都说了些什么呀？耽误你时间了。"

　　"没关系，"她说，"我就是为你而来的。"

　　董方开始诧异："什么？"

　　"你听我说，如果我说，我有办法让你再见到你的妞妞，你会怎么样？"

　　董方愣了一下，随后怒火上涌，瞪着对方："你是什么意思？"妇人并不着慌，一字一句地说："我不是在拿你开心，也不是精神失常，我有办法让你再次见到妞妞，一模一样的妞妞。"

　　"这怎么可能……"董方说了半句，忽然明白了什么，"等等，你不会是说仿生人吧？"

　　妇人面容严肃地点了点头。

　　董方像被一个突如其来的魔咒定住了，他依稀知道仿生人技术的发展由来已久，并在几年前取得了突破性的进展，能够利用金属骨架、人工智能芯片和人体生物组织制造出外表可以乱真的

生物机器人。这项技术最初受到了市场的热烈欢迎，但很快声名
狼藉：大部分用户都是订制年轻漂亮的俊男靓女来满足个人的私
密欲望，可想而知，有的满足方式相当变态，引起了很多争议。
甚至一些仿生人因为有意仿制娱乐明星、各界名人和客户认识的
真人形象，还引起了法律纠纷。最后，政府禁止了这项生产。但
相应的需求仍然十分强烈，非法的地下产业链也一直存在。但董
方从未想过，这些事可能和自己发生关系。

　　董方回过神来，连连摇头："对不起，我不需要，那根本不
是真人。"

　　"她当然不是真人，"妇人从容地说，每个字都充满了魔鬼
般的诱惑力。"但对你来说也没有什么区别。你说你闭上眼睛，
还能够看到妞妞的样子。而我可以承诺，你会再次见到一模一样
的妞妞。"

　　一模一样的妞妞。董方怀疑地摇头，不可能真的一模一样。

　　"半点不假，您只需要提供给我们足够清晰的影像资料，我
们就能进行精确建模，并采用最新的纳米级3D打印技术，能对
最精细的皮肤和毛发细节进行控制……技术方面就不多说了，总
之，你会看到她甜美的微笑，听到她喊你爸爸，亲她的小脸蛋，
拉着她的手学步，和她一起玩耍……她会永远陪在你身边，再不
分离。"

　　董方踉跄退了两步，仿佛真的看到女儿欢笑着向自己奔来，
他挥挥手，驱散这些甜美的幻象。"但是……那不是真的。"

　　"即便她不是真的，也是一张立体的照片，一个活的雕像，
这不也是对妞妞最好的纪念吗？"妇人耐心地说。

　　"不，还是不用了，"董方摇头，试图抵御着越来越强烈的

诱惑，"我知道制造一个仿生人很贵的，我们也没那么多钱。"

妇人笑了笑，似乎早就猜到了他的理由："没有您想的那么贵，是一个您完全可以负担的金额。而且目前也不用钱，您只需要做一个简单的登记，将妞妞的有关资料传给我们，等到完成了，我们会把新的妞妞送到府上，到时再付款。如果您有任何不满意的地方，一个月内随时可以退掉，分文不取。"

"那你们不是损失大了吗？"董方没见过这么做生意的。

"没关系的，"妇人露出诚挚的笑容，"客户的满意是我们最高的需求。"

最后，董方鬼使神差地进行了登记，将妞妞所有的照片和视频都发到了对方指定的网络地址。此后他也期盼了一段日子，但对方如泥牛入海，再也没有消息。董方想，多半是这个地下仿生人工厂被查禁了，好在他本人没有损失。后来，他很快也忘了这件事。

直到那天，那个妇人带着妞妞找到了他家。董方才理解，为什么她敢不收任何定金就接下了这个订单，因为这单生意几乎没有风险。见到挚爱亲人的归来，谁也不可能去退货，就是再要倾家荡产的钱也愿意。

不过费用的确不菲，环球旅行的计划取消了，另外几张卡也都被提空。但是小妞妞回来了，这些又算什么呢？有整整一年的时间，他们都沉浸在女儿失而复得的幸福中。

沈兰完全照着以前的方式养育妞妞，妞妞也重复了之前的生活轨迹，她似乎在一点点长大，身材从婴儿变成幼童，慢慢学会了走路，也学会了说一些简单的词汇。但某一天，她恢复了刚来时的样子。

董方打电话去咨询，才知道是怎么回事。仿生人本质上是一部机器，对仿生幼童来说就更加明显了：他们无法真正成长，顶多是机械骨骼有局部伸缩的功能，肌肉可以有一些变形，牙齿可以进出牙龈……看上去最多可以从一岁变到两岁左右，当然不可能长大。人工智能的算法和肢体控制方式可以让他们有一定的变化，从爬行到走路，从不会说话到说出简单的语句，但这种发展是不可持续的。此后，他们可以维持在某个阶段，也可以从头再来过，让孩子再次"成长"。沈兰选择了后者，或许是因为这样才让她更有带孩子的乐趣。

新"妞妞"的到来已经有四年，也经过了四次生长周期。第一年，董方对这孩子的感情不下于对妞妞本人；第二年，他的热情开始冷却，但还是很喜欢她；第三年，他开始日益厌倦这种游戏；到了第四年，他已经快要发疯。董方觉得自己仿佛掉进了永无止休的时间回环。妞妞刚会走路又开始满地爬，刚会说话转眼又忘得一干二净。每一天发生的事都好像在一年、两年、三年前发生过，甚至五年前早已在真正的妞妞身上发生过了。

但同样的日子还在继续，他头上已经长出了白发，父母也相继去世，但那个生化人永远是一岁多两岁不到，永远是一个长不大的小女孩，和他们玩着日益荒诞的亲子游戏。这样的日子什么时候才是尽头？什么时候才能够看到未来？

但沈兰却不一样，她完全投入其中，即便一次次周而复始的循环也无怨无悔。为了"照顾"一台机器，她甚至不想再生第二胎。"再等一等，"她总是对董方说，"再等一等吧，现在还不是时候。"当然了，现在妞妞最需要人的照顾，而她的需求永无止境，因为她根本不会长大。那个时机，孕育董士轩的时机，被无限推迟，也许再也不会到来。

　　必须有一个了结，这个清晨，董方再清楚不过地意识到，这个荒谬的游戏正在吞噬他们的人生，也是还没有存在的董士轩的人生。

　　它必须结束了。

8

沈兰出去了很久，董方打电话也没人接，她下午才带妞妞回来。打开门，一个小小的身影迈动着小腿走进来，"爸爸，爸爸。"她喊着，投入董方的怀抱。她显然已经忘记了董方早上的怒吼，当然，她本质上也记不下任何事情，一切都是固定程序的安排。

董方怀着复杂的心情抱起了她。沈兰走到他面前，表情平静："你要谈什么？我们谈吧。"

董方放下妞妞，指了指地上准备好的智能变形玩具，妞妞兴高采烈地扑过去，玩了起来。董方把沈兰拉到书房，虚掩上门，说："对不起，也许我的话有点刺耳，但这孩子是——"

"你放心，我没有疯，"沈兰说，"我知道这孩子不是真的人，但那又怎么样呢？董方，你就不能让我像养小宠物一样养着她吗？"

"如果是小宠物那就好了！但你完全是把她当成亲生女儿看待！你叫她妞妞，给她吃和妞妞——我们的妞妞——一样的进口奶粉，一样的高级辅食，一样的水果蔬菜……而这些她根本就不需要！你还给她玩妞妞的高级玩具，带她出去散步，晚上也抱着她睡觉，简直比小保姆还辛苦！兰，这些年你一直没有上班，待在家里伺候一个仿生人，你不觉得是走火入魔了吗？"

"走火入魔？我只是很喜欢妞……很喜欢她，我想去照顾她，那又怎么样？你玩那些ＶＲ游戏的时候不也经常废寝忘食吗？"

董方没搭理这个不伦不类的类比："我也喜欢她，你知道的。我没有反对她在我们家里陪伴你，但我们不再年轻了，我们得开始新生活，更有希望的生活。这些年我一直想要个孩子，男孩也好，女孩也好，总之是一个新的孩子，一个不是这个妞妞的孩子，一个能长大能上学的孩子。但是你——每次你都——"

"我也想过再生个孩子，"沈兰的声音开始颤抖，两行清亮的泪水从她眼角流下来，"我也想有个能长大的孩子。但是每次我都想，如果我们有了新的孩子，他还能越长越大，去读书去上学，我们大家都过上了新的生活，可妞妞要怎么办呢？我们没法再花时间照顾她。那个孩子又怎么看待这个姐姐呢？难道我们把她像一个旧玩具一样扔在储藏间里，逢年过节拿出来玩一玩吗？我们不能这么对她。"

又来了又来了，董方一阵烦躁："你总是把她当成真人，去考虑她的感受，这就是你的问题。她不是真的！她甚至连机器人都不算。"

"胡说，她也许没那么聪明，但她是一个……是一个和妞妞一样的……我不知道怎么说。"

"我知道，你潜意识里觉得她是活的，就跟科幻电影里那些有人性的机器人一样，但那是幻觉，她只是一部机器，还是不那么聪明的机器！"

沈兰冷淡地摇摇头："反正我看不出来。"

"好，"董方点点头，"我现在就给你证明，让你看看这孩子到底是什么！"

他在手机上调出了一段视频："你记得吗？这是五年前，整整五年前，我们的妞妞玩这种变形玩具的视频，当时她搭了一个小金字塔，我们还夸她聪明呢。你再看看这个妞妞，她现在正在干一样的事，一模一样，几乎每一个动作都一样！你看她掉了一个蓝色的方块又捡起来，对不对？是不是一模一样？"

沈兰看了看视频，又看了看不远处的妞妞，脸色惨白。

"这就是真相！"董方冷冷地说，"当年我传给了那个地下工厂手头上所有关于妞妞的视频，包括我们拍的，也包括蜂机拍下来的几千个小时的内容，那几乎是妞妞的半个人生。他们根据这些资料复原了妞妞，外貌不用说，关于她的内在，后来我专门查过仿生人技术，什么大数据分析，什么心理学建模，什么再现核心人格都是骗鬼的胡扯，他们只是把所有的内容放进了数据库里，用一些最简单的指令去调出这些现成的反应，比如看到爸爸跑过来要抱，看到妈妈要吃奶什么的，最多就是根据环境进行一些必要的调整。这个妞妞本质上不是人也不是人工智能，她没有任何人格，她只是——说起来都滑稽——妞妞生活的三维录像。"

"录像？"沈兰冷笑了一下，好像根本不予置信。

"对，录像！"董方被激怒了，"老实告诉你，最近一年我都在仔细观察，她所有的动作都是复制我们的妞妞的。每次环境符合以前的某种环境时，她就根据之前的视频来进行重复。当然有关的资料是非常丰富的，所以不容易一眼看出来，比如妞妞发脾气有十几种方式，哭有三十几种，笑超过五十种，各种组合更是天文数字……但这些都是我们的妞妞有的，在我们的妞妞身上发生过的，没有任何新的东西。一切都是重复！都是再现！只是因为这个阶段幼儿的语言、动作、反应大体来讲都比较相似，我们才没有察觉。"

董方一口气说完了他的结论，沈兰却并没有他想象中那么震惊，她淡淡地说："董方，你要说的就是这些吗？"

"这些还不够吗？"

"我早就知道了！真可笑，你照顾了她多久？我照顾了她多久？你每天早出晚归，我却从早到晚，一直陪在她身边。你以为我会没发现她的话语动作和妞妞完全一样吗？你以为我没想明白背后的机制吗？你说的一切我都知道，但这才是我爱她的理由所在。"

"你在胡说什么呢？！"

"你还不懂吗？"沈兰隔着玻璃，指着在客厅玩耍的女孩，"如果她是那种比较高级的仿生人类，有独立的人格和情感算法，也许我反而不会有那么深的感情。但她就是一台时光机，把我们带回到当年妞妞的身边呀。她的每一句话，每一个动作，每一个笑容，都是妞妞精确的重现。我们没有离开过妞妞，从来都没有。"

9

　　董方惊骇地瞪着自己的妻子，像看着一个完全不认识的人，过了许久才找到语言："你真的都知道，知道得比我还清楚。你明知道这些，但还是选择留在过去，把自己封闭在关于妞妞的回忆里，到底为什么？"

　　"举个例子说吧，"沈兰露出一个凄楚的苦笑，"这事你可能不知道，当年有一次，妞妞午睡后醒了要找大人，恰好大家都不在她身边，保姆还没来，我正在洗澡，又放了音乐，她哭的声音越来越大，叫得无比惨烈，简直要哭晕过去了。后来我好不容易听见了，衣服都来不及穿就忙赶去抱她，安慰了很久她才缓过来，还抽泣了半天……前不久，这一幕在妞妞身上重现了。我听到了妞妞的呼唤，每一个声音的顿挫起伏都一样！那就是妞妞在呼唤。我可以怎么办？我只能像当年一样，去抱起她，安慰她。这就是我的女儿。"

　　"还有，"沈兰意犹未尽，"我早就发现了，最近两年你对她越来越不上心，甚至冷淡粗暴，但她还是那么喜欢你，那么依恋你，不管哭得多厉害，你一抱她就不哭了。换了任何一个小孩都不可能。这是为什么？因为她本质上还是当年的那个妞妞，她对你的爱就是妞妞对你的爱，没有一点点变化！她爱你比爱我还多呢，你怎么可以辜负她？"

这……董方觉得一阵眩晕，难道妞妞真的穿越时光，借这具人造的躯体来到了他的身边？不不，这不是理由，他不能被蒙蔽了。他坚定地摇了摇头："不要自欺欺人了，无论她怎么重复妞妞的动作和话语，都没有内在的情感，她只是一个影子而已，我们两个不能守着一个影子过一辈子。我们必须放下。"

"你不明白的，我没有办法放下，人各有各的活法，你不要逼我，好不好？"

"是你不要逼我！"董方忍无可忍地吼道，"我当然知道你没有办法放下她，我也找过了好几个心理医生咨询，我知道为什么。因为那一天，你从来不提，我也从来不提的那一天……"

"别说这个！"沈兰打断他，声音开始发颤。

"我可以不说，"董方说，"但我们都心知肚明吧？那一天妞妞死掉了，那完全是你……"

"我让你别说了！"沈兰歇斯底里地喊道。这次妞妞被吓到了，回过头来疑惑地望向父母的方向。

沈兰要出去抱她，但董方拉住了她，把门关死。书房门是一种特制的玻璃，隔音效果绝佳，妞妞再也听不到他们的说话声，愣了几秒钟就忘了刚才的事，又自己去玩了。

"你还不肯面对是吗？"董方残忍地说道，看着沈兰绝望的神情，不知怎么内心竟有一种隐秘的快感，好像那里有一个被禁锢了许多年的恶魔终于获得了自由："你把自己封闭在和妞妞一起的回忆里，却永远不肯走到最后那一天。因为你不肯走到那一天，所以一切只能不断地周而复始，所以你才要一遍遍重复养大她的过程。但其实没用，我们一直活在那一天里！根本没有可能离开。我他妈的受够了，这都是你的问题，为什么要我来跟着承担？你必须正面面对那一天，现在就面对！"

沈兰挣扎着："你说什么？"她的目光落到了客厅边缘，不敢相信地望着董方。"你怎么把椅子放在那里？干什么？你要干什么？"

董方在遥控器上按了一下，窗户猛然打开了，窗外的景象吸引了妞妞的注意，芯片的大脑中迅速进行着搜索和运算，很快找到了一段匹配的记忆，激发了她的活动程序。

她站起身，摇摇摆摆地向着飘窗前的椅子走去。

"你疯了！你干什么你？"沈兰叫道，"快放开我！"

但董方一手拉住她，一手捂住了她的嘴。他几乎觉得自己像是魔鬼，但又是那么欢快的魔鬼："你必须面对这一切，面对自己造成的这一切，这一切不能永远扛在我的肩膀上，看看，那天你的愚蠢是怎么害死女儿的。"

妞妞没听到背后的人在说什么，她三下五除二，爬上了椅子，然后又爬过了护栏，到了飘窗上。董方曾经目睹过这一切，如今从另一个角度再次目睹，仿佛真的穿越了时光，重新回到了五年前的那一天。沈兰似乎呆住了，身子也不再动弹。"这是最后的一幕了，"董方想，"快点该结束吧，结束才是真正的从头开始。"

再见了，妞妞。这一次，真的再见吧。

妞妞爬上了窗台，回过头，朝着玻璃门后的父母甜甜地笑着。董方忽然发现自己犯了一个错误，这一次没有蜂机，缺乏最后的触发机制。算了，他想，也许这一切到这里就可以了，也不必……

但他一疏忽间，沈兰忽然恢复了生命力似的弹起来，挣脱了他的控制，一把把他推倒在书架上，人一开门就跑了出去。

"妞妞——"

她大叫一声，冲进客厅，跃过围栏，跳上飘窗，伸手去拉窗台上的女孩。那一刻，她也如同穿越了漫长的时光，返回到五年前决定一切的那一瞬间，要改变那早已成为铁一般事实的悲剧宿命。她声音凄厉，面容狰狞，她充满母性的疯狂与决绝，她能战胜一切，改变一切。

这却触发了妞妞最后的反应。

她仿佛被吓到了，身子一抖，小脸上露出了害怕的表情，然后向后一仰。

"不要——"

沈兰发出撕心裂肺的尖叫。五年前，她在同样一声绝望的哀鸣后，就晕倒在地。醒来时，警车已经开到了楼下。

但这次发生的事略有不同。

沈兰毫不犹豫地一只脚踏在飘窗上，另一只脚伸出了窗台，向外猛扑。这次她抓住了妞妞，但是已经为时太晚，她抱着小女孩茫然回过头，似乎还不明白发生了什么，和刚冲出书房的董方目光相遇了一刹那，下一刻，她飘拂的衣裙也从窗台上消失。

董方听到自己大喊起来，跌跌撞撞冲过去，还没到窗前，就听到了一声可怖的闷响。他半个身子伸出窗外，看到沈兰已经变成了很小的一个人影，躺在下面的马路上，一动不动，但衣裙已经染得鲜红，红色还在不断扩大。妞妞趴在她身上，发出了响亮的哭声，似乎并没有受到什么冲击。周围的人开始围过来。在丧失意识之前，董方看到，妻子的脸上挂着一丝若有若无的微笑。

10

　　在那个雨天，那个白衣女生也曾经变成了那么小的一个人影。

　　那个决定他们命运的雨天，年轻的董方从女孩身边经过，撑着伞走开了很远，然后怯怯地回头，凝望着细雨中女孩朦胧的身影，终于下定了决心，霍然转身回来。他一脚轻一脚重地在积水中踩了好几脚，越接近那女孩，心跳越快，仿佛要从胸膛跳到她的怀里一样。他不知道女孩看到他没有，因为根本不敢抬头，心里想着："该跟她说什么呢？同学我送你回去？还是我把伞借给你？怎么说才不显得突兀呢？"

　　上台阶时，他还在搜索枯肠想适合的台词，没注意脚下。结果丢脸地滑了一跤，摔得浑身是水，伞也丢到了一边。等他狼狈万状地抬起头，竟发现那女生就站在他面前，朝着他伸出了手，微微一笑。那挂着雨水的笑靥一直烙在董方的脑海里，无论后来沈兰变成了什么样子，那个笑着拉起他的女孩永远烙在他的脑海里。

那一刻，董方知道，沈兰不会从他的生命中消失，永远不会。

没有什么能将他们分开。

董方想着往事，嘴角泛起微笑，打开了家门。妞妞正在沈兰的脚边玩耍，见到他，嘴角弯弯地笑了，有些笨拙地站起身，叫着"爸爸"，跌跌撞撞地向他走来。

董方放下公文包，抱起妞妞，把她举得高高的，她发出兴奋的尖叫。

"小心点，"沈兰在一旁嗔道，"不要摔了孩子！""哪会呢！"董方笑着放下了妞妞。沈兰神秘地说："诶，你有没有发现？""发现什么？"董方问。"她会走路了呀！昨天最多还走两三步呢，你看今天她走得多好！"

"是吗？"董方放下妞妞，她马上绕着他们走了起来。她的确会走了，神气活现地给他们表演，不过她的膝盖还不能弯曲，姿势滑稽得就像一只企鹅。走不了几步就摔了一跤，好在下面是地垫，摔得不重，她随即爬起来，哼了一声，甩了甩手，继续歪歪扭扭地走着。

沈兰笑得前仰后合，董方也笑了，说："这孩子运动细胞发达，长大了说不定能为国争光。"

他们一起给妞妞洗了澡，又一起喂她吃了奶，然后带她上床睡觉。妞妞喝了奶，又跟他们玩了一会儿，一会儿转到爸爸这边，一会儿又去拍拍妈妈，终于慢慢闭上了眼睛，长长的睫毛垂下来，依偎着父母睡着了。沈兰看了一会儿手机，和他说了几句话，也关了灯，闭上了眼睛。只有董方在黑暗中还睁着眼睛，听着沈兰的呼吸从不规律渐渐趋于均匀悠长。

　　等到沈兰和妞妞都睡着了，他悄悄坐起身，把她们的身子翻成俯卧，打开她们的后脑勺，取出电池，拿去充电，又换上了新电池。母女俩恢复了细细的呼吸声，伴随着她们温馨的气息，董方也惬意地闭上眼睛，进入了梦乡。

附 录

模拟人之殇：

一个新物种的

历史与未来

演唱会上的惨案

2053年4月1日,晚上七点,七十六岁的沈兰女士在孙女薇安的陪伴下,走进了香港银河演出中心的大门,去观看"星之苏醒"演唱会,圆自己一个破碎了五十年的梦。此时的她不会想到,这个理应充满欢乐和怀念的美好夜晚将再次上演一场令她心碎的噩梦。

沈兰是这一天早上专程从美国洛杉矶乘年初刚开通的真空管道列车到上海,又从上海转乘超音速客机来到香港的,四个多小时的跨越太平洋之旅并没有让她感到特别疲惫。为了这一天,她已经等待了至少两年。本来她可以通过三维实景眼镜同步观看演唱会,但沈兰坚持一定要到现场来。"我要亲自看到他,就像五十多年前那样。"她说。

七点半,一个熟悉的身影在演出中心上空的一道虚拟彩虹上出现,缓缓降到舞台上,向观众们挥手致意,掌声雷动,经久

*本文与《女儿》为同一世界观作品,作为附录收入本书。

不息。在阔别五十年后，沈兰终于再次目睹了昔日偶像的绝世风采，她的泪水潸潸而下。在此后的整个演唱会上，沈兰都像一个小女孩一样打着节拍，挥舞着光子棒，又唱又跳，热泪盈眶，不断用手拭泪。

"我从来没见过奶奶这么激动过，"薇安告诉记者说，"就好像回到了五十年前，我都担心她会撑不住，看了好几次她的健康监测仪，不过显示都是健康状态。"

对此薇安无须过于担心，自二十一世纪三十年代以来，随着纳米机器疗法的普及，老年人的健康状况已大幅改善，对于人均寿命达到一百二十岁的当代人来说，七十六岁可以说只不过是中年。实际上，当天到场的观众大约有百分之七十都是七十岁以上的人群，他们大都和沈兰一样心潮澎湃。

因为张国荣这个名字，对他们来说是一生中最令人激动的回忆之一。

这次演唱会是在张国荣去世五十年整时举办的，此时他的肖像权和歌曲版权等均已过期，可以无偿做商业使用。和之前举办过的几次去世歌手演唱会致力于忠实复现其生前场景不同，这一次主办方"二十世纪"文化娱乐公司大胆地加入了许多新鲜元素，譬如让他演唱了2049年的"网络神曲"《在冥王星上我们坐下来恋爱》，以及使用了一些俏皮的时尚用语。正是因为如此，才招来了一部分人群的反感。之前在网络上和现实中已经出现了零星抗议，认为这是对一代巨星的亵渎，但主办方并未予以理睬。

当天晚上十点，当演唱会进入最后高潮时，一名头发花白的七十多岁男子手捧大束鲜花，从观众席上冲到舞台边，保安试图拦阻，但以为他只是热情的歌迷而并未特别警惕。他们被男子用巨大的力量推开（事后得知，他左手装了军用假肢），随后男子冲到张国荣身边，扔掉了鲜花，露出了下面的微型激光枪，向张国荣开火。张国荣的上半身被数千度的激光贯穿，当场被烧出一个大洞，瘫倒在地上。

目睹了这一惨烈场景后，沈兰受不了刺激，当场昏迷了过去，同时晕倒的还有十六个人。舞台上的混乱导致部分观众奔跑践踏，又使得二十多个人受了重伤。如果不是医疗技术发展，这些人中的一大部分都可能会死去。

这是今年以来第三起"模拟人格仿真机器人"（简称模拟人）被损毁事件，也是后果最严重的一次。曾多次被热议的模拟人的相关法律和伦理争议，也因此再一次成为舆论的焦点。

偶像的死亡与重生

张国荣生于1956年，在二十世纪八十年代的香港成为影视歌三栖明星，在亚洲范围内都享有盛名。于1977年生于中国内地的沈兰在二十世纪九十年代接触到了张国荣的影视作品和歌曲，为之心醉神迷，由此成为所谓"荣迷"的一员。在当时，香港和内地之间的往来比较有限，不过沈兰和她的朋友们却学会了通过当时刚刚诞生的互联网交流信息和感受，一起去追寻自己喜爱的明星。在2000年，张国荣在香港举行了著名的"热情"演唱会，刚刚工作不久的沈兰拿出了几个月的积蓄，设法从内地赶到香港观看演唱会，目睹了巨星的风采。"这是我一生中最快乐的一天。"沈兰带着幸福的回忆对记者说，"无论是大陆人还是港台人，或者来自海外，我们的心都在一起，为哥哥而跳动。"
（"哥哥"是粉丝们对张国荣的昵称）

　　三年后，沈兰却不得不面对自己最悲伤的一天。2003年4月1日，张国荣因患抑郁症而跳楼身亡。因为正值愚人节，沈兰和歌迷们一度认为这只是一个拙劣的玩笑，但一切很快获得证实。沈兰泣不成声，后来大病了一场。

　　沈兰拥有张国荣几乎所有能找到的歌曲和影视作品，然而这无法弥补她的痛苦，如同自古以来人们所知道的那样，死亡会将每一个人带离这个世界，再也不会回来。

　　但当时的沈兰并未意识到，这一切即将在她有生之年发生改变。

　　1985年，在张国荣声名鹊起时，由计算机生成图像（CGI）绘制的虚拟演员（synthespian）也刚刚在美国的银幕上出现。当然，此时的技术还相当粗糙，远不能和真人相比。此后CGI技术往往用于制造外星人和怪兽的形象。但在2020年后，随着电脑计算能力的飞跃，一系列可以乱真的"虚拟偶像（Virtual Idol）"应运而生，譬如诞生于2022年的日本虚拟女星黑月彩，2025年的韩国虚拟男星金东俊等至今仍拥有很多崇拜者。此时打造一个虚拟偶像，成本和捧红真人相差无几，更重要的是，演艺公司不必担心这些偶像会索取高额片酬，吸毒和闹出绯闻，也不存在衰老的问题。

　　但在二十一世纪二十年代后期，人们发现虚拟偶像产业有其限制，对它们的热爱仍然不能和真人相比。当人们发现虚拟偶像的设计者往往是毫无形象魅力的"宅男"，对它们的情感也就大打折扣。此时，"复活"昔日偶像巨星尝试也悄然开始。

早在2024年，美国二十世纪福克斯公司就翻拍了玛丽莲·梦露的著名电影《七年之痒》，"主演"正是通过电脑图像合成的梦露本人，至少形象和声音都完全复原。梦露在地铁口裙子被风吹起的经典镜头得到了梦幻般的重现。死于1962年的梦露获得重生，并且受到了许多年轻人的追捧。此后福克斯又制作了多部已故二十世纪著名影星"主演"的影片，大都广受好评。

在2031年，在一部讲述去土星环冒险的三维立体电影《星际小天使》中，秀兰·邓波儿悄然复活，实际上邓波儿已经在近二十年前去世，她主演的电影更是将近一百年前的往事了。但是通过新的三维合成技术，邓波儿的形象不仅再现，而且以前所未有的立体形象出现，就像站在每一个人面前一样。

更为轰动也更具有争议的是随后"猫王"埃尔维斯和约翰·列侬的复出。他们分别去世于1977年和1980年，却仍然拥有大批拥众，在2032年，"蓝色爵士"数码音像公司推出了他们的三维立体演唱会，不仅形象和真人无异，而且完美重现了其声线，由此引起了一股歌坛的怀旧热。但也有许多昔日的忠实粉丝认为，他们的精神不可复制，这种"复活"是对他们的侮辱。

在中国，这一热潮也方兴未艾。2035年的新版《西游记》采用了相关技术，令六小龄童等演员的经典形象摆脱了上世纪版本的粗糙技术限制，更为活灵活现地在全新的三维立体电视剧中演绎一个极具真实感的幻想世界。随后，大量已故的上世纪大中华地区艺人纷纷"重返"影视圈。"二十世纪"文化娱乐公司也是在这一时期成立的。

但是很快新老粉丝们就不再满足于仅仅形象和声音的复现，他们要求看到有血有肉，能和自己互动的偶像。而在这一方面，相关技术也已步入成熟。

模拟人的诞生

2019年，在美国麻省理工学院，一名年轻的计算机系助理教授萨姆·斯坦伯格在车祸中失去了挚爱的妻子海琳娜。斯坦伯格并没有长久地沉浸在痛苦中，相反，他编制了一个程序，称为"海琳娜二世"，输入海琳娜生前的大量资料，就可以模拟海琳娜的口吻进行问答。

斯坦伯格后来在采访中告诉记者，这个程序并没有那么神奇。"最初那只是一个非常简单的程序，根本谈不上智能。譬如，海琳娜经常叫我'小马驹'，我就在每句话的最后附上这个称呼。而话的内容是从她的许多邮件和网络聊天中摘取的，有时候不免驴唇不对马嘴，但那确实是海琳娜说过的，所以，这还是给我以莫大的安慰。"

在接下来的几年中，斯坦伯格致力于改进这一程序的算法，为此他还钻研了大量心理学的著作，他梦想着一种高级程序，可以完全模拟海琳娜的口吻和心思，至少看上去是这样。不过他很快发现，这并非他个人能够驾驭的领域，他找到了一位神经科学的博士生苏珊娜·洛克菲尔德进行合作。他们搜集了大量海琳娜的资料，从小学时的日记到高中生日晚会的视频，加以详尽的排序和分析，还原了海琳娜的人格发展曲线，并且创造了一种模拟神经元连接的算法，它可以模拟海琳娜的口吻进行问答，只要不出特定的范围就不会有破绽。

斯坦伯格为此感到十分振奋，不过相信此后他不会有太多机会继续和虚拟的海琳娜对话——他很快和苏珊娜坠入爱河，并于2024年结婚。

婚后，斯坦伯格夫妇继续测试这种新算法，这一次他们输入了斯坦伯格本人的数据，制造了模拟的斯坦伯格，结果是令人惊诧的，在一千次问答中，模拟斯坦伯格的回答只有不到17%是和斯坦伯格本人的回答不相符合的。随着数据库的完善和分析的精密化，一年后的测试中，这一比例降到了9%。

在2026年，斯坦伯格夫妇创立了后来广为人知的"新生"科技公司，主要的业务即为人提供亲人的模拟人格订制服务。只要将足够多的资料上传到重生公司的服务器内，很快就可以和亲人通过网络或手机进行互动。毫不意外的是，"新生"很快将模拟人格和CGI技术结合起来。用户只需要通过现实增强眼镜，就可以看到去世的亲人坐在自己身边，和自己亲切地谈话。

这一时期，高仿真机器人技术也实现了质的突破。新的智能纳米材料的运用使得人造材料可以精确模仿人体的运动和质感，人类的肉眼已经无法分辨真假。在2030年以后，这些蓬勃发展的新技术开始走向结合。

在这一年，日本EVA机器人公司买下了"国民美少女"千叶梨绘的肖像权和模拟人格资料，并将其输入花了一千万美元打造的千叶的高仿真机器人。2032年的一次演唱会上，千叶和她的化身同时出现并凝望对唱，引起了全世界的轰动。不久网上出现了所谓"虚拟千叶"，每一个人都可以下载一个数据包后和几可乱真的千叶聊天，千叶也由此走进了千家万户。

在这一时期，由于成本的高昂，仿真机器人往往由大公司订制，而极少有个人用户。不过也出现了一些零星的个人消费者。

譬如俄国富豪萨尔波夫斯基，在其独子安德烈死于2035年南极的一次滑雪事故后，订制了一个按照儿子形象打造的仿真机器人，并输入了安德烈的模拟人格。2038年，萨尔波夫斯基为去世的安德烈举行了盛大的生日宴会，并让其模拟人出来和客人见面。而意大利总理安东里奥·拉费蒂购买了超过一打的各国明星模拟人作为收藏，也成为一时的丑闻。

在2040年后，由于纳米制造技术的飞跃进展，仿真机器人的价位也渐趋低廉。根据统计，该年全世界范围内只有四百三十九名模拟人，而在2042年就上升为近两千人，到了2050年，已经有二十万模拟人在世界上活动，许多人认为，实际的数字也许要超过百万。

模拟人的作用当然不仅仅是用于娱乐或者安慰亲人。在这一技术成熟后，它很快被用于非法勾当。2041年出现了第一次利用模拟人的犯罪，至少是第一次被发现的。哈维夫人，一位英国建筑商的妻子，秘密订制了她丈夫的模拟人，在她用一枚等离子刀片杀害丈夫后几小时，让模拟人出现以制造不在场证明，随后加以销毁。不过警方从监控画面中发现了破绽：哈维先生由于近期脚部受伤，走路姿态与模拟人有微妙的不同，而哈维夫人却忽略了这一点。

除去此类明目张胆的犯罪之外，另一些滥用方式也触犯了法律。2043年，一位中国青年因为前女友嫁给了他人，而在一怒之下花高价以前女友的容貌从黑市订制了仿真机器人，并输入自己搜集资料编制的模拟人格，揽着她去参加婚礼，引起了一场严重的纠纷。最后，他因侵犯他人肖像权被起诉，模拟人也被没收。

2044年，在慕尼黑，一群新纳粹分子公然制作了希特勒的模拟人，并在街上游行，引起舆论大哗。这一事件后，各国都开始对模拟人技术加以严格限制。

法律与伦理争议

从2044年开始，模拟人数量最多的美国规定，任何模拟人出现在公共场所时都必须有明确的标记——通常是在额头上有一个A字母，表示"人造（Artificial）"，但却被讥讽为表示"通奸（Adultery）"的"红字"。不少反叛的青少年在街头纷纷给自己纹上同样的字样，以冒充模拟人，使得局面更为混乱。

2045年，美国国会通过了更为严格的限制模拟法案，这一法案要求，在任何自然人生前，无论其是否自愿，都不允许制造其模拟人，以免引起混淆。对于死者，谁拥有模拟权，各州也按照亲属关系进行了各自的规定。许多州还规定，在公共场合，禁止对模拟人进行殴打和侮辱等行为，否则将按照扰乱社会治安进行处罚。这些法律应对措施很快被其他国家跟进。

然而法律上的规定并没有为伦理问题设立规范。人们仍然在激烈地争议，是否模拟人拥有人权，人们是否有权制造模拟人等问题。

依照模拟人格的创始人斯坦伯格的看法，模拟人不可能真正像人一样进行思考，和人类完全是两回事。"人的大脑有一千亿个计算单元，但模拟人的大脑只有几千万个，这是不可比的。他们可以和你聊天，想出一些没有明显破绽的回答，但仅此而已。一旦你真正让它们做什么需要用脑的事，它们总会搞砸。"

斯坦伯格的观点部分得到了证实。2044年，一位中国作家宝树订制了他自己的模拟人，试图让它代替自己写作。但结果是灾难性的，大段他自己作品中的段落被打乱了之后以似是而非的方式结合在一起，不忍卒读。

但法国哲学家让·萨波的观点却与之相对。"的确，他们的思考能力比起人类来还非常弱，"他对记者说，"但你要知道，这仅仅是程度的差别，不是质的差别，就像智力残疾者和正常人的智力差别一样。正如拉美特里所说，人也是机器。所以，你不能否认这些模拟人拥有人权，正如你不能否认一个智力残疾者拥有人权一样。"

并且，模拟人的思维能力正在飞快进化，根据萨波的估计，最迟到2100年，最快在2070年左右，第一批思考能力足以和人匹敌的模拟人就会出现了。"世界将会变得完全不同。"

基于同样的前提，在各国许多人群都开始抵制模拟人，并酿成了一场世界性运动。他们认为，模拟人的存在将会打乱人与非人的界限。美国"维护自然人联盟"的领袖之一托马斯·富兰克林表示："很明显，即便他们真的具有类似人的思维能力，他们也不是人类。不是四十亿年来生命进化的结晶，他们只是某种变态而狡猾的机器，用其感情攻势将人类拖下水，这是撒旦的诱惑。"

富兰克林认为，"感情攻势"对于抵制者来说是最为可恶的。因为模拟人有和人一样的外表，可以用同样的声音说出娓娓动听的话。人类即使理智上知道，但情感上很难不把它们当成同类看。而这却伤害了真正的人与人之间的情感纽带。

富兰克林的观点得到了部分案例的支持。在张国荣演唱会事件前不久，苏格兰共和国的约翰·斯考特先生销毁了他已故儿子

的模拟人，因为他的妻子长期沉浸在和"儿子"的虚幻交流中，
而无法接受儿子已死的事实，但这导致了他和妻子的离婚。

袭击的背后

据本报调查，用激光枪击毁张国荣的模拟体的犯罪嫌疑人名
叫吴烽，事实上，他也长期是一个"荣迷"，在2003年的一次粉
丝的纪念活动中，他认识了沈兰，二人交往过一段时间，随后分
手，此后从未见面。但在五十年后，二人却不约而同地来到这次
演唱会，抱着不同的目的。

"我对哥哥的情感从来没有变过，"当记者问吴烽他是否憎
恨张国荣时，他信誓旦旦地说，"但那个伪造的、忸怩作态的家
伙，它根本不是他，一点儿也不是！它欺骗了所有的人，它明目
张胆地取代了哥哥的位置，从大家心里夺走了对哥哥的感情，让
那些无良公司牟利！我只是让大家看到这一点而已。"

4月2日，记者在医院采访了刚刚恢复的沈兰，她面容憔悴，
但是健康状况还算良好。当沈兰得知破坏者是自己的前男友吴烽
时，也几乎不敢相信。记者告诉了她吴烽的观点，但沈兰不以
为然。

"当然，在我心中，哥哥永远没有死。但我不会把模拟人和
真实的他混为一谈。对我来说这和一张照片或者一段录像没有什
么区别，这能让我更好地看到他，但不是代替他。"

"二十世纪"文化娱乐公司总裁林大卫告诉记者，这次事件
不会改变公司的长远规划，公司已经订制了新的模拟人张国荣，
并将于下个月举行第二次演唱会。"二十世纪是一个群星辈出的

时代，"林大卫说，"我们正在设法让许多已故的偶像明星重新以模拟人的形式复活，不过由于肖像权和各种版权问题，目前还只有一部分人能够做到。"

"但是最终，"他充满激情地表示，"可能在几十年后，他们都会重新复生，吸引一代代的粉丝，直到永远。如果说一千年以后还会有人读李白的诗歌，看鲁迅的小说，那么为什么他们不会再听猫王或者张学友的歌呢？为什么不会再看汤姆·克鲁斯或者木村拓哉的新剧呢？偶像们的形象本身就是艺术品，它们将和其他艺术品一起走向不朽。"

4月3日，沈兰在薇安的陪同下启程返回美国。记者问她是否下次还会来听张国荣的演唱会，她犹豫了一下，然后摇了摇头，说这次事件对她的刺激太大了，她不愿再回想起这段经历。

"不过我要来，"薇安却说，"我正在看张国荣那些三维修复的老电影，真是太迷人了！我一定要再见见他！"

（补记：在记者发稿前夕，刚刚得知一条惊人的消息，经法医鉴定，袭击张国荣模拟人的吴烽也是模拟人。真实的吴烽在半年前去世，因为并没有子女，他委托一位朋友打造了自己的模拟人，以完成自己的计划。警方已经搜查了吴烽的住所，具体情况在进一步核实中，请读者留意本报网站上的更新报道。）

后 记

　　《少女的名字是怪物》是笔者的第四部中短篇选集，距离上部选集《时间外史》，已过了将近三年。其中大多数作品是近几年的新作，未收入过其他集子。在辑录这些作品时，我颇有些惊讶地发现，好几篇小说的标题中都有"少女"之名，或者以少女为主要角色，既然如此，何不以"少女"作为这部选集的主题？因此，我在这些作品之外，又有意选取了少女题材的几篇旧文，而忍痛舍弃了其他不少尚未结集的心爱之作。自然，大部分并非计划好的系列小说，以此定义绳墨，一些作品的收入也稍显勉强，如《女儿》（原名《妞妞》）中的"女主角"是个一两岁模样的机器人女婴，无论如何也不能算是少女，而《模拟人之殇》因为与《妞妞》隶属同一世界观而收录于此，与少女主题更加无关。不过大体而言，本书仍是一本关于少女们的故事集。

　　身为几乎可以称为"大叔"的大龄男青年，写作以少女为主题的作品，我倒并无什么顾虑。远有曹公雪芹，近有村山春树，无论在哪个民族和时代，少女都是人类最憧憬和珍爱的美好形象，没有之一。她纯真、善良、青春美丽而又不觉自己的美。与之相对立的，自然是象征着贪婪、野心与情欲的成年男子。"女儿是水做的骨肉，男人是泥做的骨肉。"诚哉千古不易之论。

不过我也发现，本书中各篇作品另一个共同的主题，则是——怪物。并非怪物吞噬少女，也非少女消灭怪物，而是少女本身就变成了怪物。书中大部分的女主角，从"正常人"的标准来看，都是怪异危险、近乎非人的存在。这似乎对可爱的少女们是一种亵渎，但深层意义上尚可为之一辩。

在人类文化的建构上，少女的美丽与纯洁等特质，恰是与男性注视的目光分不开的，是男人们所梦想和投射的自我安慰和救赎。在最等而下之的层面上，少女作为男性欲望的对象而被书写和塑造，纯粹是承载男性无限想象的客体，没有自我意志和真正的生命。而科幻文学传统很大程度上是这些模式的变种：科技的失控常以怪物的形态展现，少女天真善良但柔弱无依，是首先被威胁的对象，需要主角的保护。譬如在最早的科幻小说《弗兰肯斯坦》（1818）中，那个尸块拼成的人造怪物与男主角最激烈的冲突，就在于它威胁和杀死了他青梅竹马的未婚妻，纯洁、美丽、如"一盏圣灯照亮着我们灵魂"的伊丽莎白。

或许因为作者玛丽·雪莱是女性，才会残酷地让女主角死去。在二十世纪上半叶美国科幻黄金时代，少女们工具人的形象更加明显，廉价杂志的封面上，往往描绘有美丽的女孩被远古怪兽或外星大眼怪作为食物掳走，或尖叫或晕厥，等待着英勇无畏的男主角的救援——最后英雄也总能抱得美人归。

尽管这些小说绝非高雅的代表，但撇开情欲的诱惑，其中也蕴含着这样的隐喻：科技力量的失控或滥用，会毁灭人性中最美好的部分。英雄救美的主角，是在充满危机和变化的时代，守护人类千万年来的传统价值和生活世界。但在最极端的可能性下，这种努力会失败，人类的生活秩序崩溃或异化，世界变得一片晦暗。伊丽莎白被怪物杀死，或者正如弗兰肯斯坦在一个噩梦中所见到的，她本身就变成了——怪物。科幻中，这样的主题也不鲜见，如濑名秀明的《寄生前夜》中，寄生在一位少女身上的线粒体夏娃，借由人类的医学技术获得新生，以恐怖而妖魅的形象登场，几乎毁灭了整个人类。

但少女与怪物的合一，未必都是如此悲剧。当人性最深层的爱与美，融入宇宙最疯狂或残酷的力量，会点燃全新的可能性，正如火凤凰涅槃重生。有时候，恰是怪物所带来的恐怖力量，让女性能够冲破社会结构和刻板印象的牢笼，掀起革命的风暴，迸发出无尽的光彩。彼得·汉密尔顿的《桑尼的优势》（因《爱、死亡与机器人》中的同名动画而闻名）是一个绝佳的例子：被强暴而屈辱死去的桑尼，通过让自己的意识转移到巨大的人造怪兽中，而获得了不可战胜的力量，完成了复仇。

关于"怪物"少女们的科幻作品还有更多，让我们吟诵那些闪光的少女之名吧：朱维亚、戴安娜·普林斯、琴·格雷、爱朵露、阿丽塔、娜乌西卡、帕布莉卡、绫波丽、爱玛侬、凉宫春日、惠美子、林云、智子、程心（划掉）……她们是外星人、变异人、克隆体、赛博格、虚拟偶像、量子人、永生者、创世主……她们是魅力无穷的女神，又是真实可感的女人，在科幻最极端的可能性中，少女失去自身，也赢得自身。她创造了自身。

作为怪物之少女，不再是柔弱的被保护者，而是人性的深层价值借由科技的力量，向着最极端的可能性而存在，甚至超越了人类自身的界限，她们必将伴随人类文明的始终。歌德的名言，虽然在不尽相同的意义上，仍然可以适用："永恒之女性，引领我们上升。"纵然亿兆斯年之后，亿万光年之外，只要人类仍然存在，就永远会歌唱着少女们的故事，虽然那大概已经是某种我们无法理解的存在了。

编定作品之后的这些感触，并非是要赋予本书什么深刻意义。这部小书在最好的情况下，也顶多是对上述深深影响笔者的作品的拙劣致敬。在创作小说时，笔者脑海中也不可能有这些刚刚提炼出来的"中心思想"，这甚至让我感到惭愧，在许多方面，本书或者恰是上面所批判的旧式科幻的一部分，不无男性难以自我意识到的傲慢与偏见。不过，在男人、女人和怪物无尽的游戏中，我们只能从自己的视角理解彼此，偶尔超越自己的视角，却无法脱离它。我真诚地热爱这些少女，也畏惧她们——她们拥有某些我或许永远无法企及的生命维度。"美，恰是那难以承受的可怖者的开端。"（《杜伊诺哀歌之一》）

最后要说的是，本书得以列入"超新星"科幻丛书面世，要特别感谢《花城》杂志的主编朱燕玲、副主编李倩倩，以及丛书编辑杜小烨和夏显夫诸君。当我在北方的凛冽寒冬里敲下你们的名字时，便想起之前不多的几次会面畅谈，想起那些短暂而美好的相聚时光，想起遥远南国的暖风、花海与美食……谢谢你们对拙作一直的鼓励与支持，也谢谢对我一再拖稿的宽容，但愿这本小书不至于太辜负你们勤恳而卓越的工作。

2019年12月16日